JN306699

行合橋

立場茶屋おりき

今井絵美子

時代小説文庫

角川春樹事務所

目次

はまゆう

早いものである。

つい先達《せんだつ》て、端午《たんご》の節句《せっく》飾りを仕舞《しま》ったというのに、気づくと、もう六月の声を聞いている。

朔日《ついたち》のお山開き以来、ここ品川宿門前町《しながわしゅくもんぜんちょう》にも、白装束《しろしょうぞく》で身を固めた富士道者《ふじどうじゃ》の一行が、入れ替《か》わり立ち替わり立ち寄るようになり、立場茶屋《たてばぢゃや》おりきでも心機一転《しんきいってん》、夏に向けて気を引き締《し》めるのだった。

富士道者の大半は俄仕立《にわかじた》ての山岳信仰者《さんがくしんこうしゃ》とみえ、彼らには富士が急遽大山《きゅうきょおおやま》や江の島、伊勢に取って代わろうが、一向《いっこう》に差し障《さわ》りないようである。

要するに、何かと名目をつけて群《む》れ集《つど》い、骨の髄《ずい》まで祭事や行事を体感しようとしているように見受けられた。

その点では、祭に犇《ひし》めく連中と、さして大差《たいさ》がないように思う。

それが証拠に、今も、立場茶屋おりきの大広間では、身形《みなり》だけは行者風《ぎょうじゃふう》に白装束で固めた男たちが、口角泡《こうかくあわ》を飛ばしながら、品川宿と浅草ではどちらの牛頭天王祭《ごずてんのうまつり》が盛大か、と言い争っている。

「そら、あたぼうよ。浅草が上に決まってらァ。なんてったって、浅草は江戸の中心だ。

まっ、身体《からだ》で言えば、臍《へそ》って按配《あんばい》だ。三月の三社祭《さんじゃまつり》に始まって、六月の浅草御蔵前《おくらまえ》の天王祭だろ？　それに、神田明神の山王祭《さんのうまつり》に神田祭とくりゃ、深川や品川なんぞ足許《あしもと》にも及《およ》ばねえ」

広間の中央に陣取《じんど》った、宰領《さいりょう》らしき男が利《き》いたふうに曰《のたま》っている。

「おやっかな！　神田と浅草では、近くて遠き、霧里太夫《きりさとたゆう》とおらちの仲。ベェベベェベンベン〜〜。親方よう、三次《さんじ》が言ってるのはよォ、天王祭だ。天王祭と言ャ、品川、千住小塚原《せんじゅこつかっぱら》、浅草御蔵前、橋場《はしば》と相場《そうば》が決まってらァ。だがよ、なんと言っても、規模の大きさや盛大なことにかけちゃ、品川が一頭地《いっとうち》を抜いてるってもんだ。なんてたって、神輿《みこし》の海中渡御《とぎょ》と来らァ。河童祭《かっぱまつり》だぜ！　壮大《そうだい》なんてもんじゃねえ」

「置《お》きャあがれ！　かざっぴいたことを言うもんじゃねえ！　へん、臍が笑わァ。神輿の海中渡御なんて珍《めずら》しくもなんともねえわな。おめえ、深川祭を知らねえのかよ。ふん、二番煎《にばんせん》じもいいところだぜ。その点、浅草の天王祭にゃ気品がある」

「へっ、笹団子《ささだんご》をばらまくのが気品と言いやすかね！」

「三次、この糟野郎《かすやろう》が！　てめえ、黙って喋《しゃべ》れってんだ。誰に向かって口を利いていると思ってやがる。この糞忙《くそいそが》しい最中《さなか》、どこの世界に、俺たち職人をわざわざ仕事を休んでまで、富士詣《ふじもうで》に連れてってくれる親方がいようかよ。てめえみてェなのを、人でも杭《くい》でもねえって言うのよ！」

「おいおい、熊《くま》よォ。もうそのくれェにしな。三次はまだ臀《しり》が青《あえ》ェのよ。まっ、言ってみりゃ、俺も大人げなかったわな」

どうやら、幟職人《のぼりしょくにん》の親方らしき男がそう言うと、長飯台《ながはんだい》の両端《りょうはし》から、いよッ、親方、そうこなくっちゃ。太《ふと》っ腹《ぱら》だぜ、と半畳《はんじょう》が入り、パチパチと取ってつけたように、拍手《はくしゅ》まで起こった。

「おっ、天王さまは囃《はや》すがお好き！　河童が上か、団子が上か。あら、こりゃこりゃ！」

また誰かがちょっくら返したようである。

広間にワッと嗤《わら》いの渦《うず》が広がっていく。

帳場《ちょうば》の脇から息を詰めて広間を窺《うかが》っていた茶屋番頭の甚助《じんすけ》と茶立女《ちゃたておんな》のおよねは、ほっと安堵《あんど》したように、顔を見合わせた。

どうやらこの一行、幟職人や糊《のり》職人らしいのだが、富士詣の帰りなのか、誰もが空腹《からはら》のうえ疲弊《ひへい》しきって、茶屋に着いたときから、徒《ただ》ならぬ剣呑《けんのん》な雰囲気を漂《ただよ》わせていた。

茶立女となってまだ日の浅いおまきなど、注文を取りに来るのが遅い、茶が温《ぬる》い、と二度も叱《しか》られた挙句《あげく》、朝餉膳《あさげぜん》が人数分揃《そろ》わないと伝えにいって、まだ十七か八そこらの若僧に、大喝《だいかつ》を食らっている。

客にしてみれば、十二名の一行で、十一人分で山留《やまどめ》と言われたのだから、腹を立てたところで仕方がなかろう。

が、このときは、一行の中で最年長と思える五十絡《がら》みの男が、助《す》けてくれた。

「十一人分で山留とな？　なら、仕方がねえわな。あたしが鴨蕎《かもそ》麦《ば》でも貰《もら》いましょう。なに、姐《ねえ》さん、気にすることァねえ。年寄りの胃にゃ、蕎麦のほうがもたれないってもんだ」

それでおまきは引きつった頰《ほお》に無理に笑《え》みを作り、引き下がってきたのだが、およねはそのときから何やら薄氷《はくひょう》を踏《ふ》むような広間の空気に、鬼胎《きたい》を抱《いだ》いていた。

だが、膳が運ばれ、誰しも会話を忘れたかのように黙々《もくもく》と食事を始めたので、なんだ、ただの杞憂《きゆう》にすぎなかったのだ、と安堵していたのである。

ところが、食事が終わってからが悪かった。

腹がくちてひと息吐《つ》いたからであろうか、長飯台のあちこちから、宰領に向けて繰《く》り言《ごと》が出始めたのである。

別に聞き耳を立てていたわけではないのだが、朝の書き入れどきを終えた四ッ（午前十時）すぎである。

聞くまいと思っていても、口に悪を持った彼らの口っ叩《たた》きが、遠慮会釈《えんりょえしゃく》もなく、およねの耳に飛び込んできた。

どうやら、彼らは段取りが悪い、米沢町《よねざわちょう》の富士講《ふじこう》に先を越《こ》されたとか、なんのかんのと御託《ごたく》を並べているようである。

「てめえら、糞《くそ》を味噌《みそ》に臀を寄越《よこ》しやがって！　俺《おり》ャ、もう知らねえ。四の五も食わねえからな。金輪際《こんりんざい》、世話役なんぞしてやるもんか！」

宰領の男が臀を捲《まく》ったのを見て、慌《あわ》てたのは、先ほど、おまきに助け船を出した男だった。

男はそこは甲羅《こうら》を経《へ》た年長者らしく、皆をまあまあと宥《なだ》め、そう言えば、品川宿は明日から牛頭天王祭だ、と話題を品川の南北牛頭天王祭に向けたのだった。

座は一気《いっき》に和《なご》やかになり、話題はもっぱら各地の祭へと移っていった。

江戸者は、火事と喧嘩《けんか》と祭には、血が騒《さわ》ぐという。

今までろくに口を開かなかった者までが、まるで竹に油を塗《ぬ》ったように、得意気《とくいげ》に神輿の担《かつ》ぎ方を力説している。

それで、雲行《くもゆ》きの怪《あや》しくなった広間に危《あや》ぶんでいたおよねも、やれと息を吐き、帳場に向かったのだった。

茶屋番頭の甚助は、朝餉膳にひと息吐いたところで、留帳《とめちょう》に金箱《かねばこ》の金を書きつけているところだった。

「番頭さん、富士講の客のことなんだけどさ、朝餉膳が一人前足りなかったじゃないか。幸い、蕎麦でよいと言ってくれたから助かったけど、見世《みせ》として、はあさいですかじゃ済《す》まないような気がすんのさ。いや、口幅《くちはば》ったいことを言ってるのは重々《じゅうじゅう》承知ですよ。けどさ、十二名の一行で、一名だけ足りませんじゃねえ……。いえね、端《はな》から朝餉膳は十一人分で山留と断《ことわ》っておけば良かったんだ。それが、まさか、全員が朝餉膳を注文するとは思わなかったものだから、おまきにちょいと耳打ちしておくのを忘れちまってさ」

甚助が算盤《そろばん》を弾《はじ》く手を止め、上目遣《うわめづか》いにおよねを見る。

「するてェと、一旦《いったん》、注文を受けたあと断ったってことなんだね。で、おまえさんはどうしたいって言うんだい」

「いえね、何事も起きなきゃいいんですがね。あたしゃ、何やら、気が気でなくて……」

「勘定《かんじょう》にいちゃもんを付けられるとでも思っているのかえ？　まさか、ごろん坊（ごろつき）でもあるまいし、ありゃ真っ当な職人だ」

「けどさ、なんだか雲行きが怪しいのさ。店先でなんのかんのと因縁《いんねん》をつけられたのじゃ、他の客に迷惑《めいわく》だろ？　まっ、先に断っておかなかったのはこちらの手落ちだ。せめて、蕎麦代はこっち被《かぶ》りに出来ないものだろうかね。そのくらいの裁量《さいりょう》は番頭さんにだってあるだろうに。女将《おかみ》さんだって、茶屋は番頭さんに任《まか》せていなさる。なんなら、あたしの給金から差し引いてもらっても構《かま》わないんだよ」

「まあま、およね、そう気を苛《いら》つもんじゃねえ。よし、解《わか》った。おまえさんの気の済むようにしよう。その程度のこたァ、茶屋番頭の腹ひとつ。女将さんに相談するまでもなかろう」

甚助がおよねを安堵させるように、にっと作り笑いしたときだった。

「置きゃあがれ！　かざっぴいたことを言うもんじゃねえ」

広間の隅《すみ》から隅まで舐《な》めるように、宰領の大喝が響き渡ったのである。

およねはさっと甚助に目をやった。

その目は、だから言ったじゃないか、と不安の色で包《つつ》まれている。

甚助も狼狽《ろうばい》して色を失った。

だが、ここはもう暫《しばら》く、ことの成行《なりゆ》きを見守るよりほかに方法がない。

生憎《あいにく》、女将のおりきは出かけて留守《るす》である。

こんな場合、茶屋の出来事すべての責任が、番頭である甚助の肩にかかってくる。

が、息を詰めて広間を窺っていたそのとき、まるで肩透《かたす》かしでも食ったかのように、広間の雰囲気が逆転した。

長飯台の両端からパチパチと拍手が湧《わ》き起こり、何があったか、座が一気に和んだのである。

「あら笑止《しょうし》や。風が変わって候《そうろう》！　一時《いっとき》はどうなるかと思ったけどね」

およねが目まじして見せる。

「お、およね、広間は一体《いってえ》どうなったんでェ」

「なんとか丸く治《おさ》まったってことさ。けどさ、鴨蕎麦の件はさっきも言ったように、先手《せんて》を打ってさ……」

およねがそう言いかけたとき、女将のおりきが両手に長い包みを抱《かか》え、茶屋の入り口から入ってきた。

「女将さん、良いところに帰って来なすった……」

甚助がおりきの片袖《かたそで》を摑《つか》んで、板場《いたば》脇《わき》へと連れて行く。

「およね、悪いのだけど、この包みを旅籠《はたご》の帳場まで運んでおくれでないか」

おりきが大風呂敷《おおぶろしき》に包まれた長い物を手渡す。

随分《ずいぶん》と長く、しっかりとした手応《てごた》えのある包みであった。

およねは包みを両手で抱え、目を白黒させた。

「帳場のどこに？」

「そうね。神棚《かみだな》の下にでも置いて下さいな」

おりきは事も無げにそう言うと、さあ何があったの、と泰然《たいぜん》と甚助に目をやった。

「そう。解りました。わたくしがご挨拶《あいさつ》に参《まい》りましょう」

おりきは眉《まゆ》ひとつ動かすことなく仔細《しさい》を聞いていたが、それが何か改《あらた》まったときのおりきの癖《くせ》なのか、指先で襟元《えりもと》をちょいと整え、広間に上がっていった。

「本日は立場茶屋おりきにようこそお越し下さいました。女将のおりきにございます。拝見いたしますところ、皆々さま方は富士詣から帰路《きろ》のご様子。なんでも先《さい》つ頃《ごろ》は、浅草奥《おく》山《やま》や駒込《こまごめ》あたりで参拝《さんぱい》を済まされる方が多いと聞きますが、登拝《とはい》されたのでございますから、さぞや霊験《れいげん》あらたかなことにございましょう。立場茶屋おりきも道者さまに立ち寄っていただけ、なんだか御利益《ごりやく》のお零《こぼ》れに与《あずか》ったようで、有難く思っております。それで何か感謝の気持を伝えたいと思っておりましたところ、丁度《ちょうど》、明日からの天王祭に備《そな》え、旅籠のほうで餅《もち》を搗《つ》いたばかりにございました。山祝《やまいわ》いとして、ほんの心ばかりでございますが、お召《め》し上がりいただければ幸いにございます」

おりきは長飯台の手前で膝《ひざ》をつくと、深々と辞儀《じぎ》をした。

胡座《あぐら》をかき、飯台に頬杖《ほおづえ》をついていた者までが、一斉《いっせい》に、泡《あわ》を食ったように姿勢を正す。

おりきは満面《まんめん》に笑みを湛《たた》え、一人一人に視線を配ると、

「では、ごゆるりとお寛《くつろ》ぎ下さいまし」

と、もう一度頭を下げた。

甚助と丁度旅籠のほうから戻ってきたばかりのおよねが、土間に突っ立ったまま、その様子を眺《なが》めている。

「さすが、女将だ……」

およねがそう呟《つぶや》くと、甚助も惚《ほ》れ惚《ぼ》れとおりきを瞠《みつ》め、ああ全《まった》くだ、と頷《うなず》く。

「ほんによう。見なよ、奴《やっ》らを。途端《とたん》に、借りてきた猫みてェになっちまった」


富士道者たちはまるで人が変わったかのように、慇懃《いんぎん》に挨拶をすると、しおしおと見世をあとにしていった。

彼らは見世の奢《おご》りだと言った鴨蕎麦の代金まで、奢りは餅で充分《じゅうぶん》に頂《いただ》いたからと固辞《こじ》し、逆に、最年長の男が騒がせて済まなかったと、茶立女たちに心付《こころづ》けまで置いていったのだった。

「考えてみれば、気の好《よ》い人たちだったんだね」

心付けのせいか、途端に、およねが口調練《くちちょうれん》を言う。

「そうでしょうか。あたしはおっかなかった……」

三度も怒鳴《どな》られたおまきは、まだ唇《くちびる》をへの字に曲げている。

「おやおや、まるでべそを掻《か》きそうではありませんか。客商売には何があるか分かりません。あれしきのことはお茶の子って顔をしていないとね。さあ、中食前で安閑《あんかん》としていられるのは、ほんの一時ですよ。交替で身体を休めて下さいな。では、あとを宜《よろ》しく頼みましたよ」

おりきは甚助とおよねに声をかけると、中庭に向かって歩きかけた。

その背に、およねが忘れていたといったふうに、声をかけてくる。

「あっ、女将さん。帳場で亀蔵親分《かめぞうおやぶん》が待っていなさいますよ。朝っぱらから女将はどこに出かけたのかと、なんだかお冠《かんむり》のようで、まあ、亭主みたいな顔をして、坐《すわ》っていなさる」

「おやおや。で、誰が相手をしているのですか」

「大番頭さんがお茶を淹《い》れなすってたけど……。それでね、あたしが運んでいった風呂敷包みを見て、親分たら、なんでェ、物騒《ぶっそう》なものを抱えやがって、そりゃ、やっとうだろうがって、そんなふうに言うじゃないですか。あたし、何も知らないものだから、知りませんって答えたんだけど、あれ、刀なのですか?」

「さあ、どうでしょうね」

おりきはふふっと含《ふく》み笑いをすると、中庭へと出ていった。

初夏の眩《まぶ》しい光が、中庭の草木を照らしている。

今年も藤棚《ふじだな》では、藤が見事《みごと》なほどに花をつけている。

頰を擽《くすぐ》るように撫《な》でていく潮風《しおかぜ》も、半月前に比べると、夏の香りを微《かす》かに秘《ひ》めているように思った。

おりきは潮騒を耳に心地良く受けながら、敷石を踏み締め、旅籠へと入っていった。

帳場の障子《しょうじ》を開けると、亀蔵親分の日に焼けた月代《さかやき》が、目に飛び込んできた。

「女将、遅《おせ》ェじゃねえか。どこに行ってたんだよ！」

およねの言葉通り、親分はご機嫌《きげん》斜《なな》めのようである。

「おや、今日はまた随分《ずいぶん》と早いお越しで。いえね、高輪《たかなわ》の道具屋から長太刀《ながたち》の出物《でもの》があったと知らせを受けましてね」

「なんでェ、高輪まで行ってたのか。水臭《みずくせ》ェじゃねえか。高輪といいャ、俺の縄張《なわばり》だ。まっ、言ってみりゃ、庭先といってもよい。で、道具屋とはどこでェ。俺が供《とも》についてってみな。どこの見世だろうと、三割方は勉強するぜ」

「山口屋ですが、いえ、いいんですよ。親分にそんなことをしてもらっちゃ、わたくしが困ります。立場茶屋おりきの女将は値切《ねぎ》るつもりで、高輪の親分を連れてきたなんて噂《うわさ》が、瞬《また》く間に、品川宿を飛び交《か》いますもの。それにね、わたくし、刀にはこれでなかなか目が利きますのよ」

おりきの言葉に、亀蔵親分の臍がますます曲がったようである。

親分はムッと咨《しわ》い顔をした。

「そら、おめえさんは武家の出だからな。けどよ、ひと言声をかけてくれたってよかろうに……」

「声をかけたって、親分がこちらにいらっしてたのでは、行き違いではありませんか」

「まっ、そりゃそうだがよ。で、女将が出し抜けに刀とは、一体《いってえ》、なんでェ……」

亀蔵親分はそう言い差し、あっと息を呑《の》んだ。

「そういうことか。成程《なるほど》、おまえさん、あの如月鬼一郎《きさらぎきいちろう》とかいうお侍《さむれえ》のために、長太刀を求めたというんだね。へっ、そういうことか！　人の好いにもほどがある。どこの誰だか判《わか》らねえ侍をよ、ただ飯《めし》食わせて世話をするばかりか、やっとうまで調達《ちょうたつ》してやるとはよ！　あの野郎、何様《なにさま》だと思ってやがる！　いい加減《かげん》、叩き出してやんな。もう身体はすっかり治《なお》ってるっていうじゃねえか。一昨日《おととい》、素庵《そあん》の藪《やぶ》に、行合橋《ゆきあいばし》でばったり出会《でくわ》してよ。あの藪、訊《き》きもしねえのに、ぺらぺら喋りやがった。身体のほうはすっかり治ったが、相変わらず、記憶のほうがなんて抜かしやがって。ふん、自分が何者なのか、どこから来たのか何ひとつ判らねえ者が、この世におろうかよ。俺ャ、奴が記憶喪失《きおくそうしつ》を装《よそお》っていると読んだね。どこかで悪事を働いて、身を隠さなきゃなんねえ理由《わけ》があってよ、思案《しあんな》投げ首考えているところに、下足番《げそくばん》の善助《ぜんすけ》が現われた。あの抜作《ぬけさく》、すっかり騙《だま》されやがって、茶屋に連れて帰ってきたじゃねえか。あの野郎の狡《こす》っ辛《から》いところはここからだ。女将や善助の好意を逆手《さかて》にとって、大方《おおかた》、記憶喪失が隠れ蓑《みの》に使えると気取《けど》ったんだろうて。それを、この茶屋の者は一体《いってえ》どうなってるんでェ。みんなして、腫《は》れ物にでも触《さわ》るように接してよ。女中頭のおうめなんぞ、まるで歌舞伎役者《かぶきやくしゃ》でも見るような目で、奴のことを見てやがる！おっ、言っとくがよ、俺ャ、肝精《きもせい》を焼いているわけじゃねえからな」

おりきは堪《こら》えきれずに、ぷっと噴《ふ》き出した。

「それが焼き餅でないとしたら、一体、なんなのでしょうね。おや、焙《ほう》じ茶をお飲みになっているのですか？　今、新茶の美味《おい》しいのを淹れましょうね」

おりきはそう言うと、茶櫃《ちゃびつ》から喜撰《きせん》の入った茶筒《ちゃづつ》を取り出した。

亀蔵親分の頬がでれりと弛《ゆる》む。

「新茶か……。そいつァ、有難《ありがて》ェ。やっぱ、茶は女将の淹れた茶に限る」

「相済《あい》みやせん。あっしにゃ女将さんのように旨《うま》い茶が淹れられませんので。では、ここはお任せして、あっしは客室のほうを点検して参りやす」

大番頭の達吉《たつきち》が苦笑《くしょう》する。

達吉にしてみれば、おりきが留守の間、親分のご機嫌取りに汲々《きゅうきゅう》していたのだから、茶は女将でなければと言われたのでは、堪《たま》らない。

「大番頭さん、如月さまの姿が見えないようですが……」

達吉は腰を上げかけ、あっと言った。

「女将さんが出かけられたすぐ後でしたか、突然、釣《つ》りをしてみたいと言い出されましてね。三吉《さんきち》を供につけて、浜に案内させましたが、宜しかったのですよね？」

「宜しかったかなんて、当たり前でしょうが。そう、三吉がね。あの子は漁師《りょうし》の息子です。子供とはいえ、並《な》みの大人には負けない腕を持っています。三吉に任せておけば大丈夫ですよ」

「へっ、なんて甘《あめ》ェんだろう。大の男が昼日中《ひるひなか》から釣り三昧《ざんまい》だとよ。ただ飯食わせてやってるんだ。薪割《まきわ》りのひとつでもやらせせちゃどうでえ！」

またまた亀蔵親分の旋毛《つむじ》が曲がったようである。

「そいじゃ、あっしは……」

達吉が逃げるが勝ちとばかりに、帳場を出ていく。

「さっ、お茶が入りましたよ」

おりきは猫板《ねこいた》の上に、そっと湯呑《ゆのみ》を置いた。

新茶特有の、甘い香りがつんと鼻を衝《つ》く。

「旨《うめ》ェ」

亀蔵親分はひと口啜《すす》ると、湯呑を猫板に戻した。

「女将よォ、俺ャ、別に嫌味《いやみ》を言うために、ここに来てるわけじゃねえんだ。ただよ、そろそろ品川宿にあんまし女将にャ聞かせたくねえ風評《ふうひょう》が立ってってよ。考えてもみな？　男なら誰しも振り向きたくなるほど、若くて艶《あで》やかで、品者《しなもん》（美人）の女将がだよ、誰だかわけの判らねえ男を茶室に住まわせて、もう四月《よつき》だ。あの男がお武家なもんだからよ、女将のこれじゃねえかと言う連中まで出てきてよ」

　亀蔵親分は親指を立てて見せた。

「女将も元はと言えば、武家の出だ。立場茶屋の女将になったからといって、下賤《げせん》な男は似合わねえ。ところが、ここは宿場町だ。そうそう女将に見合う男は転がっちゃいねえ。そこに転がり込んだが如月某《なにがし》……。女将も言ってみればいい歳《とし》だ。これ幸いとばかりに、如月を亭主に据《す》えようと思ってるんじゃねえかとか、二人はとっくに出来ているとかよ……。俺ャ、その度《たび》に、どやしつけてやるんだがよ。下世話《げせわ》な者の考えることは、みな同じよ」

　まあ、とおりきも眉《まゆ》を曇《くも》らせる。

　他人の噂話を肴《さかな》に酒を飲むことほど、旨いものはないという。

　口さがない連中にとって、如月鬼一郎は恰好《かっこう》の肴と思ってよいだろう。

　多少の風評は致《いた》し方がない。耳に栓《せん》をして流してしまおう……。

　そんなふうに覚悟していたのだが、まさか、そこまで言われているとは……。

　おりきの心は揺《ゆ》れた。

　だが、だからといって、自分が何者なのか、それも判らない鬼一郎を、このまま放っておくわけにはいかないではないか。

「節分近くに、この品川宿界隈《かいわい》で、何か異変はなかったか調べてほしいと、親分にお願いしていましたわよね。その後、何も摑めていないのでしょうか?」

おりきは亀蔵親分を瞠めた。

「痛《いて》ェところを突かれたぜ！」

親分がパチンと額《ひたい》を片手で叩《はた》く。

「そのことだがよ、俺も方々《ほうぼう》手を尽《つ》くして探《さぐ》ってみたさ。だがよ、あの時期、この界隈じゃ、事件らしきものは起きちゃいねえ。如月さまはお武家だ。しかも、ここに現われたときの風体《ふうてい》から見るに、とても浪人とは思えねえ。するてェと、旗本《はたもと》か御家人《ごけにん》、若《も》しくは、どこかの藩士。となると、おいそれとはつっけねえ相手だからよ。まっ、一応、同心の岡《おか》島《じま》さまには届けたがよ。岡島さまの口から与力の市村《いちむら》さま。さて、御奉行にまで伝わるかどうか……。が、どのみち、事件性のないものに、奉行所が関《かか》わることはなかろう。早い話、お手上げの状態だ」

「では尚《なお》のこと、そんな状況で、如月さまを放り出すわけにはいかないではありませんか」

「まっ、そういうこったな」

亀蔵親分も懐手《ふところで》に、ふむっ、と溜息《ためいき》を吐いた。

如月鬼一郎が立場茶屋おりきに現われたのは、節分の日であった。

その日、下足番の善助は品川寺《ほんせんじ》に節分札《せつぶんふだ》を貰いに行き、地蔵菩薩《じぞうぼさつ》の脇で、茫然自失《ぼうぜんじしつ》となった一人の侍を見つけた。

男はここがどこなのか、どこから来たのか、自分が何者なのかさえ忘れてしまったようで、ただやたら独《ひと》りでいるのが心許《こころもと》ない様子で、仕方なく、善助が立場茶屋おりきに連れ帰ったのだった。

男の歳は二十七、八であろうか、大小《だいしょう》は差さず、上質の袱紗《ふくさ》小袖《こそで》に羽織袴《はおりはかま》という出立《いでたち》であったが、全身に水を浴《あ》びたのか、着衣《ちゃくい》には一旦濡《ぬ》れたあと乾《かわ》いた痕跡《こんせき》が残っており、鬢《びん》も髱《たぼ》もぐさぐさに乱れていた。

だが、面立《おもだ》ちだけは全体に気品のようなものを湛えており、色が白く中高《なかだか》で、二重瞼《ふたえまぶた》の涼《すず》しげな目許が印象的であった。

女中頭のおうめに言わせれば、三代目市川八百蔵《やおぞう》の役者絵に瓜二《うりふた》つとのことで、要するに、なかなかの雛男《ひなおとこ》だったのである。

おりきはこの男を見て、動揺《どうよう》した。

八年前、年上の未亡人と無理心中を図《はか》った藤田《ふじた》竜也《たつや》と、顔の輪郭《りんかく》、雰囲気、色白なところまでそっくりなのである。

まるで、竜也が生き返って、そこに立っているかのように思えた。

当時、瀬戸内の小藩で、立木《たちき》雪乃《ゆきの》と名乗っていたおりきは、一時期、竜也に想《おも》いを寄せたことがある。

だが、父立木青雲斉《せいうんさい》の創設した柔術道場《じゅうじゅつどうじょう》の継承《けいしょう》を巡《めぐ》って、竜也と同胞《どうほう》の真山東吾《まやまとうご》との間に確執《かくしつ》が生《しょう》じ、竜也と男女の関係があった古手屋《ふるてや》の未亡人おくに、雪乃も交《まじ》え、この四人の糸が絡《から》みに絡まり、結果、竜也はおくにに無理心中を強《し》いられ、果《は》てていったのである。

雪乃の胸に、忘れようにも忘れられない、深い疵《きず》となって、楔《くさび》が打ち込まれた。

竜也の優柔不断《ゆうじゅうふだん》さも許せなければ、竜也を蹴落《けお》とそうと画策《かくさく》した東吾をも恨《うら》んだ。

雪乃は逃げるように国許を離れ、彷徨《ほうこう》の果て、いっそこの身さえなければと自暴自棄《じぼうじき》になり、品川の海に身を投じようとしたのだった。

そのとき、背後からぐいと袖を引いて止めてくれたのが、先代の女将、おりきであった。

人を祈《いの》らば穴二つ。

一寸延《の》びれば尋延《ひろの》びる。

先代のこの言葉に、雪乃はどんなにか叱咤《しった》され、勇気づけられてきたことだろう。

振り返ってはならない。人を恨む心からは、なんら新しいものは生まれてこない……。

雪乃はそんな想いで、遮二無二《しゃにむに》、この品川宿に溶《と》け込もうと努力してきたのである。

そうして現在《いま》、雪乃はおりきと名を改め、大番頭の達吉やおうめ、板頭《いたがしら》の巳之吉《みのきち》を始め、立場茶屋おりきを支える数十名の雇人《やといにん》に囲まれ、日々生きる悦《よろこ》びを存分に嚙《か》み締め、二代目女将を務《つと》めているのだった。

それが、よりによって八年前、竜也が果てた節分の日に、まるで瓜割四郎《うりわりしろう》かと思えるほど竜也に酷似《こくじ》した男が、目の前に現われたのである。

男は何も憶《おぼ》えていないようであった。

それはばかりか、何があったか、随分と身体が衰弱《すいじゃく》しきっていたようで、その日から高熱を発し、茶室で病臥《びょうが》してしまったのである。おりきはそれまで寝所として使っていた茶室を男に明け渡し、自分は旅籠の帳場で寝泊まりするようになった。

男に如月鬼一郎という名をつけたのは、おうめである。

節分の日に現われたので、如月。鬼一郎の鬼は、おうめのご愛嬌《あいきょう》である。

だが、現在《いま》では、すっかりその名が馴染《なじ》んでいるように思う。

ひと月ほどで床上げをした鬼一郎までが、恰《あたか》も生まれたときからその名前であるかのように、如月さまと呼ばれても、おうめのように時折ひょうらかしで、きいっちゃん、と呼んでも、うむっ、とその涼しげな目許を綻《ほころ》ばせるのだった。

おりきは鬼一郎と竜也を切り離して考えることにした。

面立ちが似ているからといって、鬼一郎は飽《あ》くまでも鬼一郎であり、竜也ではない。

ところが、その肝心《かんじん》の鬼一郎本人が、相変わらず、自分が何者なのかまるで判っていないのだから、始末《しまつ》に悪かった。

時折、鬼一郎は陽が沈みかけた海に瞑《くら》い目を向け、一刻《いっとき》（二時間）余りも佇《たたず》んでいることがある。

懸命《けんめい》に何かを思い出そうとしているようでもあり、深い闇《やみ》に閉《と》じ込められた絶望に茫然としているようでもあり、それはおりきには分からない。

だが、よくしたものである。

記憶は失っても、永年《ながねん》身につけた仕種《しぐさ》や咄嗟《とっさ》に見せる身体の反応は、鬼一郎をかなりの剣の遣《つか》い手と物語っていた。

ある日のこと、夕餉《ゆうげ》の膳を茶室に運んだおうめが、鬼一郎の姿が見えない、と帳場に伝えに来た。

おうめは客室に夕膳を運ぶ仕事が残っていたので、おりきが鬼一郎を捜《さが》しに出たのだが、案の定、鬼一郎は浜木綿《はまゆう》の群生《ぐんせい》する岬《みさき》に佇んでいた。

丁度、夕陽が背後の山並《やまなみ》に隠れようとするところで、既《すで》に、海面《うみも》は暗緑色《あんりょくしょく》に包まれていた。

項《うなじ》に残照《ざんしょう》を受け、瞑い海を瞠める鬼一郎の姿は、胸がきゅっと締めつけられるほどに、寂然《じゃくぜん》として見えた。

おりきは提灯《ちょうちん》を手に、小走りに近寄ろうとした。

その弾《はず》みに、小石が地面から剝《は》がれ、なだらかな丘陵《きゅうりょう》をころころと転がり落ちた。

鬼一郎の手が、さっと腰へと運ばれた。

が、丸腰である。

鬼一郎は咄嗟に腰を屈《かが》めると、足許の小石を拾い、振り向きざま礫《つぶて》を放とうとして、あっと、その手を止めた。

「女将でしたか。失礼しました」

鬼一郎はばつが悪そうに呟《つぶや》くと、手にした小石を海に放った。

「やはり、こちらでしたのね。日も暮れて参りました。夕餉の仕度が出来ましたので、そろそろお戻りになりませんこと？」

「やっ、済まぬ。宿で皆が忙《いそが》しくしている最中、それがしだけ手持ち無沙汰《ぶさた》でな。何か手伝わせてもらえればよいのだが、却《かえ》って、足手纏《あしでまと》いになると言われてはのっ。だが、自分だけごろごろしているのも気が退《ひ》けて、つい、ここに脚《あし》が向いてしまうのだ」

「まっ、誰がそんなことを言いましたかしら？　お気になさいませんよう。でも、本当に、如月さまは何も案ずることはありませんのよ。養生《ようじょう》することだけに努《つと》めて下さいませね」

恐らく、足手纏いになると言ったのは、おうめであろう。

が、それはおうめが旅籠の雑用をする鬼一郎の姿など見たくないからであることも、おりきには解っていた。

「身体はもうすっかり良いのだ。ただ、悪いのは、ここだけだ」

鬼一郎は寂《さみ》しげにふっと片頬《かたほお》を歪《ゆが》め、頭を指差した。

「それも、時が解決いたしましょう。素庵さまから焦《あせ》る気持がますます混迷《こんめい》させることもあると聞きました。素庵さまの話では、頭部を酷《ひど》く打撲《だぼく》したか、もしくは、心に何か思い出したくないほどの衝撃《しょうげき》を受けたとき、記憶障害《きおくしょうがい》が出るそうですが、人によって格差《かくさ》があるというも、一時的なもので、決して、永久的なものではないそうです。ですから、心穏《こころおだ》やかに、霧《きり》が晴れるまで待ちましょう。大番頭の口癖《くちぐせ》でもありませんが、待てば海路《かいろ》の日和《ひより》ありですわ」

「女将に迷惑をかけて済まないな」

「迷惑だなんて……。如月さまに来ていただけて、立場茶屋おりきでは皆が悦《よろこ》んでいます。おうめやおきわなんて浮き浮きとして、それはもう実に嬉《うれ》しそうに、如月さまのお世話をさせてもらっていますのよ」

おりきと鬼一郎はゆっくりと坂を上《のぼ》っていった。

小径《こみち》の両端で、浜木綿の葉が風に煽《あお》られ、はたはたと揺れている。

鬼一郎がふと脚を止めた。

「この草はなんという草ですか?」

「えっ、ああ、浜木綿のことですか? まだ花には少し早いですけど、真夏の暑い最中、白く筒状《つつじょう》の可憐《かれん》な花をつけますのよ。葉が万年青《おもと》に似ているところから、浜万年青《はまおもと》とも呼ばれますけどね」

おりきも足許を見下ろす。

花のない現在《いま》は一見《いっけん》雑草にしか見えないが、太い花茎《かけい》に幾《いく》つもの花を散状《さんじょう》につけ、芳香《ほうこう》を放つ浜木綿は、おりきの好きな花のひとつでもあった。

「白い花をつける? では、違う。確か、これによく似た葉を見たように思うのだが……」

「花が咲きましたか？　緑黄色《りよくおうしよく》の小さな花でしたら、万年青ですが、実はつけましたか？」

「花？　さて……。ああ、駄目《だめ》だ。何も思い出せない」

鬼一郎は辛《つら》そうに頭を振った。

「無理に思い出すことはありませんのよ。さっ、暗くなりました。急ぎましょう」

そのときはそれで、浜木綿が花をつけたら、茶室に飾《かざ》りましょうね、と岬をあとにしたのだが、夕陽を項に受け、寂然と海を瞠める鬼一郎の後《うし》ろ姿が眼窩《がんが》に焼きついたようで、おりきはいつまでも忘れることが出来なかった。

小石の転げる気配《けはい》に、ありもしない刀を探して、咄嗟に腰へと伸びた、鬼一郎の手……。

武士にとって、丸腰ほど、心細いことはないだろう。

鬼一郎のために長太刀を求めようと思ったのは、そのときであった。

早速《さつそく》、高輪の道具屋数軒に、良い出物があったら知らせてくれ、と声をかけたのだが、昨日になってようやく、山口屋から恰好ものの大小が出たと連絡を受けたのだった。

「ところで、親分はこんなところで油を売っていて宜しいのかしら？　先ほど行合橋を渡って戻ってきましたが、まあ、天王祭は明日からというのに、荏原神社《えばらじんじゃ》の前は既に大変な人出《ひとで》でしたわよ」

おりきが微笑《ほほえ》みながら二番茶を淹れる。

「別に油を売ってるわけじゃねえがな。明日から祭が終わるまで、当分、何かとご用繁多《はんた》でここにも顔が出せなくなる。それで、ちょいとおりきさんの顔を拝《おが》んでおこうと思ってよ。だが、いい加減にゃ、腰を上げなきゃなんねえ。もう一杯《いっぺえ》、茶をご馳《ち》になったら出かけるとしようか。なんたって、南北同時の、しかも、十三日かけての祭だからな。喧嘩や巾着斬《きんちゃくき》りなんざァ、毎年のこった。お陰《かげ》でよォ、神輿が宮入《みやいり》してひと息ついた日にゃ、目の下に隈《くま》が出来るわ、それでなくても決して多かァねえ毛が抜け落ちるわ、まっ、これも毎年のことだがよ。やれ、大変《てえへん》だ」

「ご苦労さまにございます」

おりきはくすりと笑った。

亀蔵親分の大変だという言葉も、言わずもがな、毎年のことであった。

それほど、品川宿の牛頭天王祭は期間の長さや、壮大なことでも有名だった。

何しろ、南の荏原神社と北の品川神社が、同時に、十三日間に渡って繰り広げる祭なのである。

殊《こと》に、南の天王祭は河童祭とも呼ばれ、初日の七日は、海晏寺《かいあんじ》門前から神輿が海中に担ぎ込まれ、海中渡御したあと、再び猟師町《りょうしまち》に上陸することで有名であった。

そのため、神輿の海中渡御をひと目見ようと、この日ばかりは、江戸府内だけでなく、近郊からも人が押しかける。

　当然のことながら、立場茶屋おりきも一日中応接に暇《いとま》がなかった。

「やっ、ご馳になった。まっ、そういう理由《わけ》だ。俺ゃ、如月某なんぞにかまけてる暇《ひま》はねえんだよ」

　亀蔵親分がそう言って、やれと十手《じって》を腰帯《こしおび》に挟《はさ》んだときだった。

「女将、入っても良いかな」

　障子の外から声がかかり、噂の主《ぬし》、如月鬼一郎がそろりと障子を開けた。

「なんでェ、噂を言えば影がさすたァ、まさにこのことでェ」

　途端に、親分が小胸《こむね》の悪そうな顔をする。

「お帰りなさいませ。三吉と釣りに行かれたのですってね。釣れましたかしら？　今、お茶を淹れますので、どうぞ、お入り下さいな」

　おりきがそう言うと、鬼一郎はおやっと小首を傾《かし》げた。

「女将のその様子では、どうやら三吉は戻っていないようですね。妙《みょう》だな？　餌《えさ》にする蚯蚓《みみず》が切れたとか言って、浜に下りたまま一向に戻ってこない。浜を捜してみたのだが、どこにもいなくてな。それで、てっきり、旅籠に用が出来て、こちらに戻ったものと思っていたのだが……」

「それは妙ですわね。三吉は如月さまに断りもなく戻ってくる子ではありません。三吉が姿を消したというのは、いつのことでしょう」

「一刻です って！ まっ、それは……。達吉！ 大番頭さん！」

おりきはパァンパァンと両手を打って、大番頭を呼んだ。

達吉が慌てたように顔を出す。

「三吉は帰っていますか？」

達吉はなんのことだか解らないとみえ、鳩が豆鉄砲《まめでっぽう》を食ったように、呆然《ぼうぜん》とおりきを見ている。

「いえ、三吉は如月さまと釣りに……。あれ？ 如月さま、三吉とご一緒《いっしょ》ではなかったので……」

達吉は鬼一郎に初めて気づいたようで、再び、目を丸くした。

「一刻ほど前に、餌の蚯蚓を探すといって浜に下りたきり、戻ってこないそうです。大番頭さん、善助やおうめたちに三吉を見なかったか、確かめて下さいな」

「へい」

達吉が泡を食ったように、飛び出していく。

「おめえさんたちよォ、何を騒いでやがる。三吉はまだ十歳の餓鬼《がき》じゃねえか。大方、そこいらあたりで道草を食ってんのさ。さもなきゃ、祭囃子《まつりばやし》の笛の音《ね》にでも誘《さそ》われて、神社のほうにでも行ったのだろうて」

亀蔵親分が高を括《くく》ったように、へん、と鼻で嗤う。

「親分、三吉はそんな子ではありませんわ。あの子は小さいうちから随分と辛酸《しんさん》を嘗《な》めてきました。大番頭や善助から言われたことは、何があろうと、最後までやり遂《と》げなければ、自分の立場がないことをよく知っています。そんな子が、仕事を放り出して、私的な行動をするでしょうか」

おりきのその言葉に、鬼一郎がはっと顔を上げた。

「確かに、女将の言われるとおりです。三吉がわたしに断りもなく、独りで引き返すことは到底《とうてい》考えられない。女将、三吉は泳ぎは出来ますか？」

「ええ、勿論《もちろん》ですわ。漁師の息子ですもの。生まれたときから大森海岸で泳いでいたでしょう。如月さまは三吉が波に攫《さら》われたとでも思っていらっしゃるのですね。まさか……。それはないと思いますが、上手《じょうず》の手から水が漏《も》れるとも言いますよね。まさか……」

おりきも心が騒ぐのか、つと眉根《まゆね》を寄せた。

そのときである。

「女将さん、あんちゃんがいないのだって！」

三吉と双子《ふたご》の妹おきちが、血相《けっそう》を変えて帳場に飛び込んできた。

「ああ、おきっちゃん。おまえ、三吉の姿を見なかったかい」

おきちは唇を真《ま》一文字《いちもんじ》に結んで、首を振った。

「もう一つ訊くけど、三吉は泳ぎは達者《たっしゃ》ですよね」

おきちが今度は大仰《おおぎょう》に首を縦《たて》に振る。

「達者といったところで、大波でも来てみな？　河童の川流れってこともあらァな」

亀蔵親分のその言葉に、おきちはきっと親分を睨《にら》みつけた。

「あんちゃんは、三吉は河童なんかじゃない！　泳ぎの上手《うま》さでは、上のあんちゃんより上手《うわて》だったんだ。おとっつァんが言ってた。三吉にかかった日にゃ、河童も舌を巻くって！」

おきちは甲張《かんば》った声を上げたが、何か思い当たることでもあるのか、あっ、と息を呑んだ。

「どうしたの？　おきっちゃん、何か思い当たることがあるのね！」

「おとっつァんだ！　おとっつァんがあんちゃんを……」

おきちが怯《おび》えたように、首を振り続ける。

「どうしたの？　はっきり言ってくれなきゃ解らないでしょうが！　おとっつァんが三吉をどうしたというの？」

「おとっつァん、あんちゃんを売り飛ばすって言ってた。本当は、男より女《おな》ごのほうが金になるから、あたしを売り飛ばしたいんだって……。けど、あたし、怖《こわ》くて。それに、女将さんから万が一おとっつァんが現われても、絶対についてっちゃ駄目と言われてただろ？　だから、逃げたんだ。アァン、アァン……。あたしが逃げたから、おとっつァん、あんちゃんを連れてったんだ……」

おきちは前垂《まえだ》れで顔を覆《おお》い、激しく肩を顫《ふる》わせた。

「おきっちゃん、もう解ったわ。泣くのはお止《よ》し。もう一度、よく解るように話してね。おとっつァんはここに来たの？」

おりきはおきちを抱き締め、そっと背を撫でてやる。

「ううん。おうめさんに言われて、小間物屋に糸を買いに行ったとき、釜屋《かまや》の看板に隠れてたおとっつァんに捕《つか》まったの。おとっつァん、汁粉《しるこ》を食わせてやるからついて来なって言ったけど、あたし、断ったんだ。そしたら、無理に腕を摑んで引っ張って行こうとしたから、あたし、振り切って、逃げて来たの。そんとき、てめえなんか、いつか取っ捕まえて、飯盛女《めしもりおんな》に売っ払ってやると言ったんだ」

「それはいつの話かしら？」

「一昨日。それで、あたし、昨日から旅籠の外には一歩も出ないようにしていたんだ。けど、心配をかけちゃなんないと思って、おとっつァんのことはあんちゃんに話していなかったんだ。アァン、アァン、あたしがひと言あんちゃんに言っておけば、あんちゃんだって気をつけたんだ！」

おきちがまた激しく肩を顫わせた。

おりきは亀蔵親分に目をやった。

「嘉六《かろく》の置いて来坊《きぼう》（愚《おろ》か者）めが！　よし、解った。嘉六のことは任しときなって。草の根を搔き分けてでも、あのひょうたくれを取っ捕まえてやる。てめえの餓鬼を売っ払《ぱら》ってまで柄《え》を削《けず》ろう（酒を飲む）って男は、俺ャ許せねえ！」

亀蔵親分は腰帯から十手を抜くと、ぽんと肩を叩いた。

これは親分の気合いが入ったときの癖である。

「頼みましたよ。わたくしの力が要《い》るときはいつでも言って下さいな。これでも幾らかは役に立つでしょうから」

「おっ、当てにしてるぜ。おりきさんのこれは、幾らかなんてもんじゃねえもんな」

親分はにっと笑うと、自《みずか》らの手首をぐいと握《にぎ》り、反対側に捩《よじ》って見せた。

どうやら、おりきの得意技《とくいわざ》、小手返《こてがえ》しを真似《まね》たようであるが、それは全く、柔術の型に嵌《はま》っていなかった。


おりきは達吉とおうめを呼んで、七ッ（午後四時）すぎからぼつぼつやって来る泊まり客への段取りを説明すると、鬼一郎と共に大森海岸へと向かった。

恐らく、亀蔵親分は口入婆《くちいればばあ》のおりゅうを当たっているだろう。

「大森海岸なんぞ行ったところで無駄《むだ》さ。嘉六にゃ、三吉を漁師に仕込もうなんて腹はさらさらねえ。糟喰《かすくらい》（酒飲み）なんてもんはだな、我が子を銭《ぜに》に変えてまで柄を削ろうとするもんさ。まっ、それでも大森海岸を確かめなきゃ気が済まねえと言うのなら、俺ゃ、止めねえがな」

おりきも亀蔵親分の言葉は正鵠《せいこく》を射《い》ていると思った。

が、それでも、我が目で確かめなければ、ああそうですか、と引き下がれない。

「女将さんの思い通りになさって下さいませ。あっしも本当はついて行きてェくれえだが……」

旅四手《たびよつで》を手配してきた善助が、金壺眼《かなつぼまなこ》をしわしわさせながら、鼻をぐずりと鳴らした。

下足番の善助にしてみれば、三吉は初めて持った手下《てか》であり、孫のように可愛《かわい》くもあるのだろう。

「親分から何か連絡が入るかもしれません。おまえは留守を護《まも》って下さいな。いいですか、くれぐれもおきちを頼みますよ。三吉のことで心を痛めているでしょうし、嘉六さんがいつまた現われるかもしれませんからね」

おりきは善助の肩にそっと手を置き、いいわね、と目まじした。

大森海岸の三吉、おきちの家には、以前、おたかが病臥しているとき訪ねているので、要領《ようりょう》は分かっていた。

あのときは、雨が降っていた……。

旅四手に揺られていると、つっと鼻腔《びこう》に熱いものが込《こ》み上げてくる。

糟喰の父親と病弱な母親を抱え、幼い三吉やおきちのために、夜の目を見ずに働きづめに働いたおたか……。

早朝から海女《あま》として海に潜《もぐ》ったあと茶立女として茶屋で働き、その後、旅籠の雑用までこなしていたのである。

本来ならば、潑剌《はつらつ》としていてよい十九歳のおたかである。その身体に病《やまい》の手がじわじわと伸びていたとは……。

女将として、おりきは気づくのが余りにも遅すぎた。

なぜ、手遅れになる前に、もう少し早く気づいていてやれなかったのだろうか……。

そうすれば、いつの日にか、言い交わした海とんぼ（漁師）の清太《せいた》と所帯が持てたかもしれないのである。

「着きやしたぜ」

正六《しようろく》（駕籠舁《かごかき》）のその声に、はっと、おりきは我《われ》に返った。

嘉六の蒲鉾《かまぼこ》小屋《ごや》は半年前より更《さら》に侘《わ》びていて、小屋全体が斜《なな》めに傾《かし》ぎ、屋根の柿《こけら》もところどころ剝《は》がれていた。

とても人の住む家には見えない。

戸板《といた》代わりに垂《た》らされた筵《むしろ》が、風に煽られ、ハタハタとはためいている。

あの中で、胸を病《や》んだおたかが寝かされていたのである。

冬の極寒《ごつかん》や嵐の晩には、どんなにか心細く、辛かったであろうか。

こんなところで暮らしていたら、おたかでなくとも身体を毀《こわ》してしまう……。

あのときも、おりきは胸が詰まされるような想いに陥《おちい》ったのであるが、現在《いま》も、蒲鉾小屋は人が住んでいるのかいないのか、あのときより更に無惨《むざん》な姿となって、海風の中に晒《さら》されている。

おりきは気を取り直して、筵を捲った。

ムッと饐《す》えたような男臭《おとこくさ》い臭《にお》いが鼻を衝き、やがて、それは質の悪いどぶろくの臭いに変わった。

板間には万年床《まんねんどこ》が敷かれ、その廻《まわ》りに、足の踏み場もないほど、反故紙《ほごし》や一升徳利《いっしょうどつくり》、口の欠《か》けた湯呑や茶碗《ちゃわん》などが転がり、猿股《さるまた》や継《つ》ぎの当たった布子《ぬのこ》が所構《ところかま》わず脱《ぬ》ぎ捨ててあった。

「これは酷い……」

鬼一郎が眉を顰《ひそ》めた。

どうやら嘉六はここで寝起きしているようだが、元々糟喰のうえ、現在《いま》は寡《やもめ》暮らしで、雨露《あめつゆ》さえ凌《しの》げればよいと思っているのだろう。

「ここに三吉を連れ帰ることは考えられませんわね」

おりきがそう言うと、鬼一郎も吝い顔で頷いた。

「女将さん、帰《けえ》りやすか！」

待たされていた正六が、浜の上から声をかけてくる。

おりきは肩の力が抜けたように、振り返った。

その背に海猫《うみねこ》が、どこか人を小馬鹿《こばか》にしたように、啼《な》き声を投げかけてくる。

旅四手に乗り込んでからも、蕭々《しょうしょう》とした想いが、おりきの身体を揺さぶり続けた。

おたか、済まないことをしてしまったね……。

弟や妹の行《ゆ》く末を案じながら息を引き取ったおたかに、何度詫びても詫びたりないように思った。

「おまえと三吉はまだ十歳だ。今のうちは、おとっつァんも差出《さしで》しないだろうが、今後、何があっても、おとっつァんについて行っちゃ駄目だよ。いいかい、あたしたち三人は、女将さんの言われるままに動くんだ。それしか、自分を護る方法はないんだからね……」

息を引き取る直前、おたかはそんなふうにおきちに言い遺《のこ》したという。

そのことをおきちから聞いたおりきは、

解りましたよ、おたか。二人のことはこのおりきが預《あず》かります。おまえはもう、何も案じることはないのですよ……。

そう心の中でおたかに誓《ちか》ったのである。

許しておくれよ、おたか。あれからまだ十月《とつき》ほどだ。まさか、こんなに早くおとっつァんが行動に移すとは思わなかったものだから、つい、油断《ゆだん》してしまったのだよ……。

いつしか、おりきの頬を涙が伝っていた。

亀蔵親分からは、その後、なんら連絡が入らなかった。

おりきは居ても立ってもいられず、やきもきしていたのだが、明日の天王祭を前にして、旅籠も茶屋もごった返している。

殊に、旅籠のほうは、毎年のように前夜から泊まり込む、常連客《じょうれんきゃく》の予約で満室であった。

いかに三吉の身を案じようと、七ツ過ぎから続々と到着する客を差し置いて、女将が挨拶に出ないという無様《ぶざま》な真似だけは出来ない。

下っ引《ぴき》きの金太《きんた》が亀蔵親分の言付《ことづ》けを持ってきたのは、粗方《あらかた》客室の夕膳を下げてしまった五ツ（午後八時）過ぎのことだった。

「では、おりゅうさんは三吉のことは知らないと言っているのですね？」

おりきは遣《や》る方ない想いに、深々と肩で息を吐いた。

「へえ。けど、おりゅうが言うにゃ、このじゅう口入屋《くちいれや》の権造《ごんぞう》をこの品川宿でちょくちょく見かけるんで、もしかするてェと、権造の仕業《しわざ》かもしんねえってさ。そんで、現在《いま》、親分と利助《りすけ》が権造が潜り込んでいそうな木賃宿《きちんやど》を片っ端《ぱし》から当たっているって按配でやしてね。おいら、親分が取り敢《あ》えず女将さんに知らせてこいと言うもんだから……」

「木賃宿？　では、権造という口入屋はこの品川で見世を張っているわけではないのですね？」

おりきの興奮した様子に、それでなくても、いつも何かに驚いたような金太の狸目《たぬきめ》が、一層《いっそう》丸くなった。

「おいら、詳《くわ》しいことは本当に何も知らねえんだ。親分が言うにゃ、どうしても今晩中に権造を見つけ出さなきゃ、明日になったら、北も南も人でごった返す。まず、見込《みこ》み薄《うす》と思っていいってさ。そいで、親分が北本宿《ほんじゅく》、利助が歩行《かち》新宿、おいらが南を当たることになったんだ。済まねえ、こんなことをしている場合じゃねえんだ。行かせてもらうぜ！」

金太は泡を食ったように、飛び出していった。

青菜《あおな》に塩とは、まさにこのことであった。

恐らく、亀蔵親分はおりきが気を揉《も》んでいるに違いないと気を利かせ、金太を経過報告に寄越したのであろうが、これではますます不安を煽るようなものである。

こうなれば、一時《いっとき》も泰然と構えてはいられない。

おりきは達吉とおうめにあとを頼むと、おきちを呼んだ。

「おきっちゃん、おりゅうさんの家を知っているかしら？」

おきちは丸い愛らしい目を瞠《みは》り、いや、と首を振った。

「そう……。では、幾千代《いくちよ》さんの家は知っているわよね？　ほら、先《せん》におたかやおまえのために猟師町に長屋を借りてあげたことがあったでしょう？　確か、あのとき、幾千代さんの家が近いって言っていたと思うけど」

「はい。幾千代さんの家なら知っています」

「では、案内してもらえないかしら？」

品川宿で自前芸者《じまえげいしゃ》を張る幾千代である。

亀蔵親分に言わせれば、品川宿の生き字引《じびき》という幾千代なら、口入屋ばかりか、旅籠や遊郭《ゆうかく》の裏の裏まで知っていそうである。

とにかく、幾千代に逢《あ》ってみよう。

仮に、幾千代が権造という男を知らなかったとしても、おりゅうに逢わせてもらえれば、もう少し、話の継《つ》ぎ穂《ほ》が見えてくるかもしれない……。

幾千代の仕舞《しも》た屋は、猟師町の中ほどにあった。

以前、胸を病んだおたかのために借りてやった長屋から、一本先の路地を入ったところにあり、黒板塀《くろいたべい》で覆われた、こぢんまりとした手入れの行き届いた小さな庭のある、なかなか瀟洒《しょうしゃ》な二階屋だった。

幾千代は丁度お座敷から戻ったばかりのようであった。

訪《おとな》いを入れると、下働きの小女《こおんな》が出てきて、続いて、黒猫が尻尾《しっぽ》を右に左に曲げながら出てきた。

「おや、誰かと思えば、おりきさんじゃないか。おや、おきっちゃんも。こんな夜分《やぶん》に何事かえ？」

幾千代はまだ着替えていなくて、お座敷用の黒縮緬《くろちりめん》に裾模様《すそもよう》という出立であった。

幾千代は、おあんなす、と言ったが、おりきはそうもしていられないのだと手短《てみじか》に三吉がいなくなったことを話し、単刀直入《たんとうちょくにゅう》に、口入屋の権造を知らないかと尋《たず》ねた。

「権造？　知らないねえ。この宿《しゅく》の者じゃないんだろ？　そりゃ、おてちんだ。あちしがいかに品川宿の主《あるじ》みたいな顔をしているといったってさァ、流しの口入屋にまで目が届かないさ。まあね、おりゅうなら、牛は牛連れ。犬も朋輩鷹《ほうばいたか》も朋輩って具合に、流しだろうが、口入屋なら知っているかもしれないね。おりゅうには当たってみたのかえ？」

「亀蔵親分が当たって下さったのですが、そのおりゅうさんの口から、権造という名が出たのですって。それで今、親分たちが権造さんの行方《ゆくえ》を捜しているところなのですが、わたくし、居ても立ってもいられなくて……。それで、幾千代さんなら、おりゅうさんの家を教えて下さるのではと思いましてね。どうしても、もう少し詳細《しょうさい》を聞きたいと思いますの」

「お安いご用だ。いいよ、ついて来な。いっその腐《くさ》れだ。あちしが掛け合ってやろうじゃないか」

幾千代はそう言うと、黒猫に向かって、

「姫《ひめ》や、いい子だから、ちょんの間、待っていておくれね」

と声をかけ、駒下駄《こまげた》をトントンと鳴らした。

黒猫がミャアと答える。

鉄火肌《てっかはだ》で伝法《でんぽう》な幾千代にしては、ぞっとするほど、じょなめいた声であった。

おりゅうの家は行合橋の手前を、街道から一本海側に入った路地にあった。

平屋《ひらや》の仕舞た屋で、口入屋の看板を出していないので、一見しただけでは、それと判らないほど、やけに殺風景《さっぷうけい》な家だった。

おりゅうは既に床に就《つ》いていたのか、幾千代が板戸を叩いて訪いを入れると、暫《しばら》くして、ようやく中からぞん気《け》な声が返ってきた。

「夜分に一体なんだってのさ。その声は幾千代姐《ねえ》さんのようだから、そりゃ開けないわけにはいかないが、大概《たいがい》にしてもらいたいもんだね」

　おりゅうはぐだぐだとねずり言《ごと》（嫌味）を言いながら、潜《くぐ》り戸を開けた。

　手燭《てしよく》の灯《あか》りに、独楽鼠《こまねずみ》のように小さな皺《しわ》だらけの顔が、浮かび上がった。

「済まないねえ。お気もじ（気の毒）とは思うが、ちょんの間だ。堪忍《かんにん》しておくれでないか。勘《かん》の良いおまえさんのことだ。大方、あちしが来た理由が解っているだろうが、そう、亀蔵親分と同じ用件《おんな》だ。だがよ、親分には言い抜けが通ったかもしれないが、この幾千代姐さんはそうはいかないからね！」

　おりゅうの顔がさっと強張《こわば》った。

「ま、待っておくんなさいよ。姐さん、そりゃどういう意味で……」

「おかっしゃい！　鉄面《てつめん》のおりゅうと呼ばれるおまえさんのこった。権造とかいう流しのすることに、黙って、指を銜《くわ》えて見ているわけがないじゃないか！　おまえが嚙んでるのは、お見通しなんだよ。さあ、言いなよ。おまえ、権造に幾らで三吉を売った！」

　キャッとおきちが悲鳴を上げる。

　おりきはおきちをしっかと胸に抱き締めた。

「姐さん、待って下さいよ。あたしゃ、本当に、今回の件には係《かか》わっちゃいないんだ」

「係わりのないおまえさんの口から、なんで権造の名前が出るんだい？　おまえ、親分に三吉を連れてったのは権造かもしれない、と言ったというじゃないか！　正直に何もかも吐いちまいな。でなけりゃ、おまえさんを二度とこの品川宿で商売できないようにしてやってもいいんだよ。あちしがひと言出入りの宿や遊郭で、おりゅうを使うなと言えば済むことだ。そうなりゃ、おまえさん、飯《おまんま》の食い上げだ。えっ、どうなのさ。それでいいっていうんだね！」

「言います。正直に言いますから、勘弁《かんべん》して下さいよ。いえね、嘉六が三吉の話を持ってきたのは、実を言うと、あたしにでね。けどさ、あたしはおたかを立場茶屋おりきに斡旋《あっせん》した女だ。当然、おたかが死んじまったことも、女将さんが三吉やおきちを不憫《ふびん》に思って引き取ったことも、何もかも知っていますよ。だから、嘉六が三吉を売りたいと言ったとき、すぐにピンと来ましたよ。嘉六の奴、女将さんと話をつけたわけじゃなく、無理《む》矢《や》理《り》、かっさらってきたんだなって。これじゃ、いかにあたしが鉄面皮《てつめんぴ》だの爪長《つめなが》だの陰口《かげぐち》を叩かれたところで、そんなとひょうしもないことに、手出しが出来るわけがありませんよ。立場茶屋おりきの女将の裏にゃ、高輪の親分が控《ひか》えていなさる。くわばらくわばら。あたしゃ断りましたよ。すると、嘉六の奴、この話は三吉も承知だ。あいつがおとっつァんの孝行をしたいと言っているんだ、と泣きつくじゃないか。それで、あたしは一切関知《いっさいかんち》しないってことで、権造を紹介してやったんだ。いえ、無論、権造から鐚銭《びたせん》一枚貰っちゃいないよ。嘘《うそ》だと思うなら、権造に確かめてみな。さあ、解っただろう？　これが全《すべ》てだ。あたしゃ寝かせてもらうよ。朝が早いんだ。姐さんみたいに昼近くまで眠っていられる身分じゃないんでね」

おりゅうはそう言うと、心張棒《しんばりぼう》を手に、帰ってくれ、と目で合図した。

「おりゅうさん、後生一生《ごしょういっしょう》のお願いです。権造さんの定宿《じょうやど》をご存知なら、教えていただけないでしょうか」

おりきは潜り戸を閉《し》めようとするおりゅうの手を、ぎゅっと握った。

さり気ない仕種であるが、その手を反対に捻《ひね》れば、おりゅうの身体などひと溜まりもない。

案の定、大して力を入れているわけでもないのだが、おりゅうは、痛《いて》ェ、と顔を顰めた。

「痛ェてて……。解りましたよ。女将さん、手を放《はな》して下さいよ。権造はね、宿になんか泊まりゃしない。いっつも、須崎《すざき》の材木小屋に寝泊まりしてさ。買い漁《あさ》った子も、頭数《あたまかず》が揃うまで、そこに押し込んでおくのさ。けどさ、生憎だったね。三吉で頭数は揃ったとか言ってたから、恐らく、今頃ァ、海の上だろうて……。ああ、痛かった。女将さん、華奢《きゃしゃ》な身体していて、力持ちなんだ。あたしゃ、腕が折れるかと思ったよ」

おりきが放した手を、おりゅうが大仰にさすっている。

「海の上ですって！　それはどういうことなのですか」

「恐らく、江戸、木更津《きさらづ》、中には、大坂《おおざか》あたりまで連れて行く子もいるんだろう?」

「そんなところまで連れて行かずとも、このあたりにも奉公先は幾らでもあるでしょうに」

「だから、女将さんは世間知らずだ。誰だって、銭《ぜに》が取れるほうがいいに決まってる。権造は各地を飛び回るからね。しかも、あいつは女衒紛《ぜげんまが》いのこともやっている。どこの子供《こども》屋《や》が一等高い銭を出すか、知ってるんだよ」

「子供屋？　幾千代さん、子供屋ってなんですか？　三吉は奉公《ほうこう》に出されるのではないのですか」

幾千代が苦《にが》り切ったような目で、おりきを見る。

どうやら、答えに窮《きゅう》しているようである。

代わりに答えたのは、おりゅうだった。

「女郎《じょろう》に仕込むために、子供の時分から抱えておく、まっ、言ってみれば、置屋《おきや》だね」

「女郎ったって、三吉は男の子ですよ」

「ふん、だから、女将さんは二才子供《にせえこども》なんだ。おまえさん、陰間《かげま》も知らないのかえ？　男娼《だんしょう》ですよ。僧侶《そうりょ》やお武家の中には、男色《だんしょく》を好《この》む好き者が多くてね。陰間屋《かげまや》が言うにゃ、女ごよりよっぽど金になる子もいるんだとよ。三吉は海とんぼの息子だからね、肌は黒い。けど、おきちもそうだが、死んだおっかさんに似たのか、顔立ちがいいからね。磨《みが》けば光ること間違いなしだ。権造も珍しく良い買い物をしたと悦んでいたよ」

「…………」

おりきは呆然とした。

言葉が出てこない。

三吉が……、まさか、あの三吉が、男娼にされるために、陰間屋に売られていくとは……。

「おっと、大事ないかえ、おりきさん。顔色が真っ青《さお》だ。おきっちゃん、女将さんを茶屋まで連れてっておくれ。任しときな！　親分はあちしが捜して、連れて行くから」

幾千代はそう言うと、再び、おりゅうをきっと見据《みす》えた。


翌日から、南北牛頭天王祭が始まった。

南では荏原神社から宮出《みやだ》しされた神輿が、南品川、品川宿門前町と氏子町《うじこまち》を練《ね》り歩き、海晏寺門前から海中へと担ぎ込まれる。

立場茶屋おりきにも、海中渡御をひと目見ようと、朝から見物客が引きも切らずにやって来た。

街道はどこを見ても人でひしめき合い、亀蔵親分も下っ引きたちも、三宿《さんしゅく》の巡察《じゅんさつ》に手を取られ、三吉のことだけに拘《かか》わってはいられないようだった。

おりきにしても、暗澹《あんたん》としてばかりもいられなかった。

数十名の雇人ばかりか、客の一人一人にまで気を配り、無事何事もなく、この十三日間を乗り切らなければならないのである。

昨夜、宿に帰って、おりきから三吉の身に起こったことを噛んで含めるように聞かされたおきちも、聞いた当初は相当にうち沈《しず》んでいたようだが、今朝になると、鬱々《うつうつ》とした想いを振り払ったのか、それとも、忘れるために敢えてそうしているのか、いつもにも増して、きびきびと立ち働いた。

誰もが、三吉のサの字も口にしようとしなかった。

言うと、その瞬間、涙が零れ落ちそうになるからである。

そうして、祭も中盤《ちゅうばん》を迎えたある日、南品川宿と門前町の境を記《しる》す傍示杭《ぼうじくい》から少し海側に入ったところで、嘉六の遺体が見つかった。

嘉六は用水路に頭を突っ込むようにして、死んでいた。

どうやらづぶ六になって、水を飲もうと用水路に屈み込んだところ、酔った勢いに、ふいに訪れた睡魔《すいま》が重なり、水に顔を浸《つ》けたまま溺死《できし》したようである。

海とんぼにしては、嗤おうにも嗤えない、無様な死に方であった。

「嘉六の懐中《かいちゅう》にゃ、手つかずの三両が入っていた。大方、三吉を売った金だろうが、奴《やっこ》さん、日頃、小判なんぞ手にしたことねえもんだから、遣わずに懐中に仕舞《しま》い込んでたんだろうて。嘉六が三吉を売っ払った日から昨日まで、奴は立売《たちうり》のどぶろくをちまちま飲んでいたそうだ。へっ、嘉六がどうしようもねえ糟喰だとしてもよ、遣った金はつっくるみ二分《ぶ》にも満《み》たねえとくる」

亀蔵親分が旅籠の帳場で、煙草《たばこ》を吹かしながら、蕗味噌《ふきみそ》を嘗めたような顔をする。

祭も今や中盤。どうやら中だるみとみえ、ようやく、親分にもおりきで油を売る暇が出来たようである。

「すると、嘉六は三吉を三両で売ったということなのですか？」

中食を済ませ、おりきから茶を馳走《ちそう》になっていた鬼一郎が尋ねる。

「まあな。まず、そう思って間違《まちげ》ェねえわな。三両に端金《はしたがね》をつけて貰ったんだろうて。だが、貧乏人の性《さが》なんだろうよ。端金にゃ手をつけても、小判にゃ畏《おそ》れ多くて手がつけられねえとくる」

「三両なんて……。三吉は三両のために売られていったのですか？　お金が要るのなら、わたくしに言ってくれれば良かったのに……」

おりきは胸がじりじりと切り裂《さ》かれていくように思った。

「いや、おりきさん、そりゃ違う。ああいった男は銭を渡せば、当てにして、またやって来る。きりがねえのさ。嘉六もそれを知っていたから、おりきさんにゃ言えなかった。おたかを始め、三吉、おきちと、この三人は皆、おりきさんの世話になっている。合わせる顔がなかったんだよ」

「だからといって、三吉を女衒に売ってよいのですか！　三吉には将来があるのですよ」

おりきは珍しく声を荒げた。

「嘉六の懐中にあった、三両はどうなさるおつもりで？」

今度は達吉が口を挟んでくる。

「嘉六の遺した金はおきちのものだ。まっ、おきちはまだ子供だから、女将さんに預けたがよ。だが、おきちはその金を要らないと言い張ってよ。三吉の身体に換《か》えた金なんぞ、遣いたくねえと言うのよ」

亀蔵親分の言葉を受けて、おりきが答える。

「ですから、わたくし、あのお金でおたかと母親、そして、嘉六さんの三人墓《さんにんばか》を造ろうと思っていますの。無論、足りない分はわたくしが出します。それならば、三吉も許してくれるでしょうし、おきちの今後はわたくしが責任を持ちます。せめて、あの娘《こ》だけでも一人前の娘に育て、おたかの果たせなかった夢を叶えてやりたいと思います。誰か好い人を見つけ、ここからお嫁に出してやるつもりですの。そのときは、親分、良いお婿《むこ》さんを探してやってくださいね！」

おりきの顔にも、ようやく穏《おだ》やかな笑みが戻ったようである。

三吉、ご免よ。おまえを護ってやれなかった……。

でも、決して、諦《あきら》めてはいないからね。

いつになろうと構わない。消息《しょうそく》さえ分かれば、どんなに遠くとも、駆《か》けつけていくからね。辛いだろうが、待っていておくれ……。おきちのことは安心しておくれ。おとっつァんは二度とおきちの前に現われない。これからは、このわたしがおきちの母親となって、あの娘が嫁ぐ日まで、大事に大事に育てるからね……。

おりきは改めて、そんなふうに心に誓った。

嘉六の遺体が上がったと自身番《じしんばん》から知らせを受けたとき、おきちは、あたしにはおとっつァんなんていない、と突っぱねた。

「おきっちゃん、おまえの気持は解るけど、そんなことを言うもんじゃない。どんな親でも親には変わりないのだから、娘として、最期《さいご》の見送りをしてあげようね」

おりきが説得《せっとく》し、ようやく、おきちは自身番へと向かったのだった。

だが、筵に寝かされた嘉六を見ても、おきちは涙ひとつ流そうとしなかった。

ただ突っ立ったまま、冷《ひや》やかな目で遺体を見下ろし、引き取り手は、と聞かれたときも、口をへの字に曲げ、ひと言も答えようとしなかった。

「引き取り手がないとすれば、この仏も海蔵寺《かいぞうじ》の投込塚《なげこみづか》行きだな」

自身番の誰かがそう言ったときだった。

「嫌《いや》だ。投込塚は嫌だ！　おとっつァん、おとっつァん、おとっつァんの莫迦《ばか》！」

突如《とつじょ》、おきちが遺体に縋《すが》りつき、泣きながら、嘉六の身体を叩き始めたのである。

書役が慌ててその手を摑んだ。

おりきは黙って成行きを瞠めていたが、そっとおきちの肩に手をかけると、

「これで納得《なっとく》したでしょう？　おとっつァんはおっかさんやおたかと一緒に、葬《ほうむ》ってあげましょうね」

と耳許で囁《ささや》いた。

おきちはこくりと頷いた。

おりきの腹はとっくに決まっていた。

どんなに非情な親でも親は親。その想いは必ずやおきちも心の底に秘めていようし、三吉もそう思うからこそ、父親のために売られていったのであろう。

しかも、なんと言っても、嘉六は既にこの世にはいない。

人を許して初めて、新《あら》たなる一歩が踏み出せるのである。おきちにいつまでも恨み心を持たせてはならない。

そのためには、おきち自らが納得し、父親を手篤《てあつ》く葬りたいと思わせなければならなかった。

なんと言っても、まだ十歳であり、もう十歳である。

嘉六はおたかや女房の眠る、海蔵寺の墓地に埋葬《まいそう》された。

そうして、雨ざらしになって少し戒名《かいみょう》の読みにくくなった墓標《ぼひょう》二つに、真新《まあたら》しい白木の墓標が加わった。

「おたかの命日《めいにち》には、三人が一緒に入れる墓碑《ぼひ》を建ててあげましょうね」

そう言うと、おきちは素直《すなお》に、はい、と頷いた。

あと三月《みつき》である。

そのときまでに、三吉が見つかっていれば、どんなに嬉しいことか……。

海蔵寺からの帰り道、おりきはおきちの肩を片手で引き寄せ、

「おきっちゃん、このおりきさんの娘にならない?」

と囁いた。

が、恐らく驚くだろうと思ったその言葉に、おきちは間髪《かんはつ》を容《い》れずに答えた。

「なる！　おきち、女将さんの娘になりたい。娘になって、女将さんみたいな立派な女将になりたい！」

おりきはくすりと笑った。

「あらあら、そういう意味ではないのよ。女将になってくれるのは嬉しいけど、おきっちゃんには普通の娘になってもらい、立派なお婿さんを見つけて、お嫁に出してあげたいの。それがおたかちゃんの夢だったんだものね」

「ふうん……。でも、おきちは働くことが大好きなんだ。おうめさんやおきわさんたちと働いて、お客さまに悦んでもらえるようになりたい」

「そう。働くことは良いことよ。まっ、ゆっくり考えればいいのだし、そんなことより、三吉を一時も早く捜さなきゃね」

「うん！」

おりきとおきちには、そんな約束が交わされていたのだった。

「けどよォ、おきちは見上げたもんだ。三吉のことがあって潮垂《しおた》れているかと思ったら、追い打ちをかけるように、嘉六のことで踏んだり蹴《け》ったりだ。ところがよ、気丈《きじょう》にも、泣き面《づら》ひとつ見せずに、以前にも増して我勢《がせい》しててよ。おたかも我勢者《がせいもん》だったが、おきちも決して負けちゃいねえ。ありゃ、案外、見っけもんだったかもしれねえな、おりきさんよ」

亀蔵親分が灰吹《はいふ》きに雁首《がんくび》をパァンと打ちつける。

「見っけもんとは？」

「これだぜ。お武家にゃいちいち回りくでェ説明をつけなきゃなんねえ！　立場茶屋おりきの次期女将としてよ、おきちにゃ鍛《きた》えりゃ筋《すじ》があると言ってるのよ！」

相変わらず、親分は鬼一郎に対して、角張《かどば》った言い方しか出来ないようである。

「えっ、そうなんですか？」

鬼一郎が目をまじくりする。

この男、驚いても怖がっても、その表情がまた様《さま》になるのだから、それがますます親分の臍を曲げる。

「何が、そうなんですかだよ。考えてもみな。おりきさんにゃ子がいねえ。いねえのが当たり前《めえ》だ。亭主がいねえんだから。だがよ、現在《いま》はそれでいいとしてもだな、おりきさんだって、いつまでも若かァねえ。するてェと、いつの日にか、立場茶屋おりきの後継者《こうけいしゃ》が必要となるだろうが。俺が言いてェのは、まっ、そういうこった」

「あっ、成程。それで、おきちを養女にと……。それはよい考えですね。けれども、もっと良いのは、おりきどのが所帯を持つことではありませんか？　ご自分の子をお持ちになればよい。ねえ、そう思いませんか？」

鬼一郎は平然《へいぜん》とした顔で言った。

その場にいた全員が、あっと息を呑む。

「しょ、所帯って、一体《いってえ》、誰と……。おめえさん、そりゃ唐人《とうじん》の寝言《ねごと》っていうもんだ。それとも何かえ、おめえさんがおりきさんの亭主に収まろうって魂胆《こんたん》かえ？」

亀蔵親分が目を剝《む》いた。

「いえ、滅相《めっそう》もありません。だが、仮にそうなれば、これほど祝着《しゅうちゃく》なことはありませんがね。だが、こんな自分が誰だか判らない男を、おりきどのが相手にされるはずがありません」

「まあま、皆さん、そのくらいで。わたくしのことを案じて下さるのは嬉しいのですが、今のところ、所帯を持つ気などさらさらありませんの。もう、その話題は止しにしましょうね」

おりきも慌てて止めに入ったが、慌てたのは、亀蔵親分の剣幕《けんまく》でも、鬼一郎の突拍子《とっぴょうし》もない言葉でもなかった。

初めて、鬼一郎がおりきのことを、女将、ではなく、おりきどの、と名前で呼んだことだった。


それから一月後《ひとつきご》のことである。

品川宿は牛頭天王祭を終え、七月の三役《さんやく》を迎えた。

七日の七夕《たなばた》は済ませたが、引き続き、大竜寺《だいりゅうじ》の海施餓鬼《うみせがき》。そのうえ、最《もっと》も品川宿が賑《にぎ》わいを見せる二十六夜《にいざよい》も迫《せま》っている。

三吉の行方は、依然、摑めないままだった。

ただ、江戸方面だけは、亀蔵親分が手を廻し、浅草、根津《ねづ》、深川など、主《おも》だった遊里《ゆうり》に探りを入れているのだが、未《いま》だ、消息が摑めていないということは、大坂や京、西国に売られていった可能性もある。

そうなると、厄介《やっかい》であった。

このところ、随分と日が長くなったように思える。

夕餉の刻《とき》を迎えても陽が高く、行灯《あんどん》に灯《ひ》を入れるには、まだ少し間があるようである。

おりきは夕餉の仕度が出来たのに、またまた鬼一郎の姿が見えないというおうめの言葉に、浜木綿の岬へと脚を向けた。

案の定、鬼一郎は岬に立ち、海を眺めていた。

「如月さま。また、ここにいらっしたのですね。お食事の仕度が出来ましたのよ」

おりきが近寄っていくと、鬼一郎は振り向き、眩しそうに、目を細めた。

「もう、夕餉ですか。日が長くなったのですね。ここに立っていると、真夏がもうそこまで近づいているような気がして……。懐《なつ》かしいというか、もしかすると、わたしは西国の生れなのかもしれませんね」

鬼一郎が白い歯をきらと見せた。

「わたくしも、西国の出なのですよ」

「女将、いや、おりきどのもですか?」

おりきはふふっと笑った。

鬼一郎がえっとおりきを見る。

「如月さまがわたくしのことをようやく名前で呼んで下さるようになったのですもの……」

「お嫌ですか?」

「いえ、とんでもないですわ。寧《むし》ろ、嬉しくて」

「では、わたしのことも名前で呼んで下さい」

「鬼一郎さま……ですか?」

「ええ。あっ、待てよ。妙かな? 如月鬼一郎は仮の名前。まっ、いいか。現在《いま》は如月鬼一郎なのだから、鬼一郎と呼んで下さい」

「はい。では、そう致しましょう」

二人はゆっくりと坂を上っていった。

小径の中ほどまで上ったときである。

鬼一郎が脚を止めた。

「おりきどの、ご覧《らん》なされ。花が咲いていますぞ! なんて言いましたかね、あの白い花」

「浜木綿ですわ。ほんと、まあ、今年は花をつけるのが随分と早いこと。では……」

おりきは腰を屈めようとした。

「あっ、何をなさる！」

「先日、お約束しましたでしょう？　浜木綿が咲きましたならば、茶室に飾りましょうって」

「ああ……。だが、手折《たお》るのは可哀相《かわいそう》ではありませんか。たった一輪《いちりん》、健気《けなげ》にも花をつけたのです。茶室に飾るのは、もっと沢山《たくさん》花が咲いてからにしましょう」

「それもそうですわね」

おりきは鬼一郎の優《やさ》しさを垣間《かいま》見たように思い、ふっと微笑んだ。

立ち上がると、その頬を、すっと浜風が撫でて通った。

それはまさに夏の風であった。

行合橋

「おまき、ご覧《らん》よ。また、あの客だよ」

　およねが板場《いたば》脇《わき》の小部屋から戻ってきたおまきの袖《そで》をぐいと引き、心ありげに耳許で囁《ささや》いた。

「えっ？」

「ほら、一番奥の、いつもの席。このすかたん！　そんなふうに振り返ってどうすんのさ。さり気なく、気取《けど》られないように見なくっちゃ。ほら、だから言っただろう？　あの男《ひと》、きっとまた来るよって！　ほらほら、ぼんやりしてないでさ、注文を取りに行ってきな。おなみがお茶を出したんだけどさ、注文を訊《き》いても、あの男、誰かを捜《さが》しているのかキョロキョロするばかりで、おなみの愚《ぐ》図《ず》助《すけ》が痺《しび》れをきらして戻ってきちまった。だからさ、あの男、やっぱり、おまえが目当てなのさ。ほら、行ってきなってば！」

　おまきはおよねにポイと臀《しり》を叩《たた》かれ、広間へと上がっていった。

　昼の書き入れ時の終わった、八ツ（午後二時）過ぎである。

　広間には旅送《たびおくり》に来た連中が入り側の長飯台《ながはんだい》に陣取《じんど》っているだけで、あとは奥まった席に行商人らしき男が一人、広間全体がまるで一刻《いっとき》（二時間）前の喧噪《けんそう》などなかったかのように、閑散《かんさん》としている。

「あのう……、ご注文は決まりましたでしょうか」

おまきは男に声をかけた。

「あっ、済《す》まねえ。まだ注文してなかったんだっけ？　そうさなァ……。ふふっ、莫迦《ばか》みてェだな。腹が減《へ》ってるってのに、何を食べてェんだか、自分でも分からないとくる」

男が決まり悪そうに、空《から》になった湯呑《ゆのみ》を口に運ぼうとする。

「あっ、今、新しいお茶をお持ち致《いた》します」

「済まねえ。おっ、そうか。確か、今日は重陽《ちょうよう》だっけ？　するてェと、栗飯《くりめし》か……。そうさなあ、栗飯を貰《もら》おう。浅蜊《あさり》か蜆《しじみ》の汁《つゆ》でもつけてもらえりゃ、極上上吉《ごくじょうじょうきち》、それでいい」

「それでしたら、重陽膳《ちょうようぜん》はいかがでしょう。栗飯に豆腐《とうふ》汁《じる》、小松菜《こまつな》と油揚《あぶらあげ》の煮浸《にびた》しに、香《こう》の物、菊酒《きくざけ》がついて二十文と、本日限りの特別膳になっています」

「では、それを貰おう。だが、俺は酒は……」

「菊酒は祝儀《しゅうぎ》もので、これは見世《みせ》の心付《こころづ》けとなっていますの。ですから、お飲みにならなくても、形だけ、口をおつけになれば宜《よろ》しいわ」

おまきはそう言うと、くすりと肩を揺《ゆ》らした。

「可笑《おか》しいだろ？　男のくせして、酒が飲めねえとは。毎度、お茶だけで長っ尻《ちり》しちゃって。これでも済まねえと思ってるんだぜ」

「いえ、そんなことはありませんわ。お客さまがいらっしゃるのは、見世も手隙《てすき》になった昼下がりですもの。では、重陽膳とお茶をお持ち致しますので、ごゆっくりして下さいませ」

　おまきは頭を下げかけ、おやっと思った。

　男の涼《すず》しげな目許に、つと翳《かげ》りが過《よ》ぎったのである。

　ほんの一瞬《いっしゅん》のことであったが、それは暝《くら》い沼地を想《おも》わせた。

　その刹那《せつな》、おまきは、違う、と思った。

　この男《ひと》は、あたしを見ているのじゃない。

　あたしを通して、その先にいる誰か、他の人を見ているのだ……。

　そんな想いが、じわじわとおまきの脳裡《のうり》に広がっていった。

　おまきは板場に戻ると、配膳口《はいぜんぐち》から注文を通し、男のために新しいお茶を湯呑に注《そそ》いだ。

　すると、およねが意味ありげに片頬《かたほお》を弛《ゆる》めて、おまきの肩をちょいと小突《こづ》いた。

「なんだよ、愉《たの》しそうに話し込んだりしちゃってさ。おまえも隅《すみ》に置けないね！」

「なんだってんだろうね、あの男。あたしが注文を取りに行ったところで、ひと言も喋《しゃべ》ろうとしなかったくせに、おまきには何を喋ってんだか、ぺらぺら、ぺらぺら。へえ、おまえもやるもんだ。男に捨てられたばかりというに、もう別の男に汐《しお》の目なんか送っちゃってさ。あんたみたいな女を、裾《すそ》っ張《ぱ》り、いや、御助《おすけ》っていうんだよ。茶立女《ちゃたておんな》なんかしてないで、橋向こう（北品川宿）で飯盛女《めしもりおんな》でもやっちゃどうだえ！」

　男に無視された腹いせか、おなみまでが半畳《はんじょう》を入れてくる。

　急須《きゅうす》を持つ、おまきの手が顫《ふる》えた。

「おなみ！　このおたんこ茄子《なす》が！　いいから、おまえ、とっとと中食《ちゅうじき》を食べておいで」

およねは茶立女の中では古株《ふるかぶ》で、女中頭《じょちゅうがしら》的な存在である。

およねにしてみれば、ほんのおちゃらかしに言ったつもりが、ここまで雲行《くもゆ》きを怪《あや》しくさせるとは思っていなかったのであろう、狼狽《うろた》えたように、おなみを追い立てた。

「ご免《めん》よ、おまき。おなみはあの通り勝栗《かちぐり》がくしゃみしたようなお徳女《とくじょ》（醜女《しこめ》）だ。そのくせ、手不調《てふちょう》の口八丁《くちはっちょう》とくる。やっかみだと思って、勘弁《かんべん》してやっておくれ。そのお茶は奥の客のだろ？　いいよ、あたしが持ってくから、おまえは少し休んでな」

およねは気を兼《か》ねたようにそう言うと、おまきの肩にそっと手を置いた。

おまきは叫びだしたい想いを懸命《けんめい》に堪《こら》え、きっと唇を嚙《か》み締《し》めた。

おまきが言い交《か》わした相手、悠治《ゆうじ》の死を知ったのは、ひと月ほど前のことである。

それまでは、騙《だま》されたのだ、捨てられたのだ、と理屈では解《わか》っていても、街道を行く旅人の中に我知《われし》らず悠治の姿を求め、立場茶屋《たてばぢゃや》の客に悠治とよく似た後《うし》ろ姿を認めると、胸が張り裂《さ》けるのではないかと思うほど高鳴った。

何より、独《ひと》り寝には長い夜が辛《つら》かった。

考えてみれば、十六歳のとき小間物屋油屋丑蔵《あぶらやうしぞう》のおさすり（妾《てかけ》）に入り、夜毎《よごと》、男の手で弄《もてあそ》ばれた身体《からだ》である。

丑蔵を好きだと思ったことは一度もないが、当初は苦痛にしかすぎなかった睦《むつみ》ごとを、いつしか身体のどこかで待ち侘《わ》びる、そんな濫《みだ》りがわしい自分がいることにも気づいていた。

頭では否定しても、身体が丑蔵を待っているのである。

そんなとき現われたのが、幼馴染《おさななじ》みの悠治だった。

「なっ、江戸に行こう。江戸でさ、おいらと所帯《しょたい》を持って、小間物屋をやろうよ！」

「本所亀沢町《ほんじょかめざわちょう》に恰好《かっこう》ものの お店《たな》が売りに出てさ。八十両もあればなんとかなる……」

悠治はそう甘い言葉を囁き、おまきに油屋から金を持ち出すように唆《そその》した。

悠治の腕の中で初めて知った、女の悦《よろこ》び……。

心底《しんてい》づくで愛し合う、身もとろけるような恍惚《こうこつ》の中で、おまきは悠治とならば死をも厭《いと》わない、地獄《じごく》の門さえ潜《くぐ》ろうぞ、とまで考えた。

だが、それほど愛《いと》しい悠治が、おまき一人を立場茶屋おりきに置き去りにして、下見に行くと江戸に出たきり、戻って来なくなったのである。

悠治に捨てられたと知ったおまきは、この品川の海に身を投じようとした。

それを引き留《と》めたのが、女将《おかみ》のおりきである。

あのとき、おまきはおりきに頬《ほお》を打たれ、その胸に縋《すが》って泣き崩《くず》れた。

「お泣き。思いの丈《たけ》を全て涙で流しておしまい。命あっての物種《ものだね》さ。天道《てんとう》人を殺さずという言葉を知っていますか？　懸命に生きてごらんなさい。日の昇《のぼ》らない朝なんてないのですよ」

おりきはそう言って、岡崎の味噌《みそ》問屋《どんや》尾張屋《おわりや》助左衛門《すけざえもん》を間に入れて、おまきが油屋から持ち去った八十両の件も、話をつけてくれたのだった。

結果、十両という金をおりきが用立て、岡崎の件は丸く治《おさ》まった。

そればかりか、その金はおまきが茶立女として働いて返してくれればよいとまで言ってくれたのである。

おまきが茶立女として見世に出るようになって、一年と少々。

ようやく仕事にも慣れたとはいうものの、悠治のことは相《あい》も変わらず、心のどこかに引きずっていた。

捨てられたのだ。悠さんの目的は端《はな》から八十両にあり、あたしは利用されただけなのだ……。

そう解っていても、どこか現実を認めたくない自分もいた。

悠さんの身に何事か起きたのだ。あたしを迎えに来たくても来られない事情が……。

待っていれば、いつかきっと、悠さん、迎えに来てくれる……。

おまきの心は千々《ちぢ》に乱れ、悠治と風体《ふうてい》の似た旅雀《たびすずめ》（旅人）を目にすると、その度《たび》に、思わず後を追いかけたくなってしまうのだった。

ところが、ひと月ほど前のことである。

茶屋で中食を摂《と》っていた下っ引きの金太《きんた》と利助《りすけ》の何気《なにげ》ない会話が、膳を運んでいたおまきの耳に飛び込んできた。

「お由《よし》とかいう、ほれ、悠治を虚仮《こけ》にした女。またまた男を手玉《てだま》に取ったとよ」

「お由？　悠治……。そら、なんのこった」

「金太の唐変木《とうへんぼく》が！　ほれ、悠治よ。おまきを立場茶屋おりきに置き去りにして、金を持ち逃げにした男がいたろ？　あいつ、深川の検校《けんぎょう》の手懸《てかけ》に同じ手を遣《つか》おうとして、ヘッ、女《おな》ごのほうが上手《うわて》でよ。女ごに有金《ありがね》全部を絞《しぼ》り取られた挙句《あげく》、簀巻《すま》きにされて、大川にドボンさ」

利助がそう言ったときである。

広間にガシャンと瀬戸物《せともの》の割れる音が響《ひび》き渡った。

「おまき……。やべェ、聞いちまったのかよ！」

おまきが唇まで色を失い、顫えながら、突っ立っていた。

茶屋番頭の甚助《じんすけ》から知らせを受け、おりきが茶屋に駆《か》けつけたとき、おまきは板間にへたり込み、欠けた瀬戸物を掻《か》き寄せながら、全身で顫えていた。

両手から血が滴《したた》り落ち、蒼白《そうはく》な顔に引きつった目……。

その姿は、どう見ても物の怪《け》に取りつかれたか、気が触《ふ》れたかにしか見えなかった。

おまきが悠治の死を現実として捉《とら》えられるようになったのは、それからひと廻《まわ》り（一週間）ほどしてからである。

「おまきに内緒《ないしょ》にしていて悪かったねえ。いえね、いつかは言わなければと思っていたのですよ。けれども、わたくしが見たところ、おまきの心には、まだ悠治がいるように思えてね。いつか必ず迎えに来てくれると待っている姿を見ると、辛くてねえ……。けれども、時は人の心を癒《い》やしてくれます。それまでは、悠治を行方《ゆくえ》知れずにしておくほうがよいと思ったの。浅はかでした。あんな形でおまきの耳に入るなんて、どんなにか辛く、耐《た》えられなかったことでしょう。勘弁して下さいね。この通りです」

おりきは悠治の身に起きたことを正直に話し、頭を下げた。

「いいんですよ、女将さん。これで、あたしも心に区切りがつきました。待っていても、もう、あん人は戻ってこない。ふふっ、悠さん、あたしを騙して、罰《ばち》が当たったんだ……」

おまきは引き吊《つ》った嗤《わら》いを見せた。

翌日から、おまきは以前にも増して、懸命に働くようになった。

それは、身体を動かすことで何かを吹っ切ろうとしているかのようで、元々芯《しん》の強い娘だったのか、ようやく、笑顔も出るようになっていたのである。

「おっ、重陽膳、上がったぜ。おまき、何をボケッと突っ立ってるんでェ！　さっさと運ばねえかよ」

配膳口から板前の声が飛んでくる。

奥の客にお茶を運んで戻ってきたばかりのおよねが、あたしが行こうか？　と目まじしたが、おまきはきっと顎《あご》を上げ、膳に手をかけた。

「大丈夫です。あたしが行きます」

男は重陽膳を食べてからも、何をするでもなく、一刻ばかりぼんやりと窓の外を眺《なが》めていたが、七ッ（午後四時）を過ぎ、茶屋に夕餉の客が三々五々《さんさんごご》やって来るようになると、気を兼ねたように帰っていった。

接客に追われていたおまきもおよねも、男の去る姿を見ていない。

「おや、あの男、いつの間にか帰っちまったよ」

およねは肩を竦《すく》めたが、その割《わ》りに平然《へいぜん》とした顔をしているのは、男が毎度食い代《しろ》だけはきっちりと置いて帰るのを知っていたからである。

「ほんと、あの男、何者なのかしら？」

他の茶立女たちも口々に囁き合う。

「てっきり、おまきに気があるのかと思ったけど、それにしちゃ、ぼんやり窓の外を眺めてさ。気色《きしよく》悪いったらありゃしない」

「ご免よ、おまき。さっきは悪かったね」

おなみまでがペロリと舌を出し、取ってつけたように世辞笑《せじわら》いをする。

「気にしていませんから……」

おまきはそう答えたが、鳩尾《みぞおち》のあたりに居座《いすわ》ったじくりとしたものだけは、容易《ようい》に払うことが出来なかった。

男が立場茶屋おりきに姿を現わすようになったのは、ひと月ほど前のことである。

男の歳《とし》は二十五、六であろうか、伊勢縞《いせじま》の着物に真田帯《さなだおび》、担《にな》い風呂敷《ふろしき》を肩にしているところを見ると、行商の糸物立《いとものだて》(呉服商)にも思えるが、それにしては商人《あきんど》にありがちな如才《じょさい》なさなど微塵《みじん》も窺《うかが》えず、寧《むし》ろ、純朴《じゅんぼく》で無骨《ぶこつ》にさえ見せていた。

おまきは男が初めて見世に現われた日のことを、今でもはっきりと憶《おぼ》えている。

あのときも、男がやってきたのは、八ッ過ぎだった。

「暫《しばら》く休ませてもらってもいいかな？　無論、何か注文をするからさ」

男はそう言うと、鴨蕎麦《かもそば》を注文した。

そうして、蕎麦を食べ終えてからも、一刻ばかり長飯台に肘《ひじ》をつき、窓の外を茫然《ぼうぜん》と眺めていた。

途中《とちゅう》、おまきは二度ばかりお茶を淹《い》れ替《か》えに立った。

「臀に根が生えちまったようで、済まねえな」

男はつとおまきに目をくれると、寂《さみ》しそうに笑った。

おまきはあっと息を呑《の》んだ。

胸の奥で、何かとてつもない音が響いたように思った。

ふっと寂しそうに笑った男の顔が、悠治の顔と重なって見えたのである。

男はえっと怪訝《けげん》そうにおまきを見た。

おまきは目を瞬《しばたた》くと、もう一度、確かめるように男を見た。

が、一瞬《いっしゅん》過ぎった悠治の面影《おもかげ》が、どうしたわけか、見事《みごと》といっていいほど消えている。

男はそれからも三日に一度はやって来た。

来ると、一刻ほどぼんやり窓の外を眺めているが、客の立て込む七ッ過ぎになると、夕餉の客と入れ替わるように、いつの間にか、姿を消しているのだった。

一度だけ、おまきは男が何を見ているのか確かめたくて、客のいなくなった隙《すき》を見て、奥の窓際に坐《すわ》ったことがある。

だが、おまきの目に入ったものは、なんら変哲《へんてつ》のない街道の風景で、ならばと通りの反対側へと目をやったのだが、男の坐った位置からは、茶屋の看板と板壁《いたかべ》が見えるだけで、見世の内部までは窺えなかった。

男は何か目的があって、窓の外に目をやっていたのではなかったのである。

恐らく、何も見ていなかったのだろう。

見ていたとすれば、それは目に映《うつ》るものではなく、もっと先にある何か……。

ところが、たまたま、おまきが男の接客をすることが度重《たびかさ》なったこともあり、茶立女たちの間で、男の目的はおまきではないか、と囁かれ始めたのである。

悠治の一件が、茶屋の雇人《やといにん》全てに知れ渡った直後でもあった。

「ほれ、あの男、また、おまきを見たよ」

「早く行ってやんなよ」

「捨てる神もあれば、拾う神もあるってさ」

そんなふうに、おちょくられる頃は、まだ良かった。

悠治には似ても似つかないとはいうものの、ほんの一瞬にせよ、おまきの心を鷲摑《わしづか》みにした、あの寂しげな笑い……。

いつしか、おまきも男がやって来るのを、心待ちにするようになっていた。

大して会話をするわけでもないが、注文を取りに行ったとき、ふっと見せるあの笑い。

おまきには男の抱《かか》える翳りや寂しさが、なんであるのかは解《わか》らない。

が、寂しいのなら、あたしがその寂しさを包み込んであげたっていい……。

そんなふうに思うようになっていたのである。

だが、まさか、おなみに裾っ張とまで言われようとは……。

決して、汐の目《ひと》を送ったわけでも、仕為振《しなせぶり》をして見せたわけでもない。

それに、あの男、本当はあたしのことなど見ちゃいなかったんだ……。

そのことに気づき、ほんの一時《いっとき》とはいえ、自惚《うぬぼ》れてしまった自分を面映《おもは》ゆく思ったばかりでもあった。

そこに、傷口に塩を塗《ぬ》るような、おなみの憎体口《にくていぐち》……。

おまきは他人《ひと》の底意地《そこいじ》の悪さを覗《のぞ》き込んだように思い、背筋が凍《こお》りつくのを感じた。

「さあさ、このじりじり舞いする書き入れ時に、おまえさんたち、何やってるんでェ！　おなみ、銚子《ちょうし》がついてるぜ。おまき、五番飯台がお呼びだよ。ほれ、江の島詣《もうで》のご一行だ」

茶屋番頭の甚助が胴満声《どうまんごえ》を張り上げる。

「いらっしゃいまし！」

およねの甲張《かんば》った声が、入り側に向けて響き渡った。

「おっ、栗飯に菊酒じゃねえか。そう言ャ、今日は重陽だっけ?」

帳場の障子《しょうじ》をするりと開けると、亀蔵《かめぞう》親分が小鼻をひくひくと動かした。

「まあ、丁度宜しかったですわ。親分も一緒《いっしょ》に召し上がりませんこと?」

おりきはくすりと笑うと、長火鉢《ながひばち》の横に、親分の席を作った。

「俺《おり》ャ、夜食に蕎麦を食ったばかりだ。だが、旨《うま》そうだな」

「おや、夜食が蕎麦とは。それではお腹が空《す》きましょうに。ささっ、どうぞ」

「女将にそうまで言われたんじゃ、ご馳《ち》にならねえわけにもいかねえわな。が、言っとくがよ、俺ャ、栗飯を当てにして覗いたんじゃねえからな。実際、今日が重陽ってことをころりと忘れていたほどだ」

亀蔵親分が憮然《ぶぜん》として、態《わざ》と、ぞん気な声で言う。

「年中三界《ねんじゆうさんがい》暇なしの、親分が忘れたとしても当然でしょう。実は、わたしも忘れていたというより、わたしの国許では、重陽に栗飯を食べるという風習がなかったように思うのですが……」

鬼一郎《きいちろう》は帳場の隅《すみ》にある文机《ふづくえ》に向かい、おきちの手習《てならい》に朱《しゅ》を入れていたのだが、何を思ったか、矢庭《やにわ》に口を挟《はさ》んできた。

「国許だって！　するてェと、おめえさん、何か思い出したっていうのかよ」

親分が素《す》っ頓狂《とんきょう》な声を上げ、おりきも大番頭の達吉《たつきち》も、あっと鬼一郎に目をやった。

「いえ、それが一向《いっこう》に……」

「けれども、重陽に栗飯を食べなかったということは、何か思い出されたということではありませんか？」

おりきがそれだけでも上出来《じょうでき》とばかりに、亀蔵親分に相槌《あいづち》を求める。

「いえ、なんとなくそう思っただけで、そんなふうに言われると、栗飯を食べなかったのが、定かかどうかも自信がありません」

「なんでェ！」

亀蔵親分がチッと舌を打ち、おりきも達吉も失望したように、顔を見合わせた。

「重陽にゃ、大概《てえげえ》、どこでも栗飯に菊酒と相場《そうば》が決まってらァ。へっ、国許なんて言うもんだから、びっくらこいちまったぜ！」

亀蔵親分は憎《にく》らしそうに毒づくと、栗飯をむんずと頬張《ほおば》り、旨《うめ》ェ、と呟《つぶや》いた。

九月九日の重陽は、幕府の定めた五節句《ごせっく》のひとつとされ、菊の節句とも、後《のち》の雛《ひな》とも呼ばれた。

古来《こらい》、中国でこの日、川薑《かわはじかみ》（山椒《さんしょう》）の枝を頭に挿《さ》して丘に登り、延命長寿《えんめいちょうじゅ》を願って菊の花を浸《ひた》した酒を飲んだところから、菊の節句と呼ばれたのであるが、どうやら、庶民の間では、菊酒だけでは物足りず、栗飯までつけたと思われる。

立場茶屋おりきでは、先代女将の頃から、折々《おりおり》の祝儀《しゅうぎ》や行事の雰囲気を、極力《きょくりょく》雇人たちに味わわせるよう努《つと》めてきた。

茶屋や旅籠《はたご》は盆も正月もなく、年百年中《ねんびゃくねんじゅう》、怱忙《そうぼう》を極《きわ》めた。

だからこそ、日頃接客するだけで、実生活になんら華《はな》のない雇人たちに、先代の女将がせめて雰囲気だけでも味わわせてやりたいと思ったようで、二代目おりきに代わっても、引き継《つ》がれてきた。

大晦日《おおみそか》の年越し蕎麦で一年を締めくくり、正月には雑煮《ぞうに》や屠蘇《とそ》、そして、七草粥《ななくさがゆ》、鏡汁《かがみじる》、小豆粥《あずきがゆ》と、折々に、つい通りの祝儀ものが振る舞われてきたのだった。

「だがよ、俺ゃ、思うんだが、おりきほど使用人を大切《てえせつ》にする見世はねえぜ。おっ、如月《きさらぎ》さまよォ、どうして、おめえさん、栗飯を食わねえのかよ」

亀蔵親分に言われ、鬼一郎が、いえ、と笑顔を返す。

「既《すで》に頂《いただ》きました。わたしは皆さんと一緒で構《かま》わないのですが、おりきどのが雇人の夜食と一緒では遅くなる。おきちに手習を教えるためにも、夕餉を早く済ませてくれと申されるのでな」

「へっ、そういうことか」

亀蔵親分が口をへの字に曲げた。

鬼一郎がおりきを名前で呼んだのが、気に入らないのである。

「鬼一郎さまはおきちの手習だけでなく、三吉《さんきち》がいなくなって善助《ぜんすけ》の仕事が大変だろうと、薪割《まきわ》りや水汲《みずく》みなども手伝って下さいます。御武家さまに、しかも、使用人でもないのに、そんなことをさせたのでは申し訳ありませんわ。せめて、食事だけでも別にと思っていますの」

「やれもやれも、見上げたもんだぜ屋根屋《やねや》の褌《ふんどし》、と言いてェとこだが、おめえさん、言ってみりゃ居候《いそうろう》だ。手伝って当然だろうが！　えっ、違うかえ？」

どうやら、今度はおりきが鬼一郎さまと呼んだのが、親分の勘気《かんき》に触《ふ》れたようである。

「居候だなんて……。親分、口が過ぎますわよ」

おりきが慌《あわ》てる。

「いや、親分の申される通りです。わたしも何もしないで世話になっているのは、気が退《ひ》ける。さりとて、ここを出たところで、どこに行けばよいのか、何をしたらよいのか、分からぬのでな」

「鬼一郎さま、もうそれ以上はおっしゃらないで下さいまし。わたくしどもと致しましても、現在《いま》の状態で、鬼一郎さまに出て行かれたのでは気が気ではなく、商《あきな》いにも身が入りません。ですから、鬼一郎さまはわたくしやおうめ、立場茶屋おりきのためにも、何か手掛かりになることを思い出されるまで、気兼《きが》ねすることなく、ここにいて下さいませ。そうだわ、鬼一郎さまにはおきちだけでなく、茶屋の娘たちにも算筆《さんぴつ》を教えていただきとうございます。手隙の時間帯、交替《こうたい》で手習や算盤《そろばん》を教えていただければ、さぞや、あの娘《こ》たちも悦《よろこ》びましょう。今まで、ろくに寺子屋に通えず、真面《まとも》に読み書きの出来る娘はいませんもの。そうだわ、それが良いわ。なぜもっと早くに気がつかなかったのでしょう！」

言いながら、次第に、おりきの目が輝きを増していく。

おきちを養女にと心に決めたおりきは、往来物《おうらいもの》（木版摺《もくはんずり》の手本）を使い、ひと通りの読み書きを手解《てほど》きしてほしいと、鬼一郎に頼んでいた。

手習の進み具合を見て、おりきも躾《しつけ》や作法《さほう》、女庭訓宝文庫《おんなていきんたからぶんこ》などを教えるつもりでいたが、おきちはなかなか賢《さと》い娘で、仮名手本《かなてほん》は瞬《また》く間に習得《しゅうとく》し、現在《いま》では漢字ばかりか、四書五経《ししょごきょう》まで学ぼうと奮起《ふんき》している。

立場茶屋おりきの娘として、将来他家に嫁《とつ》ぐにしても、女将の座を継ぐにしても、何もそこまでやる必要はない。

だが、おりきはおきちの怖《お》めず臆《おく》せず何かに立ち向かおうとする姿勢を、高く買っていた。

思えばおりきも、女だてらにと難色《なんしょく》を示す父青雲斉《せいうんさい》を説得して、柔術《じゅうじゅつ》を身につけたのである。

学ぼうと研鑽《けんさん》する気持に、無駄《むだ》なものなどあろうはずがない。

いつの日か、身につけたものは、必《かなら》ず役に立つ……。

おりきはおきちの意思に任《まか》せることにした。

決して強要《きょうよう》することなく心のままに、学びたいと思うのなら、学ばせてやればよい。

無論、養女にするからといって、おきちばかりに肩入《かたい》れは出来なかった。

おきちがおりきの実の娘というなら話は別だが、年頃の娘の多い茶屋や旅籠では、おきちの生《お》い立ちが知られているだけに、やっかみもまた多い。

「なんで、おきちなのさ！」

「おきちに身寄りがないからというのなら、あたしだってそうだ」

おりきの耳にも、そんなねずり言《ごと》が入ってくる。

それほど茶屋や旅籠の女たちは、判《はん》で押したように、身に詰まったり立行《たちいき》が立たなくなって、奉公に出された者ばかりだった。

飯盛女に売られなかっただけ幸いと思わなければならないほど、一人一人の胸に、なにがしかの疵《きず》を抱えているのも、また事実である。

決して、火に油を注ぐようなことをしてはならない……。

そのためには、じっくりと時をかけ、あの娘なら養女にしても不思議はないと誰もが思うような、そんな娘におきちを育てなければならない。

そう思い、おきちには従来《じゅうらい》通り、旅籠の下働きを手伝わせてきた。

ただ、おうめにだけは腹積《はらづ》もりを打ち明けた。

おきちに今までより幾分《いくぶん》多目に余暇《よか》を与えてほしい、と頼んだのである。

　だが、ほかの娘たちにも算筆を教えたならば、おきちだけ特別扱いする心苦しさが、些《いささ》かなりとも薄《うす》れるやもしれない……。

　仮に、仮名手本だけでは満足しない娘がいるなら悦《よろこ》ばしい限りで、漢字や商売往来《しょうばいおうらい》なども学ばせればよいのである。

「茶屋の娘たち全てにですか？」

　鬼一郎が驚《おどろ》いたように目を瞬いた。

「娘だけには限りませんわ。板場の男衆《おとこし》にも声をかけてみましょう。学びたいと思う者なら、誰だって構いませんわ。ねえ達吉、おまえはどうお思い？」

　出し抜けに矛先《ほこさき》を向けられ、達吉は挙措《きょそ》を失った。

「えっ、ああ、宜しいんじゃござんせんか。ただ、果《は》たして、学びたい者がいるかどうか……。さしずめ、杢助《もくすけ》や連次《れんじ》なんざァ、文字を見ただけで虫酸《むしず》が走るって口でやして、餓《が》鬼《き》の時分《じぶん》、悪さが過ぎて寺子屋から出入り差し止めになったと、味噌《みそ》気《け》に抜かしてやがったくれェで、さあてね……」

「まあ……」

「だったら、大番頭さんよォ、おめえさんが習っちゃどうでェ」

　亀蔵親分の言葉に、達吉がムッとしたように、言い返す。

「冗談《じょうだん》も大概にして下さいまし。憚《はばか》りながら、あっしはこれでも大番頭にございます。読み書きが出来ないようでは、務《つと》まる仕事ではないと思いますがね」

「ヘッ、釘屋《くぎや》が偉《えら》そうに！　まっ、あの蚯蚓《みみず》ののたくったような字でも、読めねえこたァねえもんな」

「親分こそ、もう一度、仮名手本から復習《さら》っちゃどうですか！」

「おっ、おめえさんも言うもんだ。だがよ、俺ャ、筋金《すじがね》入りの高輪金釘流《たかなわかなくぎりゅう》の家元でェ。俺がいきなり能筆《のうひつ》になってみな？　家元の名が廃《すた》るってもんだ」

「二人とも、お止《よ》しなさい！　解りましたよ。あなたたちには失望しました。けれども、わたくしは諦《あきら》めませんからね。茶屋の娘たちには不実者《ふじつもの》はいないと思っています。身の有《あ》りつき（運命）には恵まれなくとも、向上しようとする気持は誰にでもあるものです」

おりきはきっぱりと言い切ると、改まったように、全員を見回した。

「宜しいですわね。この話はこれまで。では、これから食後のお茶を淹れますからね」

おりきは鉄瓶《てつびん》の湯を確かめると、茶筒《ちゃづつ》の蓋《ふた》を開ける。

「それはそうと、親分がこんな夜分《やぶん》に見えるとは珍《めずら》しいですこと。何かご用がおありになったのではありませんか」

何気なく放った言葉であったが、亀蔵親分は、アチャ！　と平手《ひらて》で月代《さかやき》をポンと叩《はた》いた。

やはり、何か失念《しつねん》していたようである。

「いやな、女将に話してよいものかどうか、釜屋《かまや》の手前まで迷《まよ》っていたんだが、立場茶屋おりきの看板が目に入《へえ》った途《と》端《たん》、吸い寄せられるように、旅籠へと脚《あし》が向いちまった。悪《わり》ィ癖《くせ》だよ」

亀蔵親分が渋面《じゅうめん》を作ってみせる。

「親分、話とは？」

達吉が心配そうに眉根《まゆね》を寄せて、ちらとおりきの顔を窺った。

「嫌《いや》ですわ、親分。何かあるのなら、話して下さいませよ」

おりきの白い頬にも、さっと不安の色が走る。

「なに、鉄面《てつめん》のおりゅうの言うこった。当てになりゃしねえがよ」

「おりゅうさん……。三吉のことなのですね！　親分、三吉の消息《しょうそく》が判《わか》ったのですか？」

「それがよう……」

亀蔵親分が懐手《ふところで》にふっと太息《ふといき》を吐《つ》く。

「親分！」

「親分！　早く、なんとか言って下さいよ」

おりきも達吉も、鬼一郎までが、縋《すが》りつくように親分を見る。

「口入屋《くちいれや》の権造《ごんぞう》のことなんだがよ。奴《やっ》ァ、死んじまったよ。下田の浜に女子供《おんなこども》を含めて十数名の溺死体《できしたい》が上がってよ。権造の土左衛門《どざえもん》もその中にあったというのよ。昨日、おりゅうの元に馴染《なじ》みの女衒《ぜげん》が廻ってきてよ。奴ァ、下田から神奈川あたりを縄張《なわば》りにする女衒だ。たまたま訪《おとず》れた下田で、弁財船《べんざいぶね》の難破《なんぱ》に行《ゆ》き当たったというのよ」

「難破！　難破したっていうのですか」

「その男は言ってみりゃ、権造とは商売敵《しょうべえがたき》だ。おりゅうに鬼の首でも取ったかのように、これからは俺の天下だとかなんとか言ったそうだが、おりゅうにしてみりゃ、流しとはいえ、権造は身内みてェなもんだ。鉄面のおりゅうにしては、えらく潮垂《しおた》れてたぜ」

「それはいつのことなのでしょう」

化粧気《けしょうけ》のないおりきの白い頬が、蒼白《そうはく》になっている。

が、おりきは気丈《きじょう》にも、きっと顎《あご》を上げた。

「さあて、盂蘭盆会《うらぼんえ》が終わった頃というから、ひと月半ほど前かな？」

「ひと月半……。では、三吉は大丈夫なのですね？　浜に上がった溺死体の中には、三吉はいなかったのですね？」

「なっ、この話をすると、おりきさんは必ず三吉の安否《あんぴ》を気にするだろ？　だからよ、俺ャ、話していいものかと倦《あぐ》ねていたのよ。考えてもみろや。下田くんだりで起きたことが、俺に分かるわけがねえ。そりゃ、俺だって、おりゅうから聞いたときにゃ、すぐさま三吉のことが頭を過ぎったさ。だがよ、三吉が姿を消したのは、牛頭天王祭《ごずてんのうまつり》の日だ。ひと月以上も、権造に連れ回されていたとは、考えられねえもんな。だからよ、下田の浜に上がった土左衛門の中には、三吉はいなかった。そう考えるのが筋だろ？　そんなわけで、この話をおりきさんにしたものかどうか、迷っていたのよ」

「迷ったということは、百ひとつ、三吉がいた可能性があるのではないか……。親分、親分は腹の中でそう考えていらっしゃるのですね」

達吉が亀蔵親分の眉毛《まゆげ》を読もうと、睨《ね》めつける。

途端に、親分は度を失った。

「置きゃあがれ！」

「親分……」

おりきはつと亀蔵親分に目を据《す》えた。

「わたくしが下田まで出かけて、確かめて来ればよいのでしょうが、ひと月以上も前の話です。遺体は既に処理されてしまったでしょう。親分の手で、溺死者の中に三吉がいなかったかどうか、調べることは出来ないでしょうか」

「そりゃ、出来ねえこともないわな。弁財船の座礁《ざしょう》となると、奉行所に記録が残っているだろうからよ。身元が判明した者はともかく、身元知れずで投込寺《なげこみでら》に葬《ほうむ》られたのは、大方《おおかた》、身売りされた女子供だろうからよ。まっ、名前《なめえ》は判らねえにしても、年格好《としかっこう》くれェ判るだろうて」

亀蔵親分は懐手にした手を徐《おもむろ》に抜くと、吝《しわ》い顔をした。

「お願い致します。事《こと》と次第《しだい》によりますと、わたくし、すぐにでも下田に参りますので」

おりきは深々と頭を下げた。

が、頭を上げようとして、ワッと熱いものが眼窩《がんか》に衝《つ》き上げてきた。

まさか、そんなことがあるはずがない……。

必ずや、三吉はどこかで元気に生きている。

おりきはつっと過ぎった不吉な想いを払うようにして、衝き上げた熱いものを呑み込んだ。

だが、不安に苛《さいな》まれようと何が起きようと、時は待ってくれない。

重陽が終わったかと思えば、もう十三夜《じゅうさんや》である。

毎年のことながら、この季節になると、肌を撫《な》でていく風にどこかうそ寒《ざむ》さを感じ、海の色も幾分深くなったように思える。

下足番の善助など、早々《はやばや》と貸看板《かしかんばん》（法被《はっぴ》）の下に布子《ぬのこ》を着込み、ひと回りも太くなったかと思える身体を、それでもまだ顫わせ、老《お》いた身にゃ、懐同様《ふところどうよう》、秋寒《あきざむ》が身に沁《し》みるぜ、とぼやいている。

六十に手が届こうとする善助は、このところ、やたら繰《く》り言《ごと》が多くなったように思える。

薪割り、水汲み、風呂《ふろ》焚《た》きにかけては、誰にも退けを取らないと自負《じふ》し、その実、吹けば飛びそうな雲雀骨《ひばりぼね》の、どこにそんな力を秘《ひ》めているのか、鬼気迫《ききせま》るほどに気合いを込めて薪を割る善助であったが、三吉を手下《てか》につけてからというもの、どうやら善助は一介《いっかい》の爺《じい》さまになり果ててしまったようである。

以前の半分も身体を動かさなくなった。

三吉が薪を割る傍《かたわ》らで、自分は積み上げた薪に腰を下ろし、脂下《やにさ》がったように目尻をとろりとさせ、そんな三吉を眺めているのである。

「爺さまが孫を仕込んでいるつもりなんだろうて」

誰もがそう思っていた。

そんな善助だから、三吉が行方不明《ゆくえふめい》になった衝撃《しょうげき》は、他の誰よりも大きかったのかもしれない。

本来であれば、三吉がいなくなった分だけ、善助が身体を動かさなければならないところを、水を汲み上げては溜息《ためいき》を吐き、斧《おの》を振り下ろしては、息も絶《た》え絶えにへたり込んでしまうのだった。

見かねて、この頃は鬼一郎が手助けしてくれるからいいようなものの、おりきはもう一人下足番を雇わなければならないのだろうかと、本気で考えたほどである。

おたかを病死させたことも堪《こた》えたが、それほど三吉の失踪《しっそう》は、おりきや善助に深い疵を与えていたのである。

「善助、今宵《こよい》は風呂をいつもより早めに立てて下さいね。席書《せきがき》（宴席《えんせき》で即興的《そっきょうてき》に書画を描く）のお客さまは、早い方で、八ツ半（午後三時）にはお見えになりますよ」

おりきは旅籠から茶屋に廻ろうとして、薪の上に坐り込んだ善助を認め、声をかけた。

「へい」

善助は気のない返事を返したが、臀に根が生えたかのように、動こうとしない。

常なら、おりきの姿を見ただけで、反射的に身を正す善助である。

「どうしました？　身体がきついようでしたら、如月さまに手伝ってもらいますか？」

その言葉に、善助は飛蝗《ばった》のようにピョンと身を起こした。

「いんやのう。なんの、これしき……」

そう言うと、善助はペッと両手に唾《つば》を吐き、斧を振り上げた。

おりきはおやおやと苦笑すると、では、お願いしますね、と再び茶屋へと脚を向けた。

おりきには善助の蕭然《しょうぜん》とした想いが、痛いほどに伝わってくる。

恐らく、自分がついていて、という慚愧《ざんき》の念に堪《た》えないのであろう。

その想いは、おりきとて同様であった。

だが、今日は十三夜、後《のち》の月である。

月の名所として知られる品川宿は、正月と七月の二十六夜《にいざよい》、八月の十五夜、九月の十三夜と、年四回の月見行事に、この日ばかりは朝から怱忙を極めた。

月を愛《め》でるのに、何ゆえ朝からと思っても不思議はないが、何しろ、月見を口実に何日も前から遊里《ゆうり》で遊ぶ客もいるほどだから、叢雲《むらくも》に月が隠れようと、雨が降ろうと、一向に構わない。

殊《こと》に、通人《つうし》の間では、十五夜だけ見て十三夜を見逃すことを、片月見《かたつきみ》といって、不粋者《ぶすいもの》のすることと嘲笑《ちょうしょう》し、だだら大尽《だいじん》を決め込むのだった。

立場茶屋おりきでも、同様であった。

ただ、歩行新宿《かちしんじゅく》や本宿《ほんじゅく》と違い、白旅籠《しらはたご》であるおりきの客は、板頭《いたがしら》の巳之吉《みのきち》の月見料理に舌鼓《したつづみ》を打ち、月を愛で、席書に興《きょう》じる本当の意味での粋筋《いきすじ》ばかりで、今日も、毎年のように顔を見せる常連客《じょうれんきゃく》で満室であった。

そして茶屋のほうはといえば、月の岬に出向く前に一献《いっこん》と、早々と酩酊《めいてい》気分に浸る客が跡を絶たず、使用人たちは席の暖まる暇もなかった。

だから、疵を抱えていようが辛かろうが、互いに寄り添《そ》い、疵を舐《な》め合う心の余裕《ゆとり》など、どこにもない。

有難いと言えば有難く、また、残酷《ざんこく》なことでもあった。

おりきは広間の大壺《おおつぼ》が気にかかっていた。

板場脇の飯台に、信楽《しがらき》の壺が置いてある。

先代の女将の頃から、ここには四季折々の花を活《い》けてきた。

が、どういうものか、今朝は花が揃《そろ》わなかったのである。

芒《すすき》に通草《あけび》に野菊、竜胆《りんどう》と幾種類かは揃ったのだが、旅籠の客室に飾り、月見飾りにと使っていたら、どう考えても、茶屋の壺を十三夜らしく飾るには心細かった。

どうしたものかと考えていたところ、大番頭の達吉が品川寺《ほんせんじ》の裏山に登り、自生した山《やま》柿《がき》の枝を調達してきてくれたのである。

その枝が、茶屋の井戸《いど》脇《わき》に置いてあるという。

山柿は見事な枝振《えだぶ》りをしていた。

まだすっかり実が色づいていないところが、また趣《おもむき》がある。

紅い部分と青い部分が斑《まだら》に滲《にじ》んだように見え、芒や通草の紫とも調和する。

おりきは茶屋番頭の甚助に信楽の壺を運ばせると、井戸端で活けていった。

「どうやら、これで恰好がつきましたね」

「なんと、見事でございますなあ……」

「茶屋のほうはどうですか?」

「へえ、朝っぱらから満席で……」

甚助はそう言い差して、何か腹に含《ふく》むところでもあるのか、言葉尻を濁《にご》した。

「どうしました?」

「へえ、それが……。長っ尻の客がいやしてね。およねなんか、ぶん剝《むく》れてるのですが、この忙しい最中《さなか》、おまきと話し込んでやしてね。おまきを呼びつけて、いい加減《かげん》にしろってどやしつけてやったんですがね、おまきの奴、言うことを聞きやしねえ。他の客をうっちゃって、またまたあの客のところに行きやがった。ところが、一見客《いちげんきゃく》というわけでもねえし、客のほうに帰ってくれとは言えやしねえ。どうした按配《あんばい》か頭を抱えていたところなんですよ」

甚助が弱り切ったように言う。

「そう。解りました」

おりきは土間を伝って、茶屋の広間へと入っていった。

広間は満席で、あちこちの席で、月待《つきまち》の雀の酒盛りとなっていた。

おまきは、と雑踏《ざっとう》の中に目を這《は》わすと、一番奥の飯台に、その背を認めた。

「おまきったら、さっきからああなんですよ。女将さん、叱《しか》ってやって下さいよ」

およねがつと寄ってきて、耳打ちする。

が、おまきはまるで背中に目があるかのように、立ち上がると、小走りに戻ってきた。

おりきの姿を認めると、ちょっと驚いたといった顔をしたが、銚子のお代わりを催促《さいそく》する客のほうへと寄っていく。

「あの客なんですけどね。毎度、長っ尻しちゃって！　いえ、日頃はいいんですよ。見世が暇なときしか来ないんだから。けどさァ、今日みたいに忙しいときに、気が利《き》かないったらありゃしない！」

「席待ちの客もいないようだし、いいではないですか。長飯台も独《ひと》り占《じ》めにしているわけではないし、相席《あいせき》なのだから、もう少し様子を見て、席待ちの客が出るようでしたら、番頭さんに声をかけてもらいなさい。但《ただ》し、物腰《ものごし》を低くして、決して、相手の気分を損《そこ》ねることのないようにね」

おりきはそう言うと、茶屋をあとにした。


夕刻より、空は厚い雲に覆《おお》われ、十三夜というのに、月は遂《つい》に一度も姿を現わそうとしなかった。

それでも茶屋の月待客《つきまちきゃく》は性懲《しょうこ》りもなく月のない月見を愉《たの》しみ、五ツ半（午後九時）近くになると、ようやく諦めたのか、三々五々、家路についていった。

最後の客を送り出し、茶屋が店仕舞《みせじま》いしたのは、四半刻《しはんとき》（三十分）後のことである。

だが、旅籠のほうでは、まだ宴《えん》たけなわだった。

そうして、四ッ半（午後十一時）を過ぎた頃であろうか、旅籠の裏手にある、番小屋の板戸が叩かれた。

下足番の善助が寝泊まりしている、小屋である。

「誰や！」

中から、善助のくぐもった声が聞こえた。

「爺ちゃん、あたしよ、おまき。開けて！」

おまきが周囲を憚るように、か細い声で囁いた。

「どうした、こんな夜更《よふ》けに。おっ、おめいは誰でェ！」

善助は板戸を少しだけ開き、手燭《てしょく》を翳《かざ》した。

おまきの背後で、人影《ひとかげ》が二つ、微《かす》かに動いた。

「しっ、いいから早く、中に入れて！」

おまきはそう言うと、背後の二人に、さっ、お入り、と目で合図《あいず》した。

二十代半《なか》ばの目鼻立ちの整った男と、夜目《よめ》にも襟白粉《えりおしろい》の白さがくっきりと浮き立つ、明らかに飯盛女と思える女だった。

「おめえさんたち、まさか、足抜《あしぬ》き……」

「あとでゆっくり事情を話すわ。とにかく、匿《かくま》って！　お願い」

おまきが胸元で手を合わせる。

善助は何がなんだか解らないまま、行灯《あんどん》に灯《ひ》を入れた。

「さっ、おぬいちゃん、この着物に着替えるといいわ。あたしの着物だけど、返さなくていいからさ。髪はあとであたしが直してあげる。化粧や襟白粉は全部落としてしまうんだよ。着替えたら、半刻《はんとき》（一時間）ほど待って、この爺ちゃんに大森海岸まで送ってもらうんだ。爺ちゃん、三吉やおきっちゃんが住んでいた浜の小屋を知ってるよね？　そこに、この女《ひと》を連れてってほしいんだ。あたしが治平《じへい》さんとひと芝居《しばい》打って、時を稼《かせ》いでおくからさ。大丈夫。小屋で待っていると、必ず、こんな人が追いかけるからさ。夜が明けるまでの辛抱《しんぼう》さ。二人して、どこにでも逃げたらいい。ねっ、爺ちゃん、そういうことなの。助けてくれるよね？」

おまきの縋るような目にぶつかり、善助は金壺眼《かなつぼまなこ》をしわしわさせると、頷《うなず》いた。

相変わらず、仔細《しさい》が解ったような解らないような、だが、なんとしても、この二人を助けなければ、と善助は思った。

ふっと脳裡に、これが三吉であったら、という想いが過ぎったが、善助は慌ててその想いを振り払う。

誰であろうと、構わない。

この二人を助けるということは、いつの日にか、三吉を助けることに繋《つな》がるかもしれない……。

「よっしゃ、任《まか》しときなって。俄然《がぜん》、おいらも元気が出てきたぞ。おっ、おめえ、舟を操《あやつ》れるか？　確か、嘉六《かろく》の遺《のこ》した小舟があのままだ。おめえさんたち、どこに逃げるか知らねえが、海路のほうが良きゃ、舟を使ったらいい」

「いえ、俺は舟は……」

「そうけえ。まっ、そこまで差出《さしで》するこたァねえわな。けどよ、おいら、おめえさんの名《な》前《めえ》も知らねえんだ。助けるにしても、もう少し詳《くわ》しい話を聞かせてくれや」

善助に言われ、失礼しやした、と男は頭を下げた。

男は武蔵川越《むさしかわごえ》の百姓、治平と名乗った。

女の名は、おぬい。おぬいのふた親は幼い頃に亡くなり、遠縁に当たる治平の家で育てられたという。

「幼い頃から妹のように思ってやしてね。けどよ、俺が十八になった頃だったか、親父《おやじ》が大層な借金を作っちゃってさ……。酷《ひで》ェもんだぜ、それまではおぬいのことを我が子同然なんて綺麗事《きれいごと》を言ってた親父の態度がころっと豹変《ひょうへん》してさ。今までただ飯を食わせたんだから、養《やしな》い親が窮地《きゅうち》に陥《おちい》った現在《いま》こそ、恩返《おんがえ》しをするときだ。おぬいにそう言ってさ、身売りすることを強《し》いたんだ。おぬいは快《こころよ》く承諾《しょうだく》したよ。だがよォ、そんな莫迦な話があるかよォ！　俺《おり》ャ、親父を責め立て、俺が奉公に出るから許してくれと頼んだよ。ところが、親父が激怒《げきど》してね。零落《おちぶ》れたとはいえ、田畑《でんぱた》を失ったわけじゃない。おぬいを売れば、借金は綺麗《きれい》になる。おまえには寺下の、あっ、これは俺んちの屋号だがよ、寺下の跡取《あとと》りとして、これから再興《さいこう》する務めがあると言ってよ！　しかも、男が奉公に出て何ほどの金になろうか、と嗤《わら》いやがった！　腹が煮《に》えくり返るほど、悔《くや》しかったさ。ところがよ、そんとき初めて、俺ャ、おぬいを妹としてでなく、女《おな》ごとして、愛していたことに気づいたんだ。その想いは、おぬいも同じだった。おぬいの奴、あんちゃん、あたしはおとっつァんのために身を売るんじゃない。あんちゃんのために、あんちゃんにこの田畑を残してあげたいから、売られていくんだ……。そう言ってよ。俺たちはおぬいが売られていく前夜、夫婦《めおと》の契《ちぎ》りを交した。どこに売られていっても、この身体はあんちゃんのものだ。そう言って、おぬいが俺の胸に縋って泣くのよ。俺は決心したね。おぬい、済まねえ。少しの間辛抱してくれって。必ず、銭《ぜに》を溜《た》めて、迎えに行く。俺の女ごは、おぬい、おめえだけだって……」

治平は涙ながらに話し、洟《はな》を啜《すす》り上げた。

「それで、おぬいさんが南（南品川宿）に売られたのを捜し当てたんだな」

「七年かかりました。お伊《い》勢詣《せもうで》の連中が南でおぬいらしき女を見たって言うもんだから、俺ャ、後先《あとさき》考えずに飛び出してきた。親父が二年前に死んじまってたからね。田畑を売り飛ばして、三十両の金を作り、南に来たんだ。本当はもっと高く売れたんだろうけど、ふん、足許を見られたんだろうな。おぬいは小松楼《こまつろう》って遊郭《ゆうかく》にいたよ。名前も揚葉《あげは》と変わってた。けどよ、身請《みうけ》したいと言ったら、なんと答えたと思う？　揚葉にはここまで随分《ずいぶん》と金がかかった。三十両なんて、と鼻も引っかけねえんだぜ！　俺ャ、このひと月、糸物立までして、なんとか銭を作ろうと懸命になった。だがよ、小松楼の言う五十両なんて出来っこねえ。そんで、三日に一度は張見世《はりみせ》の外に立ち、一刻ばかりおぬいの姿を眺めたよ。立場茶屋おりきに寄ったのも、そんなときだった。どうしたものかと思案投《しあんな》げ首倦ねていたからね。この茶屋だけは、俺が長っ尻しても嫌な顔ひとつしなかった。そしたらよ、このおまきさんが、何か悩《なや》んでいるのなら話してごらん、と言ってくれてよ……」

「そう、そうなのよ。そうしたら、この男《ひと》、見世が暇になるのはいつだと訊《き》くもんだから、あたし、莫迦だねえ、あんたがいつもおりきに来る八ツ過ぎが暇なんじゃないかって、答えたんだ。それで、昨日、奥に中食に入る振りして、行合橋《ゆきあいばし》で待ち合わせしたの。あんまり時間はなかったけど、あたし、この男《ひと》の話を聞いているうちに泣けてきてさ。今まで、自分の身を不憫《ふびん》だと思っていたけど、あたしは飯盛女に売られたわけじゃない。それで、このままじゃいけないって思ったの。足抜きを唆《そそのか》したのはあたしよ。五十両溜まるのを待ってたんじゃ、おぬいさん、婆《ばあ》さんになっちまう。遊郭って、十年の年季が明けたら解放してくれるのかと思ったら、そうじゃないんだって。中には、身綺麗《みぎれい》になる女《ひと》もいるらしいけど、大概が、遊里にいる間に新たな借金を拵《こしら》えて、また別の見世に売られていくんだって。およねさんからそんなことを聞いていたもんだから、あたし、何がなんでも、二人を一緒にしてあげたいと思ったの。それに、今日は十三夜でしょう？　品川宿に人がこんなに集まるのですもの。今夜しかない、と思ったの。それで、今日の昼間、何気ない振りで張見世に近づき、おぬいさんに繫ぎをつけたの。四ツ（午後十時）過ぎ、なんとか見世を抜け出し、人目《ひとめ》につかないように行合橋まで出ておいでって……。行合橋にはあたしが待ってたわ。治平さんには茶屋の路地裏《ろじうら》に隠れてもらってたの。だって、行合橋で治平さんとおぬいさんが逢ったのでは、傍目《はため》にも、足抜きと見破《みやぶ》られてしまうでしょ？　あたしなら、女同士ですもの、お女郎さんと婢《はしため》にでも思われるんじゃないかって……。ふふっ、大成功！　誰にも不審《ふしん》な目で見られなかったわ」

おまきが興奮したように、捲《まく》し立てる。

「なんと、おめえ、糞度胸《くそどきょう》があるものよのう」

善助が啞然《あぜん》とおまきを見る。

「けどさ、あたしに出来るのはここまで。あとは、爺ちゃんの出番だ。お願い！　後生一《ごしょういっ》生《しょう》の頼みだ。爺ちゃん、この二人を助けてやってよ」

「助けねえと言ったところで、もう、おめえ、二人を連れて来ちまってる。ようっし、解った。この善助爺に任しときな！　おまきに出来たことが、この俺に出来ねえはずがねえ」

善助がポンと胸を叩いたときである。

通りのほうが俄《にわか》に騒がしくなった。

人の駆ける足音や、あっちだ、海岸を捜せ、とそんな声まで聞こえてくる。

四人は顔を見合わせた。

「いいこと? あたしと治平さんが囮《おとり》になる。二人して、手に手を取り合って、海蔵寺《かいぞうじ》の裏山に逃げていくから、爺ちゃんは様子を見て、おぬいさんを大森海岸まで連れてっておくれ。いいね、おぬいさん、待ってるんだよ。治平さんは必ず追いかけるからね!」

おまきはそう言うと、治平の目を瞠《みつ》め、行くわよ、と目まじした。


おまきと治平は海蔵寺の裏山に向けて駆けていった。

おまきは夜目にもはっきりと分かるように、提灯《ちょうちん》を二つも手にしていた。

消炭《けしずみ》の目に留《とま》ったのは言うまでもない。

目に留ってくれとばかりに、目立つように、駆けていたのである。

「いたぞ! こっちだ」

消炭の声に、街道や海岸に散っていた男衆も、次々に妙国寺《みょうこくじ》の脇道《わきみち》を駆け上がっていった。

が、どういうわけか、願行寺《がんこうじ》の手前あたりから、おまきの逃げ足がやけに鈍《のろ》くなった。

治平はそんなおまきを振り切るようにして、脇目《わきめ》もふらずに、坂道を駆け上がっていく。

おまきは遂に性根尽《しょうこんつ》きたのか、海蔵寺の門前で蹲《うずくま》った。

蹲ったまま、喘《あえ》ぎながら、治平に、行け、と手で合図する。

治平はそんなおまきにちらと一瞥《いちべつ》をくれ、立ち止まるわけでもなく、海蔵寺の角から相《そう》州道《しゅうどう》へと曲がっていった。

「揚葉、観念《かんねん》しな！　おめえの情人《いろ》は逃げちまったぜ。へっ、足抜きした女《おな》ごを置き去りにして、てめえだけ助かろうって魂胆《こんたん》だ。大《てえ》した情人だぜ！」

駆けつけた消炭が、おまきの腕をぐいと摑《つか》んだ。

「おっ、こりゃ一体《いってえ》……。おめえは誰でェ」

おまきは顔をきっと上げた。

立場茶屋おりきに門前町自身番から遣《つか》いが来たのは、おりきと大番頭の達吉が、帳場で翌朝の打ち合わせをしているときだった。

遣いの者はおまきを自身番に預《あず》かっていると言った。

おまきが茶屋の客と駆け落ちしようとしているところを、足抜きした女を血眼《ちまなこ》になって捜索《そうさく》していた、小松楼の消炭や男衆たちに、捕《と》らえられたのだという。

おりきは取る物も取り敢《あ》えず、自身番へと駆けつけた。

おまきは別に捕縛《ほばく》されているわけではなかった。

上がり框《かまち》に坐らされ、町役人や店番《たなばん》たちが途方《とほう》に暮れたように、そんなおまきを見守っていた。

「どうやら小松楼の男衆の手に余ったようでな。足抜き女郎と思って捕まえてみたところ、どこから見ても地娘《じむすめ》だ。ところが、どこのどいつだと尋《たず》ねたところで、この女、名前どころか、ひと言も喋りゃあしねえ。それで自身番に連れてきたんだが、ここに来たからといって、何を訊いても口を開くでもなし、弱り切っていたところ、店番の佐平《さへい》が立場茶屋おりきの茶立女じゃねえかと言い出してよ。だが、それとて、確かな証拠《しょうこ》があるわけじゃねえ。で、宿老《しゅくろう》の近江屋《おうみや》さんならご存知かと、ご足労《そくろう》願ったってわけなんだ」

町役人の藤野屋《ふじのや》茂《も》右《え》衛門《もん》が渋面を作って、近江屋忠助《ただすけ》の顔を窺った。

品川宿門前町の宿老であり、店頭《たながしら》でもある近江屋忠助が、品の良い面立《おもだ》ちに笑《え》みを浮かべて、おりきに穏《おだ》やかな視線を投げかける。

「なに、大騒ぎするほどのこともなかったのですがね。それはそうだろう？　おまきは茶立女といっても、金で縛《しば》られているわけではない。誰とどこに行こうが、茶屋ときっちり話さえついていれば構わないのですからね。だが、間の悪いことに、南の足抜き騒ぎと重なっちまった。まっ、小松楼の連中も女がおまきと知って、あっさり引き下がりましたがね。肝心《かんじん》のおまきが何ひとつ喋っちゃくれない。それで、雇い主のおまえさんにご足労願うことになったというわけです。まっ、ここから先は、おりきさん、おまえさんとおまきの間の話だ。自身番や店頭のあたしの差出することではありませんからね。それに、今宵はもう遅い。旅籠に戻って、ゆっくり話をすることだな」

忠助はまだ四十半ばだが、才知《さいち》に長《た》け、穏和《おんわ》ながらも、男気《おとこぎ》があった。

そんな忠助の人徳《じんとく》が買われてか、現在《いま》では、品川宿門前町の宿老として、誰もが一目《いちもく》を置いているのである。

「申し訳ございません。皆さまに大変な迷惑《めいわく》をかけてしまいました。わたくし、主人《あるじ》と致しまして、今の今までこのようなことになっているとは露知《つゆし》らず、おまきが何を考えているのか、解ってやろうともしなかったことを、恥《は》じています。お手数《てすう》をおかけしました。これより連れ帰り、この娘《こ》の気持を聞いてやろうと思っています。どうか、皆さま方、夜も更《ふ》けて参りました。これで温かいものでも召し上がって下さいませ」

おりきは胸の合わせから懐紙《かいし》入れを取り出すと、小粒《こつぶ》（一分金）を二枚懐紙に包み、そっと差し出した。

「おっ、済まねえな」

店番がぺろりと舌を出す。

こんな場合、心付けを出すのも出されるのもごく普通のことで、これで多少のごたごたは、全て丸く治まるのだった。

「さっ、帰りましょう」

おりきはおまきの肩にそっと手をかけた。

おまきも素直に頷いた。

「騒がせて悪かったな」

近江屋忠助も、おりきの後に続こうと、立ち上がる。

が、自身番を出ていこうとしたおまきの背に、店番の一人がちょうらかしを入れた。

「おまきよォ、おめえ、どこまで行っても、男運が悪《わり》ィな。駆け落ちしようとして、二度まで、男に置き去りにされる女《おな》ごなんざァ、そうそういるもんじゃねえ！」

おまきの肩がぎくりと硬直《こうちょく》した。

が、振り向こうとはせず、唇をきっと嚙み締め、俯《うつむ》いたまま出ていった。

「二才野郎《にさいやろう》の言うことです。おまき、気にするのではありませんよ」

自身番の障子を後ろ手に閉めると、忠助が気を兼ねたように言った。

三人は夜更けの街道を西へと下っていった。

二刻《ふたとき》（四時間）ほど前まで賑《にぎ》わった門前町も、現在《いま》は、どの見世も灯を落とし、ひっそりと寝静まっている。

つい今し方、この町でひと騒動《そうどう》あったことなど、恰《あたか》も幻影《まぼろし》であるかのように、風もなく、潮騒《しおさい》だけが子守唄《こもりうた》のように流れていく。

八ツ（午前二時）近くになるのだろうか。

「近江屋さん、お寄りになりますか？」

おりきがそう言うと、忠助は、いや、と首を振った。

「今宵はもう遅い。それに、おまきはあたしなんかより、おりきさん、おまえさんに話を聞いてもらいたいのだろうからさ」

忠助は近江屋の前まで来ると、じゃな、と片手を上げて、裏木戸へと廻っていった。

旅籠に戻ると、達吉と鬼一郎が中庭まで出ていて、二人の姿を認めると、ほっと安堵《あんど》したように寄ってきた。

「おまき、良かった。大事ないかえ？」

達吉が、この野郎、心配させやがって、とおまきの臀をぽんと叩く。

「お客さまがお休みです。ここでは迷惑がかかりましょう。さっ、早く、中へ」

おりきはおまきの肩を抱き、おやっと思った。

おまきの肩には、身構《みがま》えた硬《かた》さなど、微塵も残っていなかった。

「客室のほうには何事もありませんでしたね？」

おりきは長火鉢の前に坐ると、達吉に尋ねた。

「はい。女将さんが出て行きなすって、半刻ほど経ちますが、別に、変わったことはありません」

「そう。茶屋の者も、皆、眠っていますね？」

「へい」

おりきはほっと肩の力を抜くと、お茶を淹れようと、急須《きゆうす》に手をかける。

「わたしは遠慮しましょう。夜更けに誰か訪ねてきたようなので、何事かと案じて出て参りましたが、こうして、お二人とも無事に戻られたことだし、この辺で、わたしは失礼いたしましょう」

鬼一郎が気を利かして、立ち上がろうとする。

「いいんです。如月さまもいて下さい。あたし、何も隠し立てをする気はありませんから」

おまきは意表《いひょう》をついて、存外《ぞんがい》にも、きっぱりとした口調《くちょう》で言い切った。


「爺ちゃんは……。善助さんは戻っていますか?」

おまきは達吉を振り返った。

「善助? 善助がどうかしたのか」

達吉が尻毛《しりげ》を抜かれたように、目を欹《そばだ》てる。

どうやら、達吉は何も知らないようである。

だが、善助がおぬいを無事に大森海岸まで送り届けたことを確かめないうちは、滅多《めった》なことは喋れない。

いいさ、あたしがもう少し悪者《わるもの》になってればいいんだから……。

おまきは腹を括《くく》ると、きっと顔を上げた。

「あたし、爺ちゃんにだけは治平さんへの想いを打ち明けてたんだ。あん人ともう一遍《いっぺん》手に手を取り合って、人生をやり直してみたいって……」

「おまき、おめえ、そりゃねえだろうが! おめえは女将さんに義理があるんだぜ。悠治と二人して、岡崎の小間物屋から八十両持ち逃げしたのは、どこのどいつだ！　女将さんと尾張屋の旦那が間に入って、丸く治めて下さったからいいようなもの、十両の金を立て替えなすったのは、女将さんだぜ。女将さんはその金をおめえが茶立女として働いて返してくれればよいと言いなすった。これほど大束《おおたば》な話があろうかよ。品川宿で働く女は、皆、心になにがしかの疵を抱え、金に縛られてもいる。けどよ、おめえの場合は、飽《あ》くまでも、女将さんの好意から出たことで、往生《おうじょう》づくめの話じゃねえ。だからこそ、女将さんに腹の内を打ち明けて、相談すべきじゃなかったのかえ？　それを、色は思案の外《ほか》とはいうものの、好いた男が出来たからといって、これじゃ、後足《あとあし》で砂をかけるようなもんだ！」

達吉が身体をわなわなと顫わせ、声を荒げた。

「番頭さん！　そう頭ごなしに叱るものではありませんよ。おまき、おまえ、本当にその男《ひと》を好きだったの？」

おりきはおまきの目を瞠めた。

おまきが力のない目を返す。

「何がやり直せるだ！　おめえ、その男に置き去りにされたんだぜ。男女が心底づくで惚《ほ》れ合ってみな？　状況が悪くなったからといって、女だけ置いて逃げるはずがねえ。おっ、おまき、まさか、その男に金を渡したんじゃねえだろうな？」

「違います！　お金なんて渡していません。第一、あたし、お金を持っていないもの。けれども、仮に、あたしがお金を持っていたとしたら、あたし、治平さんにあげたかもしれない。それでも、あたし良かったんだ！」

おまきの目から涙が溢《あふ》れ出した。

そうなんだ。あたし、やっぱり、あん人に惚れてたんだ……。

おぬいさんのために、あの二人を逃がしてやったのじゃない。

あたしのためなんだ。あたしの想いをおぬいさんに託《たく》しただけなんだ……。

おまきの脳裡に、百姓にしては白すぎる治平の整った目鼻立ちや、少し翳りのある表情が、走馬灯《そうまとう》のように駆け巡《めぐ》った。

昨日、行合橋で逢わないか、と囁かれたとき、おまきの胸は小娘《こむすめ》のように高鳴った。

確かに、何か悩んでいるのなら話してごらんと言ったのは、自分である。

だが、だからといって、男が誰にでも胸の内を晒《さら》け出せるものではない。

心を許した相手だからこそ、打ち明けたいと思うのではなかろうか……。

おまきはまるで逢い引きでもする想いで、中食も摂《と》らないまま、見世を抜け出した。

だが、治平の口から出た言葉は、おまきを失望もさせ、新たなる同情をも湧《わ》き起こした。

あたしがなんとかしてあげなくては……。

おまきは腹の底から衝き上げてくる、熱い思いに揺り動かされて、肩肘張《かたひじは》ってしまったのである。

ふふっ……。

おまきは泣きながら、嗤った。

莫迦な女、あたしって……。

「おまき、てめえって女は、どこまで置《お》いて来坊《きぼう》よ！」

達吉がどす声を上げたときだった。

「宜しゅうござんすか」

帳場の外から声がかかり、障子がするりと音もなく開かれた。

善助が敷居《しきい》に額を擦《す》りつけるようにして、屈《かが》み込んでいる。

「女将さん、大番頭さん、もうそれ以上おまきを叱らないでやって下さいませ。へっ、あっしが何もかも話しやす」

「善助、おまえ、一体どこに……」

おりきが言いながら、さっ、お入り、と手で合図する。

「爺ちゃん！　二人は？」

おまきがいざるようにして、善助の傍《そば》へと寄っていく。

「大丈夫《でえじょうぶ》だ。治平は来た。おまき、安心していいからな」

「そう。治平さんはおぬいさんと逢ったんだね。良かった……」

おまきはほっと肩の力を抜き、その弾《はず》みか、また、大粒《おおつぶ》の涙が頬を伝い落ちた。

「善助、二人とは誰のことなのですか？　解るように説明して下さいな」

おりきに諭《さと》され、善助は、へい、と姿勢を正した。

善助は洗いざらい話した。

そうして、懐から包みを取り出すと、おりきの前にそっと置いた。

「三十両ありやす。これは治平がおぬいを小松楼から身請けするために用意した金です。けんど、小松楼では、五十両と吹っかけたそうです。百姓の治平には、残りの二十両なんて出来っこねえ。この三十両だって、田畑を売って、ようやっと拵えた金だそうで……。だがよ、元々、言い交わした相手だ。なんとしても一緒にしてやりてェ。おまきは二人に二人に同情したんだ。あっしもおまきのその心に惚れ、ひと肌脱《ぬ》いでやろうと思いやした。おまきはですから、責めるのなら、このあっしを責めて下せェ。あっしはもう老い先短けェ爺《じじい》だ。三吉をあんな目に遭《あ》わせちまって、あっしはこの先、生きていくのも面倒《めんどう》になってしまった。だからよ、こんなあっしでも、誰かの役に立てると思ったら、もう何も思い残すこたァねえ。そんで、この金でやすが、治平という男はあれでなかなか律儀《りちぎ》な男で、せめて三十両だけでも小松楼に渡してくれと、あっしに託しやした。さあ、小松楼がなんと言うか分かりやせんが、あっしはこの金を持って、明日にでも掛け合ってみるつもりでやす。それでようございますね？　黙って事を進めようかとも思いやしたが、あっしも立場茶屋おりきの使用人だ。話の成行《なりゆ》き次第、女将さんに迷惑がかかるようなことがあってはと思い、打ち明けました。善助、一世一代《いっせいちだい》の頼みにごぜェやす。女将さん、たった今、あっしを解雇《くび》にして下せえ」

善助は再び畳に頭を擦りつけた。

「善助、事情はよく解りました。けれども、莫迦を言っちゃいけないよ。おまえは立場茶屋おりきの大切な一員です。おまえばかりではありません。おまきも達吉も、このおりきで働く者は皆家族です。誰一人欠けて良いわけがないではありませんか。その三十両はわたくしが預かりましょう。夜が明けたら、わたくしが小松楼の御亭《ごてい》と話してみます。いいですか、おまき、善助。今宵のことはおまえたちは与《あずか》り知らないこと。治平という人は、茶屋の顔馴染《かおなじ》みだった。たまたま客を送りに表に出たわたくしに、治平さんがこのお金を託し、小松楼に渡してくれと頼まれた。そう、話してみます」

おりきは平然とした顔で言った。

「けど、小松楼がその話を鵜呑《うの》みにしますかね。おぬいのことを聞かれたら、女将さん、どう答えるおつもりで？」

善助はまだ納得《なっとく》していないとみえ、眉間《みけん》に皺《しわ》を寄せて、吝い顔をした。

「さあ、惚《とぼ》けるより他に方法がないでしょうね。どこかに隠れていたのかもしれないけど、わたくしが逢ったのは、治平さんだけですって」

「そう、それがよい。三十両の金だって、なんのことだか解らないまま、とにかく、言付《ことづ》かったから持ってきた。そう惚けてやればいいんですよ」

鬼一郎も我慢《がまん》できないとみえ、口を挟んでくる。

だが、善助はまだ納得できないのか、腕を組み、頻《しき》りに首を振っている。

「確かに、二十両足りません。けれども、これはわたくしの勘《かん》ですが、おぬいさんの身請けに五十両とは、些か多い気がします。小松楼の御亭と話してみなければ、詳しいことまで分かりませんが、足《た》りないというのなら、何がどう足りないのか、納得のいくよう説明してもらいましょう」

おりきがそう言ったときである。

善助が目から鱗《うろこ》が落ちたように、ポンと膝《ひざ》を叩いた。

「そういうことか！　成程《なるほど》、女将さん、亀蔵親分を連れて行きなさるおつもりで？　そりゃあいい。親分を前にして、足許を見るなんざァ、この品川宿の人間には出来っこねえ」

「あっ、成程、親分をね。それはよい。おりきどのもそう考えておられるのですね！」

鬼一郎の言葉に、おりきは、さあどうでしょうね、と空惚《そらとぼ》けた。

「さっ、もう間もなく夜が明けますよ。おまきも善助も、幾らかでも身体を休めて下さいな。いいこと、二人とも、今宵のことで誰が何と言おうとも、素《そ》知《し》らぬ振りで通すのですよ。おまきはまた妙な噂が立ってしまい、暫く辛い想いをするかもしれないけど、それは、おまきも覚悟《かくご》の上でやったこと。挫《くじ》けるのではありませんよ。少なくとも、ここにいるわたくしたちだけでも、おまきの心を理解しているつもりですからね」

おまきはこくりと頷いた。

「おっ、空が白んで参りやしたぜ。そろそろ板場の連中や女中たちが起きてくる頃だ」

達吉の言葉に、全員が、では、と立ち上がる。

おりきは帳場を出ていこうとするおまきの背に、そっと手を触れた。

「辛かったわね。おまきの気持はよく解っていますからね」

耳許でそう囁くと、おまきは項垂《うなだ》れたまま、うんうんと頷いた。
行合橋は男と女の出逢う場所。
そして、別れる場所。
また、おまきは辛い想いをして、ひと回り、大きくなったに違いない……。
そんなふうに思ったとき、ひやりとした冷気《れいき》が、頬や項《うなじ》を撫でて通った。
善助が表戸を開けたのである。
「ウッヒャア……。身に沁みるぜ」
朝寒《あさざむ》の中、善助の霜《しも》げた声が、じゅんわりと流れていった。

秋の果て

その女は、殊《こと》の外《ほか》、人目《ひとめ》を惹《ひ》いた。

手拭《てぬぐい》を姉さま被りにし、着物の上から塵《ちり》よけの浴衣《ゆかた》を羽織《はお》っているところまでは月並《つきなみ》な旅姿《たびすがた》なのであるが、浴衣の下からちらちらと見える薄紫《うすむらさき》の縮緬《ちりめん》は上質のもので、何より、面立《おもだ》ちに大店《おおだな》の内儀《ないぎ》ふうな品《ひん》の良さが漂《ただよ》っているのである。

だが、それにしては、供《とも》もつけずに女の一人旅というのは、どう見ても嚙《か》み合わず、不自然であった。

が、そんなこととはお構《かま》いなく、今日も、立場茶屋《たてばぢゃや》おりきは湯治客《とうじきゃく》や大山詣《おおやまもうで》、紅葉狩《もみじがり》の客でごった返している。

そんな中にあり、女は掃《は》き溜《だ》めの鶴《つる》とでも言おうか、木に竹を接《つ》いだようで、どう見ても、そぐわなかった。

「あの女さァ、もう一刻《いっとき》（二時間）近くも坐《すわ》ってるよ。誰か待ってるのだろうか」

「それにしちゃ、人待《ひとま》ち顔をしていないよ」

「けどさ、どう見ても、品者《しなもん》（美人）だよ。ああいうのを月の眉《まゆ》ってんだね。大店のお内儀ってとこかしら?」

茶立女《ちゃたておんな》たちは束《つか》の間手が空《す》いたかと思うと、額《ひたい》を寄せ合い、そんなふうに口っ叩《たた》きした。

「おまえたち、お客さまの品定《しなさだ》めをするのはお止《よ》しよ！　女将《おかみ》さんの耳にでも入ってみな、大目玉だ」

およねが手取者《てどりもの》らしく窘《たしな》めるのだが、女たちは亀《かめ》のように首を竦《すく》めるだけで、暇《ひま》が出来ると、また、ひそひそと囁《ささや》き合うのだった。

霜月《しもつき》（十一月）に入り、このところ一気《いっき》に冬めいてきて、品川寺《ほんせんじ》から海晏寺《かいあんじ》にかけての紅葉《こうよう》が見事《みごと》である。

月の名所として知られる品川宿は、同時に、紅葉の名所としても名を馳《は》せていた。

殊に、海晏寺の紅葉は千貫紅葉《せんがんもみじ》と呼ばれ、俗謡《ぞくよう》に、あれ見やしゃんせ海晏寺、真間《まま》や高《たか》尾《お》や竜田《たつた》でも、及《およ》びないぞよ紅葉狩、と謡《うた》われたほどで、この時期、品川宿門前町は紅葉狩の客で月見行事に劣《おと》らぬ賑《にぎ》わいを見せた。

一年を通して、雨が少ないのもこの季節であった。

朝寒夜寒《あさざむよさむ》は如何《いかん》ともしがたいが、日中は、小春日和《こはるびより》に空の蒼《あお》さが目に沁《し》みるようである。

紅葉は露霜《つゆしも》を浴《あ》びて、ひと際《きわ》、色鮮《いろあざ》やかになると言われるが、そう言えば、今朝は庭木や草が朝露《あさつゆ》を掃《は》き、朝陽《あさひ》の中で水晶玉のように輝いていた……。

おまきがそんなふうに思ったときである。

入り側《がわ》に背を向けて坐っていた女が、ふっと振《ふ》り返った。

女は何か言いたげに、おまきに向かって、ちょいと小首を傾《かし》げた。

おまきが急須《きゅうす》を手に、小走りに寄っていく。

「有難《ありがと》う。でも、お茶はもう宜《よろ》しいのよ。あの……」

「………」

女は片手で湯呑《ゆのみ》の蓋《ふた》をすると、窺《うかが》うように、おまきを見た。

「確か、ここは旅籠《はたご》もやっていらっしゃると聞きましたが……」

女のくっきりと二重《ふたえ》を描《えが》く切れ長の目が、おまきに向けて、訴《うった》えかけるように見開かれている。

「はい。茶屋の奥が旅籠となっておりますが……。それが何か？」

「お部屋が空《あ》いていないか、確かめていただけないかしら？」

女の哀願《あいがん》するような眼差《まなざ》しに、おまきは喉元《のどもと》まで出かかった言葉を呑《の》み込んだ。

旅籠立場茶屋おりきは、一見《いちげん》の客を取らない。

初めての客は常連客《じょうれんきゃく》の誰かを間に立てなければならないが、紹介者がいればよいというものでもなく、女将の眼鏡《めがね》に適《かな》わなければ、泊《と》まれなかった。

これは先代の女将の頃からの慣例《かんれい》で、おりきも二代目を継《つ》いだときから遵守《じゅんしゅ》してきた、いわば、家訓《かくん》といってよいものである。

決して、お高く留《と》まっているわけでも居丈高《いたけだか》なわけでもないのだが、旅籠の客室は五部屋しかなく、ましてや主人《あるじ》が女となれば、客に嘗《な》められないためにも、そのくらいの意を用いなければならない。

が、よくしたもので、客のほうでも、寧《むし》ろ、その気扱《きあつかい》を悦《よろこ》んでいるようである。

女将に選ばれたという優越感《ゆうえつかん》がそうさせるのか、一度ついた客は、決して離れようとしなかった。

「さあ、どうでしょう」

おまきは曖昧《あいまい》に言葉を濁《にご》した。

ひと言、旅籠は常連客しか取らない、と答えれば済《す》む話である。

だが、女の黒々《くろぐろ》と澄《す》んだ目は、おまきを包《つつ》み込むかのように、ひしと迫《せま》ってきた。

「申し訳ありませんが、尋《たず》ねて下さらないかしら?」

「はあ……」

おまきは鼠鳴《ねずみなき》するようにか細い声を出すと、すじりもじり後《うし》ろ向きに下がっていった。

「あの女《ひと》、なんだって?」

配膳口《はいぜんぐち》まで戻ると、興味津々《きょうみしんしん》とばかりに、おなみが寄ってくる。

が、おまきはおなみには一瞥《いちべつ》もくれず、茶屋番頭の甚助《じんすけ》の元へと寄っていった。

甚助はおまきから話を聞くと、一瞬《いっしゅん》目を剝《む》いてみせたが、すぐに、待てよ、と伸《の》び上がって、広間の中ほどに坐った女を窺った。

「おっ、おめえ、ちょいと来な」

甚助は何を思ったか、帳場台《ちょうばだい》を下りると、おまきの袖《そで》を摑《つか》み、そのまま板場脇《いたばわき》の通路へと引っ張っていく。

通路の先は中庭へと繫《つな》がり、更《さら》にその奥が、旅籠の玄関口である。

「おめえ、あの客の名前《なめえ》を訊《き》いたか？」

「いえ……」

「なんで訊かねえんだよ。女将さんに通すにしても断《ことわ》るにしても、誰だか判《わか》らねえんじゃ困るだろうが！」

「あっ、じゃ、今から訊いてきましょうか」

「この抜作《ぬけさく》が！　一旦《いったん》引き下がったくせして、今さら改《あらた》まったように名前を訊くなんざァ、不粋者《ぶすいもん》のするこった。断るときはな、間髪《かんはつ》を容《い》れず、毅然《きぜん》とした態度で断るもんだ」

「では、旅籠に掛け合ったところ、生憎《あいにく》、今日は満室で、とか言って、断りましょうか」

「そうさなあ……だがよ、俺《おり》ゃ、どうも引っかかるのよ。あの女、どこから見ても、大店のお内儀だ。もしかして、常連客の連れ合いかもしれねえぞ。旦那に品川宿で泊まるのなら、立場茶屋おりきに行けと言われていたとしたら、おめえ、どうするよ」

「……………」

「弱ったな。今さら、名前は訊けねえしよ。わざわざ訊きに戻って、そのうえで断るようなことにでもなってみな、顰蹙《ひんしゅく》を買っても仕方がねえ。かといって、女将さんに通しもしねえで、断るってのもな……。見なよ、おめえが気が利《き》かねえから、こんなことになっちまった。最初《はじめ》に、旅籠は予約客しか取りませんと断っておけば、仮に、あの女が常連客と係《かか》わりがあってもよ、そんときゃ、相手のほうから実はと名乗ったに違ェねえんだ。それを、おめえって奴《やつ》は！」

甚助のねずり言《ごと》は終わりそうにもなかった。

おまきは意を決したようにきっと顎《あご》を上げると、

「あたし、大番頭さんに訊いてきます！　叱《しか》られるのはあたしだ。それならいいでしょう？」

と、くるりと背を向けた。

「待ちな、おまき！　あァあ、行っちまったぜ」

おまきは甚助の胴間声《どうまごえ》を背に、旅籠の勝手口へと駆《か》けていった。

旅籠の板場は、仕出し作りにじりじり舞いしていた。

毎年のことだが、板頭《いたがしら》の巳之吉《みのきち》の腕が買われ、この時期、行楽弁当《こうらくべんとう》の注文が大量に入るのである。

日頃は高嶺の花と巳之吉の料理が食べられない連中に、多少値が張っても構わないので、せめて弁当だけでも食べさせてやってくれないかと近江屋忠助《おうみやただすけ》に頼まれ、春の花見、秋の紅葉狩と、行楽弁当の注文を受けるようになって、三年が経《た》つ。

巳之吉も自分の腕が買われたのだから、まんざら悪い気がしないのであろう。

そこまで無理をすることはないという、おりきの言葉に耳を貸そうとはせず、限定三十と区切りをつけて、快《こころよ》く、近江屋の申し出を引き受けたのである。

板場の勝手口に入っていくと、煮方《にかた》や追廻《おいまわし》が、この忙《いそが》しい最中《さなか》に何しに来たとばかりに、ちらと鋭い眼差《まなざ》しをおまきにくれたが、おまきは目を伏《ふ》せ、そのまま帳場へと廻《まわ》っていった。

帳場では、おりきが先頭《せんとう》に立ち、大番頭の達吉《たつきち》、女中頭のおうめ、おきちまでが、諸蓋《もろぶた》に載《の》せて板場から運ばれてきた焼物や煮物を、彩《いろど》りよく、提重《さげじゅう》に詰め合わせていた。

「おきっちゃん、ほらここ、出汁《だし》巻卵《まきたまご》が入ってないわよ」

「あっ、いけない」

おうめに言われ、おきちがペロリと舌を出す。

「大体《だいたい》、こんなに上等《じょうとう》の提重を使うことはないんだ。かけながしのへぎ（へぎ檜《ひのき》で作った使い捨ての割籠《わりご》）なら、客のほうだって、提重を返しにくる手間が省《はぶ》けるし、こっちにしても、あとから数が合わないと、気を苛《いら》つこたァねえんだ」

達吉が持たせぶりに不満を託《かこ》つ。

門前町で小粋《こいき》な料理《りょうり》旅籠《はたご》として名を馳す立場茶屋おりきが、何もそこまですることはないというのが、達吉の意見だった。

達吉の言うのも無理からぬことで、仕出し弁当は手間がかかるわりには、利益が薄《うす》い。

多少値が張っても構わないと言われたところで、そこはやはり、弁当である。余所《よそ》より幾分高直《いくぶんこうじき》にしたところで、目玉が飛び出すほどは取れないのである。

しかも、おりきの意見で、提重や瓶子《へいし》（重箱《じゅうばこ》、徳利《とっくり》、器《うつわ》など一緒《いっしょ》に収《おさ》まるようになった提重）なども春慶塗《しゅんけいぬり》の極上《ごくじょう》を使うことになり、大番頭である達吉は、あとから提重の数を数え、足りなければ海晏寺まで出向き、場合によっては、弁当を注文した先方《せんぽう》にまで問い合わせをしなければならなかった。

「達吉、おまえなら、塗物《ぬりもの》のお重《じゅう》とへぎ割籠の弁当では、どちらを食べたいと思います？」

おりきが八幡《やはたま》巻きを詰めながら、やんわりと訊く。

「へえ、そりゃ、食べる側となれば、きちんとしたお重でやすが……」

「そうでしょう？　第一、へぎ割籠なんかに詰めたのでは、巳之吉の料理が泣きますよ。おまえには余計《よけい》な手間をかけるようで申し訳なく思っていますが、辛抱《しんぼう》して下さいな。この弁当を食べた方の中から、次は旅籠で本膳《ほんぜん》を食べてみようという客が一人でも出たとしたら、それはそれで有難いことではありませんか。おや、おまき、どうしました？　茶屋で何かありましたか？」

おりきがおまきに気づき、ふっと微笑《ほほえ》みかけた。

「誰でェ、そいつは。断っちまいな。おめえだって知ってるだろうが、立場茶屋おりきは一見客を取らねえって！」

達吉が仏頂面《ぶっちょうづら》をして、木で鼻を括《くく》ったように言う。

「やっぱり、駄目《だめ》でしょうか……」

おまきは今にも泣き出しそうに潮垂《しおた》れた。

「第一《でえいち》、旅籠は満室だ。そう言って、断ってきな」

「いえ、浜千鳥《はまちどり》が空きました。一刻《いっとき》（二時間）ほど前でしたか、高知屋《こうちや》さんが急な病《やまい》で来られなくなったと、早飛脚《はやびきゃく》に文を言付《ことづ》けてきましたよ。ねっ、女将さん、そうですよね？　あら嫌《いや》だ。てっきり大番頭さんに伝えたと思ってたけど」

おうめが困惑《こんわく》したように達吉を見る。

「高知屋が？　するてェと、向こう三日は浜千鳥が空くってことか……。だったら、もう少し早めに連絡を寄越《よこ》せってんだ。そうすりゃ、平野屋《ひらのや》を断らずに済んだのによ」

常連客だけと決めていると、時折、こういったことがある。

予約が重なれば、どちらか一方を断らなければならず、また間際《まぎわ》になって取り消されると、結果、空室のまま過ごすことになる。

これが近江屋のように予約なしでも泊まれる宿であれば、空室が出るたびに、次々に客を廻していけるのであるが、立場茶屋おりきの場合はそうもいかなかった。

「おまき、その方は女の一人旅なのですね。どうでしょう、大番頭さん。おまきの話によれば、その方は大店のお内儀ふうだということですが、うちが断れば、その方はまた別の宿を当たらなければなりません。供も連れず、女の一人旅にはどんな危険が待ち構えているか分かりませんもの。丁度《ちょうど》、部屋も空いたことだし、お泊めして差《さ》し上げるのも一案《いちあん》ではないかしら？」

おりきの言葉に、達吉ばかりか、おうめまでが尻毛《しりげ》を抜かれたように、目をまじくりさせる。

「女将さん！　そんなことを言っちゃって宜しいのですか？　誰だか判らねえ者を泊めるなんて、さぞや今頃、先代があの世で腰を抜かしていなさるでしょう。何かあったらどうするつもりでやすか」

「達吉、何かとはなんですか？」

「…………」

「ですから、わたくしがまずその方にお逢《あ》いしましょう。お逢いしたうえで、この宿のあり方を説明し、素性《すじよう》や旅の目的が判らない方はお泊め出来ないと、はっきりと申しましょう。それで納得《なつとく》して下されば、ご自分のほうから話されるに違いありませんもの」

「さいですか……。女将さんがそうまで言われるのなら、あっしは別に構いませんがね。まっ、浜千鳥を遊ばせておくよりいいかもしれやせんがね」

達吉も渋々《しぶしぶ》ながらも承諾《しようだく》したようである。

「えっ、じゃ、いいんですね！　あの女《ひと》、こちらに案内してもいいんですね！」

おまきの顔にひと刷毛《はけ》拭《ぬぐ》ったような紅《べに》が差した。

つい今し方まで、潮垂れていたのが嘘《うそ》のようである。

おりきはちょいと小首を傾げ、いえ、わたくしが茶屋に参《まい》りましょう、と答えた。

まず、逢ってみよう。逢ったうえで、旅籠に通すかどうか決めなくては……。

常なら、こんな場合、迷《まよ》うことなく、決まり事だから、と断ってしまうおりきである。

それがなぜか、おまきから聞いたこの客が、心に引っかかってならないのである。

女が独《ひと》りで旅をしなければならないときとは、必《かなら》ずや、心に何か秘《ひ》めたものを持っている……。

嘗《かつ》て、おりきも胸に悲哀《ひあい》や遺恨《いこん》を抱え、宛《あ》て所《ど》なく山陽路を歩き、東海道を彷徨《さまよ》った経緯《けいい》があった。

「よくもまあ、女《おな》ごが独りで旅するとは、物騒《ぶっそう》な！」

そのときのことを亀蔵親分《かめぞうおやぶん》に話した折、親分はそれでなくても顰《しか》み面《づら》を更に顰《しか》め、くわばらくわばら、と身震《みぶる》いしてみせたが、それはおりきに柔術《じゅうじゅつ》という腕に覚《おぼ》えがあったからであり、常並《つねなみ》な女には、薄氷《はくひょう》を踏《ふ》むような危《あや》うさが伴った。

品川宿門前町には、釜屋《かまや》や近江屋のような大手の旅籠や木賃宿《きちんやど》がずらりと軒《のき》を連《つら》ね、通りでは、留女《とめおんな》が客引きをしているほどである。

そんな中、女が立場茶屋おりきに泊まりたいと言い出したのも、これも何かの縁なのかもしれない……。

「さあ、弁当のほうは粗方仕度《あらかたしたく》が出来ましたね。では、あとを宜しく頼みますよ」

おりきは達吉とおうめにそう言うと、おまきと共に茶屋に向かった。

女は旅着《たびぎ》の浴衣を脱《ぬ》ぎ、姉さま被りにしていた手拭を外《はず》していた。

薄紫の縮緬無地《ちりめんむじ》の着物に、黒繻子《くろしゅす》の表に裏が藍海松茶《あいみるちゃ》の昼夜帯《ちゅうやおび》。濃《こ》い紫の腰帯《こしおび》を結《むす》んでいるのは、歩きやすく着崩《きくず》れしないためであり、女の旅姿の象徴《しょうちょう》とも言える。

女はおりきが近づいていくと、改まったように姿勢を正し、ほっそりとした長い指先で、襟《えり》の合わせをちょいと直した。

「立場茶屋おりきの女将にございます。なんですか、お聞きしましたところ、お客さまは今宵《こよい》の宿をお探《さが》しとのこと。わたくしどもの宿では、丁度、ひと部屋予約の取り消しが出たばかりのところでございますが、ここで申し上げておかなければなりませんのは……」

おりきは立場茶屋おりきは予約をしなければならず、また、初めての場合は、常連客の誰かを紹介者として立てなければならないことを説明した。

女が澄んだ瞳《ひとみ》をひたとおりきに据《す》え、頷《うなず》きながら耳を傾《かたむ》けている。

三十路《みそじ》を少し廻った頃であろうか、どこから見ても、美しい女性《ひと》であった。

丸髷《まるまげ》を品良く小ぶりに纏《まと》め、硝子《がらす》絵《え》鼈甲櫛《べっこうぐし》に象牙《ぞうげ》の簪《かんざし》を挿《さ》し、そのどれひとつとっても高価《こうか》なもので、女の陶磁器《とうじき》を想《おも》わせる白い肌によく似合っていた。

「この宿のことをどこかでお聞きになりました?」

おりきがそう言うと、女はえっと長い睫毛《まつげ》を瞬《しばた》いた。

「紹介者のことでしょうか? それでしたら、正式に紹介していただいたというわけではないのですが、沼津《ぬまづ》の吉田屋さまからこちらのお話はよく伺《うかが》っておりました。しっとりとした趣《おもむき》があり、気扱のある宿だとおっしゃっていましてね。何より、料理が絶品《ぜっぴん》で、品川宿では右に出る宿はないとか……。わたくしも予《かね》てより一度は泊まってみたいと思っていましたが、女《おな》ごの身となれば、なかなかそういう機会に恵まれなかったのですが、此度《こたび》は思いがけず江戸に出る用が出来ました。それで、旅四手《たびよつで》に揺《ゆ》られて参りましたが、品川宿で乗り継ぎとなりました折、ふっと立場茶屋おりきの看板が目に入りましたの。なんだか無性《むしょう》に品川宿で一泊したい気持になりましてね。けれども、この宿は一見の客をお取りにならないということも、吉田屋さまから聞いて知っていました。こんなことなら、沼津を発《た》つ前に、紹介状を貰《もら》っておくべきだったと、今さらながら悔《く》やんだところで既《すで》に手遅《おく》れです。どうしたものかと、取り敢《あ》えず、茶屋にお邪魔《じゃま》して考えていましたが、無理を承知《しょうち》で、当たってみるだけ当たってみようと、そんな気になりましてね。申し訳ございませんー」

女は深々と頭を下げた。

「まっ、いけませんわ。頭をお上げ下さいまし。そうですか、沼津の吉田屋さまにね。すると、お宅さまの商《あきな》いも糸物立《いとものだて》（呉服商）にございますか？」

吉田屋は沼津でも指折りの大店である。

「はい。吉田屋さまのように手広く商いをしているわけではございませんが、山代屋《やましろや》という屋号《やごう》で小商《こあきな》いをやっております。申し遅れましたが、わたくしは山代屋矢三郎《やさぶろう》の家内《かない》、お藤《ふじ》と申します」

「よく解《わか》りました。吉田屋さまのお知り合いとなれば、お泊めしないわけには参りません。本来ならば、江戸に出られる目的までお訊きするところですが、それは止しましょうね。

ですが、一つだけ疑問に思いますのは、何ゆえ、山代屋さまのお内儀ともあろうお方が、供もつけず、一人旅など……」

「ああ……」

お藤の顔に、初めて、翳《かげ》りが過《よ》ぎった。

「実は、沼津を出ます折には、下男と婢《はしため》をつけておりました。ところが、小田原宿《おだわらしゅく》まで来ましたところ、下男が病《やまい》に倒《たお》れてしまいましたの。何しろ五十路《いそじ》を越《こ》えていますので、そのまま旅を続けさせるわけにはいきません。だからといって、病の身で一人沼津に帰すわけにもいかず、婢をつけて帰すことにしたのです。小田原からは駕籠《かご》を使いました。旅四手ならば、女の一人旅でも、歩くことを思えば安全ですもの」

「まあ、そうだったのですか。それは難儀《なんぎ》をなさいましたこと。ええ、ようございますわよ。今宵はわたくしどもの宿でお寛《くつろ》ぎ下さいませ」

おりきは胸の支《つか》えが下りていくように思った。

案ずることはなかったのである。

これで達吉やおうめたちにも、気を兼《か》ねることなく、お藤を泊めてやることが出来る。

「では、宿のほうにご案内いたしましょう」

おりきが促《うなが》し、お藤も立ち上がる。

長旅《ながたび》にしては余り汚《よご》れのない、足袋《たび》の白さが目に沁みた。

「おまき、お客さまの荷物を宿のほうに運んで下さいな」

おまきもさぞや気を揉《も》んでいたのだろう、嬉《うれ》しそうに頬《ほお》を弛《ゆる》め、小走りに寄ってくる。

「おまえさまにも気を遣《つか》わせてしまいましたね。悪いけど、これで蕎麦《そば》のお代を払って下さいな。残りは心付《こころづ》けと思って、皆さまで何か甘いものでも召し上がって下さい」

お藤が懐紙《かいし》入れから南鐐《なんりよう》（二朱銀《にしゆぎん》）を一枚摘《つま》み出す。

「あら、こんなに……」

おまきが目をまじくりさせた。

立場茶屋おりきの鴨蕎麦《かもそば》は夜鷹蕎麦《よたかそば》より幾分高く、十八文であるが、これではいかに言っても多すぎる。

だが、客が一旦出したものを突き返すことほど、野暮《やぼ》なことはない。

「申し訳ございません。却《かえ》って、気を遣わせてしまいました。おまき、有難く頂戴《ちようだい》しておきなさい。では、参りましょうか」

おりきは慇懃《いんぎん》に辞儀《じぎ》をすると、先に立った。

板場脇の通路を伝い中庭に出ると、旅籠の勝手口から追廻たちが諸蓋に提重を載せ、両脇から抱えるようにして、出てくるところだった。

板頭の巳之吉が戸口に立ち、追廻たちに何か指示を与えている。

が、ふっと巳之吉の目が、敷石《しきいし》を踏み締《し》め玄関口に廻ろうとする、お藤の姿に釘付《くぎづ》けとなった。

「瓶子のついた提重が伊藤屋で、提重だけが糸満《いとまん》と丸美屋《まるみや》でしたよね。親方、親方、えっ、

「一体《いってえ》、どうなすったんで？」

追廻に言われ、巳之吉はハッと目を戻した。

「済まねえ。おっ、もう一遍《いっぺん》言ってみな」


おうめがお藤を浜千鳥の間に案内したあと、おりきはやれと息を吐《つ》き、帳場に戻った。

「案ずることはありやせんでしたね。沼津の吉田屋の紹介なら堅《かて》ェもんだ」

達吉も人心地《ひとごこち》ついたように、あとに続いた。

「けれども、紹介を受けたというわけではないのですよ」

「そりゃそうですが、同じようなもんだ」

「おやおや、先ほどまで何か起きても知らねえなんて文句を言っていたのは、誰でしたかね」

「へっ、そいつを言われちゃ立場《たちば》がありやせんがね」

達吉がぱちりと月代《さかやき》を平手《ひらて》で叩《はた》いたときである。

「ようござんすか」

障子《しょうじ》の外から声がかかった。

巳之吉の声である。

「お入り」

巳之吉は仕出しが一段落《いちだんらく》ついたあとで、疲弊《ひへい》しきった顔をしていた。

「お疲れさまでした。休んで下さいな。とは言え、ほんの一時《いっとき》休んだだけで、すぐさま夕《ゆう》膳《ぜん》の仕込みに入らなければなりませんものね。大変とは思いますが、あと二、三日の辛抱です」

おりきは労《ねぎら》いの言葉をかけ、おやっと思った。

巳之吉の表情が疲弊とは別に、何やら心ありげに曇《くも》っているのである。

疲れただけでは、こんな表情にはならない。

「何かありましたか?」

おりきは巳之吉のために、取って置きの煎茶《せんちゃ》、山吹《やまぶき》を淹《い》れようと茶筒《ちゃづつ》の蓋《ふた》を開けた。

ぷんと苑香《えんが》が鼻を衝《つ》く。

「さっ、煮花《にばな》(煎茶の淹れ立て)をお上がり。疲れたときにはこれが一番です。身体《からだ》の端々《はしばし》まで目覚《めざ》めさせてくれますよ」

「先ほどの客のことなのですが、あの客、予約が入ってやしたか?」

「えっ、ああ、ご免《めん》なさい。おまえにはまだ言っていなかったわね。実はね、高知屋から急に予約の取り消しが入りましてね。あの方は沼津の吉田屋の紹介、いえ、知り合いなのですって。高知屋の予約もお一人でしたので、ならばと急遽《きゅうきょ》お泊めすることにしましたの。夕膳にはそれで支障《ししょう》が出ないと思いますが……。そんな理由《わけ》です。でも、まず巳之吉に相談すべきでしたね。許して下さいな」

「沼津の吉田屋……。するてェと、あの女《ひと》も沼津から？」

「そう、沼津の呉服問屋山代屋のお内儀ですって」

「山代屋……。で、名前《なめえ》はなんて？」

「お藤と名乗られましたが」

「お藤！　山代屋のお藤でやすか？」

「ええ、それがどうかしましたか？　えっ、巳之吉、おまえ、あの方を知っているのですか！」

その問いに、巳之吉は、いえ、と口籠《くちご》もった。

「さっき、遠目《とおめ》にちらと見ただけで、はっきりとしたことは言えませんがね、仮に、あの女《ひと》が俺の知っているお藤さんだとしたら、沼津なんかじゃねえ。京なんだ。西陣《にしじん》の外れに山代屋って呉服問屋がありやしてね。お藤さんはそこのお内儀だ。俺が京で修業《しゅぎょう》していた頃、都々井《つつい》って料亭に何度か来たことがありやした。江戸じゃ滅多《めった》に見られねえ美印《びしるし》なもんだから、よく憶《おぼ》えておりやす。板場の連中もお藤さんが来ると浮《う》き足立ってましたからね。けど、そのお藤さんがなんで沼津なんかに……。山代屋が沼津に移ったなんて話は聞いちゃいねえし、妙《みょう》だな？」

「巳之吉、この藤四郎《とうしろう》が！　その歳《とし》して近目《ちかめ》かよ。おめえの見間違《みまちが》いなんだよ！」

達吉が割《わ》って入る。

「けど、俺の見間違いだとしたら、あの女《ひと》の口から、山代屋だの、お藤だのって名前が出るでしょうかね。偶然《ぐうぜん》にしちゃ、出来すぎてやすぜ」

「巳之吉の言うとおりです。これは何か事情がありそうですね。解りました。あとでそれとなく探《さぐ》ってみましょう。けれども、あの方をお泊めすると決めたからには、お客さまに満足をしていただけるよう接客《せっきゃく》をしなければなりません。いいですね、巳之吉も大番頭さんも頼みましたよ」

「解りやした。相手があのお藤さんだと知ったからにゃ、俄然《がぜん》、腕が奮《ふる》い立ってもんだ。立場茶屋おりきの料理は決して京料理に負けやしねえ。江戸にだって、いや、この品川宿にだって、こんな料理があるんだと目に物見せてやりやすぜ！」

「おい、おめえ、相手は女性客だということを忘れちゃなんねえぜ。胃袋《いぶくろ》にも限度ってものがあらァ」

達吉に言われ、巳之吉はへっと首を竦めた。

それからは比《ひ》較的穏《かくてきおだ》やかに時が流れていった。

宿の夕餉《ゆうげ》は七ツ（午後五時）過ぎである。

大概《たいがい》の客は宿にはいると、夕餉の前にまず風呂に入る。

この日、立場茶屋おりきの泊まり客は、お藤を除《のぞ》いて全《すべ》て男客だったので、お藤が八ツ半（午後三時）に一番風呂に入ることになり、その後は、夕餉まで暫《しばら》く身体を休めたいと、浜千鳥の間に戻っていった。

「あの女《ひと》、独りにしておいて大丈夫でしょうかね。なんだか横顔がやけに寂《さみ》しそうで、やっぱ、何かあったのじゃないかしら？」

おうめが案じたように帳場まで伝えに来たが、大丈夫ですよ。独りにしてあげなさい、とおりきは微笑《わら》って流した。

独りでいると寂しいが、他人《ひと》といるともっと寂しい……。

誰しもそんなときがあるものである。

ましてや、心に蟠《わだかま》りや疵《きず》を抱えていると、その想いは一層《いっそう》強くなり、寂寥感《せきりょうかん》が弥増《いやま》すばかりである。

だが、それを埋《う》めるのは他の誰でもない。自分にしか出来ないことなのである。

が、どうやら、おうめの気遣《きづか》いは、杞憂《きゆう》にすぎなかったようである。

夕膳を運んだおみのが、お藤がどの皿も余《あま》すことなく食べている、と報告してきたのである。

「まだ、二の膳までしか運んでいませんがね、口取《くちと》りや平皿《ひらざら》の盛りつけに趣があると悦《よろこ》んでいらっしゃいました。三の膳まで出ますよって伝えたら、おや、本格的ですね、と満足なさったようで、板さんに渡してくれと、ご祝儀《しゅうぎ》を預《あず》かりました」

おみのは帳場にそう報告すると、紅《あか》い顔をして、板場へと廻っていった。

立場茶屋おりきは料理旅籠なので、宗和膳《そうわぜん》に一汁五菜《いちじゅうごさい》といった旅籠膳《はたごぜん》とは違い、少人数の客には本膳《ほんぜん》を、席書《せきがき》や宴席《えんせき》には、会席膳《かいせきぜん》か卓袱《しっぽく》ふうに大皿に盛りつけた料理を出し、小《こ》形膳《がたぜん》に取り分けて食べる方法を取った。

本膳には器と食材の調和、盛りつけといった妙味《みょうみ》があり、また、卓袱は卓袱で、大皿にしか出せない配色や演出に醍醐味《だいごみ》がある。

どちらにしても、巳之吉の腕の見せ所といってよいだろう。

今宵の口取りは、栗きんとんに衣被《きぬかつぎ》や鱈《たら》の腹子《はらこ》の含《ふく》め煮であるが、彩りに青笹《あおざさ》や色づいた紅葉をあしらい、さぞや巳之吉らしい演出がなされていることだろう。

おりきは、では、と立ち上がった。

客室の挨拶《あいさつ》に廻るのである。

小波《さざなみ》の間を皮切《かわき》りに、客への挨拶を済ませると、束《つか》の間世間話《せけんばなし》をし、次の部屋へと廻っていく。

そして、殿《しんがり》にと選んだのが、浜千鳥の間であった。

そろそろ三汁十一菜《さんじゅうじゅういっさい》のうち、最後の吸物《すいもの》が出た頃であろうか。

あとは後菓子《あとがし》と食後の煎茶を出すだけである。

お藤と世事話《せじばなし》をするにしても、女将自《みずか》ら茶を淹れながらのほうが、砕《くだ》けた感じで、構えなくてよい。

お藤は宿の浴衣ではなく、茄子紺《なすこん》の銚子縮《ちょうしちぢみ》に芥子色《からしいろ》の半帯《はんおび》を挟帯《はさみおび》に結んでいた。

「いかがでしたか？　ご満足いただけたでしょうか」

お藤には堅苦《かたくる》しい挨拶は省《はぶ》き、いきなり、料理へと水を向けた。

「ええ、それはもう大満足ですわ。口取りの趣向《しゅこう》も小粋でしたが、煮物も焼物も、味もさることながら、みなちょっとした工夫《くふう》が凝《こ》らされていて、目も舌も堪能《たんのう》させていただきました。正直に申しますとね、わたくし、京料理に勝《まさ》る料理はないと信じていましたが、こちらさまのお料理は垢抜《あかぬ》けていて、もしかすると、京より上手《うわて》かもしれない。そんなふうに思いましたのよ」

「それは、板頭が聞きましたならば悦びましょう。京で修業した甲斐《かい》がありますわ。さっ、お茶を召し上がり下さいませ」

「京……。京で修業をなさったのですか？」

お藤は干菓子《ひがし》に伸ばしかけた手を止めた。

「ええ。都々井という料亭におりましたのよ」

「都々井……。そうですか」

気のせいか、御酒《ごしゅ》で染《そ》まったお藤の頬から、さっと血の色が失《う》せた。

「越《こし》の雪と言いましてね、越後《えちご》のとても美味《おい》しい干菓子ですのよ。さっ、召し上がって下さいませ」

おりきはお藤の動揺《どうよう》など頓着《とんちゃく》しないとばかりに続けた。

「ところで、吉田屋さまはお元気でしょうか。主人《あるじ》の佐平次《さへいじ》さまは確か四十路《よそじ》を越えられた頃かと思いますが、この数年、お見えになりませんので、案じておりました」

「えっ、ああ、お元気ですわ。そうですか、このところ、お見えになっていないのですか……」

　一瞬、お藤の目が泳いだ。

「奥さまはいつ頃お逢いになられました？」

「ひ、ひと月ほど前でしたか。ええ、お元気そうでしたわよ」

「さようにございますか。妙ですわね。わたくしどもが聞きましたところ、吉田屋佐平次さまは三年前にお亡くなりになったそうですが」

「…………」

　お藤は途端《とたん》に挙措《きょそ》を失った。


「ご免なさいね。随分《ずいぶん》と意地の悪いことをするとお思いでしょうね。先ほど、うちの板頭があなたを見かけましてね。巳之吉と申しますが、数年前まで京の都々井という料亭で働いていましてね。なんでも、西陣の山代屋さまにはご贔屓《ひいき》にしていただいたとか……。あなたさまも何度かその見世《みせ》に上がられたことがおありのようですね。巳之吉は遠目に見ただけで、山代屋のご内儀かどうか確信はないと申しましたが、見世の名もお内儀の名も同じとなりますと、巳之吉の記憶を疑うのもどうかと思いましてね。それで、わたくし、嫌《いや》味《み》とは重々《じゅうじゅう》承知のうえで、沼津の吉田屋さまのことを尋ねましたの。吉田屋さまのご当主は三年前に心の臓の急な発作《ほっさ》でお亡くなりになりました。わたくしどもも贔屓にしていただいていましたので、大層《たいそう》な衝撃《しょうげき》を受けましたが、現在《いま》は、ご嫡男《ちゃくなん》の佐久蔵《さくぞう》さまが跡《あと》をお継ぎになられたそうです。佐久蔵さまは十九歳になられたばかりです。わたくしね、あなたさまが吉田屋さまからわたくしどものことを聞いたとおっしゃったとき、先代なのかしら、それとも、若旦那さまのほうなのかしらん、と一瞬思いました。先代だとすればあなたがお聞きになられたのは三年前のことになりますし、若旦那さまだとすれば、当然、あなたも先代が亡くなられたことをご存知だったはずです。でもね、巳之吉から京の山代屋さまではないかと聞きますまでは、それは本当にどうでもよかったのですよ。どちらにしても、わたくしどもはあなたさまを立場茶屋おりきのお客さまとして迎えたのですから。けれども、何ゆえ、京にいらっしゃったことを隠《かく》さなければならないのか、これには何か理由があるのではないか、と思いましてね。差出《さしで》とは解っておりますが、何か事情がおありになるなら、お聞かせ願えないかと思いましてね」

お藤はがくりと肩を落とした。

「そこまでお見通しとは……。申し訳ありませんでした。わたくし、嘘を吐く気はありませんでしたの。以前、吉田屋さまからこちらの話を伺ったのも本当のことですし、一度泊まりたいと思っていましたのも事実です。おっしゃるとおり、わたくしは西陣の山代屋の女房です。女房でした、というほうが当たっているかもしれませんね。亭主の矢三郎が三《み》月《つき》前に亡くなったのです。わたくしどもには子がいませんので、今後、見世を続けていくものかどうか、未《いま》だ、迷っているのが現状《げんじょう》です。わたくしが軸《じく》になり、大番頭と共に細々《ほそぼそ》と見世を護《まも》っていくのも一つの方法ですが、その前に、どうしても、わたくし自身で区切りをつけたいことがありましてね。それで旅に出ましたの。ああ、ご免なさい。小田原宿から無理を言って下男たちを帰らせたのは、わたくしです。品川宿にはどうしても独りで入りたいと思いましてね」

「品川宿に？　すると、あなたの目的は江戸ではなく、品川だとおっしゃるの？」

お藤は辛《つら》そうに眉間《みけん》に皺《しわ》を寄せた。

「品川までは矢も盾《たて》もたまらずやって参りましたが、南本宿の傍示杭《ぼうじくい》の前まで来ますと、そこから先に一歩踏み出す気力が、どうしても出てこないのです。気持だけ逸《はや》るのですが、身体がついていかない。情《なさけ》なくなりました。なんのために品川宿まで来たのか……。そのとき、ふっと思い出しましたのが、立場茶屋おりきです。吉田屋さまとわたくしどもは取り引きがありまして、ご主人の佐平次さまは京を幾度《いくど》となく訪《たず》ねて下さいました。そう、確か、都々井にもご一緒したことがありますわ。そうでしたか、亡くなられたのですね。実は、ここ数年、吉田屋さまとは取り引きが途絶《とだ》えていましたので、ちっとも知りませんでした。ですが、こちらの話はよく聞いていました。それで、とにかく、ひと晩泊めていただいて、萎《な》えた気持をもう一度奮い起こすことが出来たならばと思いまして、予約もしないまま、飛び込んでしまいました」

お藤の黒目《くろめ》に行灯《あんどん》の灯《ひ》が映《うつ》り、漁《いさ》り火のように揺《ゆ》れている。

「よく解りました。ねっ、お藤さま、立ち入ったことをお訊きするようですが、本宿《ほんじゅく》のどちらまで行かれるおつもりなのでしょう。本宿も広うございます。北か南か、歩行新宿《かちしんじゅく》か、歩行新宿ですと、まだ少し遠うございますよ」

えっと、お藤は差し俯《うつむ》いた目を上げた。

その目に、困惑《こんわく》の色がはっきりと見て取れる。

「品川宿って、一つではないのですか？」

「そう、あなたが現在《いま》いらっしゃるここが品川宿門前町、そして、南品川宿、行合橋《ゆきあいばし》を境《さかい》に、北品川宿。その先の御殿山《ごてんやま》のあたりが歩行新宿ですのよ」

「…………」

「まさか、ご自分の行き先が判らないと言うのではないでしょうね」

「わたくし……、わたくし……。紀久治《きくじ》という芸妓《げいぎ》を訪ねて参りましたの」

聞き覚えのない名であった。

「紀久治さんねえ……。さあ、わたくしどもでは芸妓を座敷《ざしき》に呼ぶことが滅多にありませんので、存じ上げませんが、大丈夫ですよ。芸妓なら、見番《けんばん》に問い合わせれば判るでしょうから」

「でも、紀久治という名は京で使っていた源氏名《げんじな》で、こちらでも同じ名でいるかどうか……」

「名前を変えている可能性はあるでしょうね。でもね、どんな事情があるのか知りませんんが、祇園《ぎおん》や先斗町《ぽんとちょう》にいた芸妓が、滅多なことで品川宿くんだりまで来るものではありません。だからこそ、捜《さが》しやすいとも言えますのよ」

「祇園や先斗町だなんて、そんな上等のものではありませんよ。島原《しまばら》にいたのですから！」

お藤は口調《くちょう》を荒げ、きっと唇《くちびる》を噛んだ。

やはり、何か深い事情がありそうである。

「いずれにしても、今宵はもう遅うございます。明朝、見番を当たってみましょうね」

おりきがそう言うと、一瞬柳眉《りゅうび》を逆立《さかだ》てたお藤の顔から険《けん》が取れ、ふうと太息《ふといき》を吐いた。

「見番ですか……。やはり、そこを当たらなければならないのですね」

「お嫌ですか？　宜しければ、わたくしがお供を致しますわよ。わたくしも見世がありますので、あなたにずっとついているわけには参りませんが、繋ぎをつけることくらい造作《ぞうさ》のないことですわ。けれども、もう一つだけ、お尋ねして宜しいかしら？」

「何ゆえ、紀久治に逢わなければならないのかということですね。それは……」

お藤の白い頬に、また翳りが過ぎった。

「いえ、宜しいのよ。お話し辛いことのようですし、わたくしもそこまで立ち入る気はありません」

「いえ、宜しいのよ。わたくし、あの女《ひと》に夫の形見分《かたみわ》けをしたいと思いまして、こうして遥々《はるばる》訪ねて参りましたの。恐らく、あの女は夫が亡くなったことも知らないと思います。

誰か他人《ひと》を遣って渡すことも考えました。でも、わたくし、どうしても、直接逢って渡したかったのです」

お藤は振分荷物《ふりわけにもつ》の片側から、蒔絵《まきえ》の印籠《いんろう》と、銀煙管《ぎんきせる》を取り出した。

印籠は黒漆《くろうるし》の地《じ》に、金色の蛇《へび》がくるりと一周するように描《えが》かれている。

「まあ、これは見事《みごと》な……」

「夫が大切にしていたものです。煙管は北斎《ほくさい》の図案帳《ずあんちょう》から選び、わざわざ江戸の職人に作らせたものです」

「そのように大切な品を、紀久治さんに差し上げても構わないのですか?」

おりきのその言葉に、お藤はつと目を伏せ、再び視線を起こすと、

「区切《けじめ》ですから」

と言った。

翌朝、お藤を伴い、おりきは見番を訪れた。

ところが、師走《しわす》も近いとあってか、見番は応接に暇《いとま》がないほど、怱忙《そうぼう》を極《きわ》めていた。

弁慶縞《べんけいじま》や井桁絣《いげたかすり》に鯨帯《くじらおび》(昼夜帯)といった常着《つねぎ》の芸妓たちが、湯屋《ゆや》に行く前のひと稽古《けいこ》のためか、白粉気《おしろいけ》のない顔をして、気忙《きぜわ》しそうに出入りしている。

襖《ふすま》の奥から佃節《つくだぶし》が流れてくるのは、三味線《しゃみせん》の稽古でもしているのであろう。

おりきは意を決すると、稽古を終えて出てきた三十絡《さんじゅうがら》みの女に声をかけた。

「あの、もし……。こちらの御亭《ごてい》はどちらにございましょうか」

女は胡《う》散臭《さんくさ》そうにおりきを見ると、愛想《あいそ》のないつこど声《ごえ》で答えた。

「御亭？　ああ、采振《ざいふり》のことかえ。さあ、奥では見かけなかったが、この糞忙《くそいそが》しいときに、約束でもしてるってんなら話は別だが、捜したところでお茶湯《ちゃとう》にもならない」

「では、おまえさまに尋ねましょう。紀久治という芸妓を捜しているのですが、ご存知ありませんか？ここに来るまで京にいたというのですが、心当たりはないでしょうか」

おりきは女の剣幕《けんまく》に怯《ひる》むことなく、きっと、睨《ね》めつけた。

「紀久治？　知っちゃいないね。聞いたこともない名前だ」

「いえ、もしかすると、源氏名は変わっているかもしれませんの」

「幾つだえ？　その女」

「二十四です」

おりきの背中に隠れるようにしていたお藤が、代わって答えた。

「品川には二年ほど前に来たと思うのですが……」

「お気もじだが、知らないねえ。京から流れてきた芸妓なんて、聞いたこともない。もういいだろ？　忙しいんだ。これから置屋《おきや》に戻って、湯屋に行ったり、しなきゃなんないことが山ほどあるんだ。おたまりがないよ！」

女は日和下駄《ひよりげた》を履《は》くと、土間を叩くようにして、カタリと下駄音《げたおと》を立てた。

「置屋！　そうでした。置屋に訊けば判りますわよね」

おりきはせっつくように言った。

女がふんと鼻で嗤《わら》う。

「冗談《じょうだん》も大概にしておくんなさいよ。おまえさんねえ、本宿に置屋が一体幾つあるか知ってるのかえ？　一軒一軒当たった日にゃ、夜が明けちまう」

「いえ、ですから、おまえさまが心当たりの、置屋の中でも重鎮《じゅうちん》で、ほら、あそこに訊けば大概のことは分かるって、そんな置屋を教えていただけないでしょうか」

「まあね、重鎮って言えるかどうか分からないけどさ、枡屋《ますや》っていうのが脇本陣《わきほんじん》の角を一本海側に入ったところにあるから、そこで訊きな。もういいだろ？　あちしは行かせてもらうよ。そんじゃ、おさらばえ！」

女はそう言うと、くるりと背を返した。

女に教えられたとおり、脇本陣の角を曲がると、街道を一本入っただけだというのに、通りの様子は手懸裏《てかけうら》さながら一変した。

昼日中《ひるひなか》だというのに、やけに艶《なま》めいて見える。

黒板塀《くろいたべい》に見越《みこし》の松といった佇《たたず》まいは、いかにも妾宅《しょうたく》といった風情《ふぜい》で、間口二間の総格子《そうごうし》に長暖簾《ながのれん》、軒行灯《のきあんどん》が、置屋と思ってよいだろう。

枡屋の前まで行くと、紋付裾《もんつきすそ》模様《もよう》に金襴《きんらん》の帯を島原結《しまばらむす》びにした芸妓が、左褄《ひだりづま》を取りながら出てくるところであった。

芸妓に付き添《そ》う箱廻《はこまわ》しが三味線箱《しゃみせんばこ》を担《かつ》いでいるところを見ると、どうやら昼の座敷に呼ばれたようである。

枡屋の主人は手焙《てあぶ》りを引き寄せ、帳付《ちょうづ》けをしているところだった。

訪《おとな》いを入れても、顔を上げようともしない。

が、おりきが名を名乗ると、驚いたように手を止め、鼻眼鏡《はなめがね》を押し上げた。

「これはこれは。立場茶屋おりきの女将が直々《じきじき》のお出ましとは、まことに恐縮《きょうしゅく》でございますなあ。芸妓のご用なら、店衆《たなしゅう》の遣い走りでことが足《た》りましたものを……」

現金なものである。

訪いを入れたときには洟《はな》も引っかけなかった枡屋が、立場茶屋おりきの女将と聞いた途端、態度をころりと変えた。

「いえ、今日はちょいと人を捜していましてね。品川宿の置屋で宰領格《さいりょうかく》と言えば、枡屋さんを置いてありませんからね。帳付けの手を止めさせてしまい、申し訳ありませんが、お知恵を拝借《はいしゃく》といかないものでしょうか」

品川宿の宰領格という言葉が効《き》いたのであろう、枡屋は相好《そうごう》を崩《くず》した。

「いえ、なに、帳付けなんて符号《ふごう》をちょいと付ければ済むことですから。あっ、いけねえ。線香《せんこう》に火を点《つ》けるのを忘れちまってた」

枡屋はそう言うと、線香に火を点け、線香立てに突き立てた。

芸妓の揚代《あげだい》は線香の本数で決まるという。線香一本を、場所や芸妓の格の違いによって、二朱、十二匁《もんめ》、または百匁と定めたのである。

「へっ、それで誰をお捜しで?」

枡屋は振り返ると、擦《す》り手をしながら、世辞笑《せじわら》いをした。

おりきは、紀久治という、京から流れてきた芸妓を捜しているのだ、と説明した。

「紀久治、紀久治、はァてね……。そんな名は聞いたこともなければ、この頃うち、京から芸妓が下ってきたなんて話も聞いちゃいませんよ。そりゃそうでござんしょ? 北(吉原)や辰巳《たつみ》(深川)から流れてきたなんて噂《うわさ》は、瞬《また》く間に、南(品川)を駆け巡《めぐ》ります。ましてや京なんて……。そんな話があれば、あたしの耳に入らないわけがないじゃありませんか。尤《もっと》も、京からいきなり南に来たのではなく、東海道を転々《てんてん》と宿替《やどが》えしてきたというのなら、話は別ですよ。そんな連中は、落ちるところまで落ちていますからね。さて、そのお捜しの女が果《は》たして芸妓のままでいるものやら……。飯盛女《めしもりおんな》にまで零落《おち》ぶれていたとしたら、いかに枡屋と言いましても、そこまでは分かりかねますからな」

枡屋がしたり顔にそう言ったときである。

「あちしにお座敷かかってるかえ?」

外から長暖簾が頭ひとつ分捲《めく》られ、幾千代《いくちよ》がちらと中を覗《のぞ》き込んだ。

「おっ、幾千代姐《ねえ》さん。今宵は銀扇閣《ぎんせんかく》からお呼びがかかってるよ。暮六《くれ》ッ(午後六時)だ。

結城屋《ゆうきや》のお座敷だとよ」

「あいよ。おやっかいな！　驚《おどろ》き桃《もも》の木山椒《さんしょう》の木！　これはこれは立場茶屋おりきの女将じゃないかえ。だが、おりきさんがなんでまた……」

幾千代は余程《よほど》驚いたのか、胸に手を当て、目をまじくりさせながら、中に入ってきた。

洗い髪を櫛巻《くしま》きにし、手桶《ておけ》を抱えているところを見ると、湯屋からの帰りなのであろうか……。

おりきは小腰《こごし》を屈《かが》め、会釈《えしゃく》した。

「これは丁度良かった。幾千代姐さんなら顔が広い。姐さん、紀久治という芸妓を知っちゃいないかい？」

枡屋がおりきから聞いたことを、そっくりそのまま話して聞かせる。

幾千代は言葉を挟むでもなく、黙って耳を傾けていた。

「どうでェ、心当たりはないかえ？」

「うーん。それがさ……」

日頃は思ったことを腹に留《とど》めるでもなく、なんでも口にしてしまう、勇《いさ》み肌の幾千代が、珍《めず》しく、心ありげに口籠もっている。

「それらしき女が、いることはいるんだけどさ……」

「……」

「……」

全員がおっと幾千代に目を据えた。

「洲崎《すざき》で囲《かこ》われてる妾《てかけ》なんだけどさ。桃園《ももぞの》とか言ったっけ、あの女。京で芸妓をしていたなんて大きな口を叩いてたけど、いけ好かない性悪女《しょうわるおんな》でさ、旦那も一人や二人じゃないんだ。五人の旦那持ちだよ。日繰《ひぐり》を定めて鉢合《はちあ》わせしないようにしているってんだから、転《ころ》び（転び芸者）なんてもんじゃない。これじゃ、裾継《すそつぎ》と変わりゃしない。飯盛女のほうがまだましだ。その女がさ、万八《まんぱち》（嘘）かどうか知らないが、島原にいたなんて鼻っ張《ぱり》してたのを、ふと思い出してね。その女が南に来たってのは、いつのことなのさ」

「二年前です」

お藤が喉《のど》から声を絞《しぼ》り出すようにして、答えた。

「二年ねえ……。桃園が洲崎に妾宅《しょうたく》を構えたのは、一年前だ。まっ、南に来るまで、伊豆あたりでお茶を濁してたってことも考えられるからね。一応、当たるだけでも当たってみるかえ？」

「せっかくだから当たってみましょうか？　枡屋さんも幾千代さんもほかには心当たりがないとおっしゃる。人違いだとしても、それなら納得《なっとく》がいくのではないかしら」

おりきはお藤の顔を窺った。

お藤が縋《すが》るような目で、おりきを見る。

「ついていってほしいのね。わたくしもそうしたいのですが、巳之吉の仕出しも気になりますし、そろそろ茶屋のほうでは中食の客できりきり舞いをする頃でしょう。困ったわねえ」

おりきがそう言うと、幾千代が、あちしが行くよ、とあっさり言った。

「まあ、そうしていただけると心強いですわ。でも、幾千代さんはお座敷の仕度がおありになるのではありませんか」

「よいてや。湯屋には行ったことだし、廻り髪結《かみゆい》がやって来るのは、七ッ（午後四時）頃だ。それまでは暇を託って、せいぜい海蔵寺《かいぞうじ》詣《まい》りだ。それにさ、桃園なんて業突《ごうつ》く女のいるところに、世間知らずな大店のお内儀を一人で行かせるわけにはいかないじゃないか。任《まか》しときなって！」

幾千代が胸をぽんと叩いた。

幾千代には、以前三吉《さんきち》が行方不明《ゆくえふめい》になった際、口入婆《くちいればば》のおりゅうの家に案内してもらった経緯がある。

あのときも、幾千代がいなければ、おりゅうの口から口入屋《くちいれや》の権造《ごんぞう》の名を聞き出せなかったであろう。

「では、お言葉に甘えさせていただきます。取り敢えず、わたくしは旅籠に戻りますので、何かありましたら、遣いを寄越して下さいまし。いいですこと、お藤さま。桃園さんが紀久治であろうとなかろうと、気を落とすことなく、無事、旅籠に戻ってきて下さいね」

おりきは枡屋に手間を取らせたと、深々と辞儀をした。

無論、置屋の女たちに何か食べさせてくれと、心付けを渡すことも抜からない。

「枡屋に心付けなんて渡すことなかったんだ。大方《おおかた》、てめえの懐《ふところ》に入れるだろうさ。あの男は入れることは知っていても、出すことを知らない男だからね。女将の人の好《よ》いにも程《ほど》がある」

枡屋を出たところで、幾千代が忌々《いまいま》しそうに毒づいた。

「いいんですよ。手間を取らせたことには違いないのですもの」

「おりきさんがそう言うのなら、あちしはそれでいいんだけどさ。ところで、三吉の消息《しょうそく》はまだ判らないのかえ?」

「ええ……」

おりきの頬につと翳りが走った。

亀蔵親分の報告によると、結局、下田で上がった溺死体の中には、三吉らしき男の子はいなかったという。三吉の消息は杳《よう》として知れないままであった。

「そうかい。無事でいてくれるといいんだけどね」

幾千代もふうと肩で息を吐く。

「女将さん、大変《てえへん》だ!」

茶屋番頭の甚助が慌てふためいたように、旅籠の帳場に駆け込んできた。

使用人たちが中食を終えた八ッ半（午後三時）のことである。

「たった今、幾千代姐さんが山代屋のお内儀を旅四手に乗せて帰《けえ》って来やした。なんだかぐったりとして、死んじまったのかと肝《きも》が縮《ちぢ》み上がりやしたが、そうじゃねえ。けどよ、やけに具合《ぐあい》が悪そうでよ」

「まっ、幾千代さんが？」

「いや、そうじゃなくて、山代屋のお内儀のほうですよ。それで姐さんが一人じゃ歩けないだろうから、旅籠のほうから誰か人を寄越してくれと言いなさるんで……」

「解りました。大番頭さん、すぐに行って下さい！」

おりきは達吉に目配《めくば》せすると、おうめを呼んだ。

「浜千鳥の間に、床を取って下さい。それから、善助《ぜんすけ》を捜して、素庵《そあん》さまの元にいつでも駆けつけられるよう、用意しておくよう伝えて下さい」

おりきはそう言い置くと、中庭へと出ていった。

丁度、お藤が達吉に抱えられて、通路から出てくるところだった。

お藤は唇まで色を失い、腕をだらりと垂《た》れている。

傍《かたわ》らには、これまた蒼白《そうはく》になった幾千代が、興奮しているのか、頬をびくびく顫《ふる》わせながら、つき添っていた。

おりきの胸が、息が出来なくなるほど、高鳴った。

「お藤さま……、一体……」

もどかしいほどに言葉が出てこない。

「大丈夫《でえじょうぶ》だ、女将さん。気を失っているだけだ」

達吉のその言葉に安堵《あんど》した途端、腰から下の力が一気に抜けていくのを感じた。

「おったまげたのなんのって……。桃園にさァ、山代屋のお内儀がお前に逢いたがってると繋ぎをつけてさ、あちしは外で待ってたんだ。どんな理由で桃園に逢いたいんだか知らないが、他人《ひと》にゃ聞かれたくない話もあろうかと思ってさ」

お藤を寝かせたあと、帳場に戻ってきた幾千代は、どうやら昂揚《こうよう》した気分が抑《おさ》え切れないとみえ、頻《しき》りに、喉の渇《かわ》きを訴えた。

「すると、桃園さんは紀久治と同一人物《どういつじんぶつ》だったのですね」

おりきは空《から》になった幾千代の湯呑に、焙《ほう》じ茶をなみなみと注《そそ》いだ。

「遠慮しないで、ご馳《ち》になるよ。喉がからついたときには、煎茶なんてけしきどったものより、焙じ茶に限るよ。さすが、甲羅《こうら》を経《へ》た女将さんだよ。そうなんだよ、お藤さんを見たときのあの女の顔を見せたかったよ。真っ青《さお》になっちまってよ。けどさ、そこから先はあちしの出る幕《まく》じゃないわさ。それで、表で待ってたんだ。何かあったらいつでも飛び込むつもりでさ。だって、そうじゃないか。あの女は人を茶にするなんざァ、屁《へ》とも思わない女だからね。すると、お藤さんが座敷に上がって、さあ四半刻《しはんとき》(三十分)もした頃だろうか、中からキャッと悲鳴がしてね。てっきり、お藤さんがあの女に何かされたと思ってさ、カッとなって家の中に飛び込んださ。すると、なんとまあ、お藤さんが匕首《あいくち》を振り翳《かざ》して、桃園に迫っているじゃないか。桃園がお藤さんにというのなら解るけどさ、お藤さんがだよ？　あちしは何がなんだか解らないまま、後ろからお藤さんを羽交《はが》い締《じ》めにして、止めたんだ。だってそうだろう？　桃園なんて小胸《こむね》の悪い女は、煮て食おうと焼いて食おうと、構やしない。けどさ、そんなことをしたら、お縄《なわ》になるのは、お藤さんだ。桃園みたいな下種《げす》な女《おな》ごのために、お藤さんの人生を台なしにすることはないんだ。あちしは夢《む》中《ちゅう》で叫んでた。こんなどち女《あま》のことは放っておきな。どうせ、ろくな死に方は出来っこないんだ。おまえが手を下さなくても、きっと、いつか誰かに殺《や》られちまう……ってさ。けどよ、逆上《ぎゃくじょう》しちまって、手がつけられないじゃないか。それで、ほれ、いつだったか、おりきさんが鳩尾《みぞおち》のあたりに当身《あてみ》を入れるのを目にしてたからさ。ご免、勘弁《かんべん》しなよって声をかけて、こうさ……」

　幾千代は肘《ひじ》で当身を入れる振りをした。

　おりきは思わず頬を弛めかけたが、慌てて確かめた。

「それで、桃園さんは？」

「お藤さんは気を失っちまうし、すぐに駕籠屋を呼んだささ。さすがの桃園も色をなくしてたけど、あんなところに長居《ながい》は無用さ。ぐずぐずしていると、今度はあちしがあの女の喉を切り裂《さ》いてやりたくなっちまうからね」

「では、無事なのですね。良かった。改めて、お礼を言います。幾千代さん、あなたがいて下さらなかったら、今頃どんなことになっていたか……」

「ふふっ、亀蔵親分の出番ってことになってたろうさ。ところで、お藤さんをあのままにしていていいのかえ？」

「大丈夫ですよ。失神《しっしん》しているだけですし、そのうち興奮も冷めるでしょう。浜千鳥の間にはおきちをつけています。何かあれば知らせるでしょう。それより、そろそろ七ツですことよ。あとはわたくしどもに任せて、お座敷の仕度にかかって下さい」

「そういうこった。出居衆《でいしゅ》（自前芸者）なんて憐《あわ》れなもんだ。年百年中《ねんびゃくねんじゅう》、貧乏《びんぼう》暇なし。お座敷がかからなくなったら、飯《まま》の食い上げだ。まっ、今宵の座敷は結城屋だけだ。男気《おとこぎ》のある旦那でさ、ぽんと気前良く玉銭《たません》を弾《はず》んでくれるのでも通ってね。さあて、五ッ（午後八時）頃にはお開きになるだろうからさ、そしたら、ここに戻ってくるよ。いっそのやけ、あちしも乗りかかった舟だ。最後までつき合おうじゃないか、そうだろう？　お藤さんと桃園の間に何があったか知りたいじゃないか」

「解りましたわ。その頃には、あの方の身体も少しは戻っていましょう。そうだわ、巳之吉に言って、何か夜食を作らせておきましょうね」

「まっ、それは忝茄子《かたじけなすび》！　巳之《みの》さんの料理が食べられるなんて、盆と正月が一遍に来たようだ」

幾千代はふっと子供っぽい笑顔を見せた。

行灯のおぼおぼしい灯《あか》りの中に、お藤の蠟《ろう》のように白い顔が浮き上がって見える。

「何もかもお話しします」

お藤は腹を決めたのか、ポツリポツリと話し始めた。

山代屋は小商いながらも、呉服問屋として、まずまずの手堅《てがた》い商いをやっていた。

山代屋の一人娘お藤は、幼い頃より西陣小町《にしじんこまち》と謳《うた》われたほどの美貌《びぼう》の持ち主であったが、十六歳になるのを待ち構えたかのように、縁談が次々と舞い込むようになったという。

中にはお藤が家付《いえつ》き娘ということを知っていながらも、敢えて、嫁に欲しいという者がいたほどで、お藤の父清平衛《せいべえ》は嬉《うれ》しい悲鳴に頭を抱えたようである。

当然、お藤の婿《むこ》には問屋仲間の次男、三男坊が収まるだろうと、誰もが思っていた。

ところが、お藤が婿に選んだのは、何を思ってか、当時番頭に昇格《しょうかく》したばかりの、矢三郎であった。

誰もがその意外性にあっと驚いた。

矢三郎は丁稚《でっち》から叩き上げた男である。

矢三郎が我勢者《がせいもの》で誠実な人柄《ひとがら》だということを誰も疑いはしないが、すこぶるつきの好い男というわけでもなく、それより、山代屋より格上《かくうえ》のお店《たな》から婿を取り、纏まった持参金を元手《もとで》に身代《しんだい》を大きくするのが常道《じょうどう》と思った。

「わたくしは矢三郎の手で、山代屋の身代を大きくしてもらいたかったのです。あの人にはそれが出来ると信じていました」

「お藤さんが言うのは道理《どうり》だえ。あちしだって、嫌だね。大店から持参金つきの亭主をもらってみな? 半分は亭主の実家《さと》に乗っ取られたようなもんだ。それより、夫婦《めおと》が手を携《たずさ》え、堅地《かたじ》にお店を大きくしていくほうがいいもんね」

幾千代が仕こなし顔に言う。

「それほど、お藤さまは矢三郎さまを信頼し、好いていなすったということなのですね」

おりきの言葉にお藤は頷いた。

「他人《ひと》は矢三郎のどこにそんなに惚《ほ》れたのか。生真面目《きまじめ》だけが取り柄《え》で、洒落《しゃれ》の解らぬ、あいつは長屋の佐次兵衛《さじべえ》だなんて揶揄《やゆ》もしましたが、わたくしはそんな矢三郎だからこそ、山代屋の身代を肥《こ》やすことが出来ると信じていました。山代屋は父清平衛の遊興《ゆうきょう》が過ぎて、一時期、屋台骨《やたいぼね》が傾きかけたことがありますからね。わたくしは母の涙を嫌というほど見て育ちました。ですから、通り者(粋人《すいじん》)と呼ばれたところで、それが何ほどのものかと思っていました。だからこそ、問屋仲間の縁談を断ったのです。あの人たちは同じ穴の狢《むじな》です。わたくしを妻にと願う心も、通り仲間の賭《か》けのようなものでした。まるで、花魁《おいらん》か芸者でも落籍《ひか》せるかのように、誰が山代屋のお藤を落とせるかと競っていると聞いたときには、業《ごう》が煮えくり返りました。わたくしは彼らの玩具《おもちゃ》でもなければ、飾《かざ》り物でもありません。ふふっ、意地っ張りなのでしょうね、わたくしって。でもね、矢三郎をと思ったのは、決して、わたくしが拗《す》ね者だったからだけではありませんの。何より、矢三郎の誠実さに惹かれたのです。優《やさ》しい男《ひと》でしてね。無論、わたくしには誠心誠意《せいしんせいい》尽《つ》くしてくれましたが、あの人は忠実《まめ》にきりきり働くだけでなく、ご近所のお年寄りや丁稚の一人一人にまで、誠意を持って接し、優しい言葉をかけるのを忘れない、そんな男《ひと》だったのです。山代屋は矢三郎の代になって、父の遺《のこ》した借財《しゃくざい》を綺麗《きれい》にしたばかりか、奉公人の数も増やし、ひと回り、身代を大きくしていました。ところが……」

お藤は辛そうに、眉根《まゆね》を寄せた。

薄明《うすあ》かりの中、その表情はお藤をより露《つゆ》の蝶《ちょう》と見せ、それは身震いするほど妖《あや》しげであった。

お藤は山代屋の借財がなくなった頃から、通人の間で不粋者と蔑《さげす》まれる夫を立てようと、矢三郎を連れ、積極的《せっきょくてき》に宴席に顔を出すようになった。

遊興が過ぎるのも考えものであるが、商いをしていると、問屋仲間とのつき合いもそれなりに必要であるし、小売業者の接待《せったい》もしなければならない。

が、それも大概は、祇園や先斗町の料亭や茶屋を利用し、お藤が都々井に度々《たびたび》顔を出していたのも、その頃である。

だが、いつ頃からか、山代屋の主人《あるじ》は内儀の紐付《ひもつき》だ。さすが、屋号《やごう》のごとく、丁稚上がりの亭主はいつまで経《た》っても、お山の神に頭が上がらぬとみえる、という風評《ふうひょう》がまことしやかに流れるようになった。

お藤は愕然《がくぜん》とした。

そんなつもりではなかったのである。

使用人や弱者《じゃくしゃ》には優しい言葉を惜《お》しまない矢三郎が、どういうものか、同業者や粋人を相手にすると、気の利いた言葉ひとつかけられないばかりか、気圧《けお》されたように寡黙《かもく》になり、お藤は自分がついて行くことで、幾らかでも座が和《なご》めば、と同行していただけなのである。

それが、親方思いの主倒《あるじたお》しであったとは……。

以来、宴席には、矢三郎一人で行かせることにした。

「わたくし、矢三郎が島原に出入りするようになっていたとは、知らなかったのです。気づいたときには、既に、遅すぎました。紀久治という芸妓と理《わり》ない仲になっていまして、内を外にするようになっていたのです」

お藤が唇をきっと嚙む。

「何が芸妓だえ！　島原だろ？　ああいう女は転びといってね、遊女《あそびめ》にも劣る。男を食い物にして、絞り取るだけ絞り取ったら、おさらばえ、とくるんだ。全く、矢三郎さんもどち女に引っかかったもんだ！」

「幾千代さんのおっしゃるとおりです。矢三郎は心さらな生男《きおとこ》ですから、苦界《くがい》にいる紀久治を放っておけなかったのでしょう。紀久治のほうもそんな矢三郎の心柄《こころがら》（性格）を読んでいたのか、身の有《あ》りつきを嘆《なげ》き、次から次へと金の無心《むしん》を致しました。お恥《は》ずかしいことです。矢三郎の代で借財を水にし、多少は肥やしたはずの身代も元の木阿弥《もくあみ》。再び、見世は傾きかけていました。わたくしね、このままでは身代限《しんだいかぎ》りになってしまうと思い、意を決して、紀久治に逢いました。どうか矢三郎と切れて欲しいと頭を下げ、退代《のきしろ》として、五十両渡しました。当時、わたくしに出来た精一杯《せいいっぱい》の金子《きんす》です」

お藤は言葉を切ると、肩で息を吐いた。

紀久治は五十両を前に、ぼた餅《もち》で叩かれたような顔をしたが、京を離れてくれという言葉には難色《なんしょく》を示した。だが、金の魅力《みりょく》には勝てなかったようで、渋々ながらも承諾《しょうだく》したのだった。

紀久治が島原から姿を消したのは、それから数日後のことである。

これで何もかも元の鞘《さや》に収まるはずであった。

ところが、そうは虎《とら》の皮とでも言おうか、一旦傾きかけた屋台骨はなかなか元通りにならず、おまけに、紀久治を失った憂苦《ゆうく》からか、あれほど我勢者であった矢三郎が、以前の半分も商いに身を入れなくなり、しかも、弱り目に祟《たた》り目とでも言おうか、矢三郎が病の床に就《つ》いてしまったのである。

お藤は番頭と力を合わせ、傾きかけた屋台骨を必死に護り、献身的《けんしんてき》に矢三郎の看病《かんびょう》に努《つと》めた。

「矢三郎が息を引き取りましたのは、三月《みつき》前のことです。わたくし……、わたくし……」

お藤の頰を大粒《おおつぶ》の涙が伝った。

「死の間際まで、矢三郎が紀久治の名を呼び続けたのです。あいつには済まないことをした。紀久治を護ると約束したのに、最後まで護ってやることが出来なかった。現在《いま》、自分は死の床にあり、薄幸《はっこう》な紀久治の行《ゆ》く末が案じられてならない。そう言って、わたくしに印籠と煙管を託《たく》したのです。形見と思ってくれてもいいし、身に詰まったときに金に換《か》えてくれてもいい。現在《いま》の自分にはこの程度のことしかできないが、せめて、心を受け取ってほしい。そう、紀久治に伝えてくれないかと、涙ながらにわたくしに縋ったのです。わたくしには、済まなかったのひと言もありませんでした。そんなことがあってよいでしょうか？　愕然としました。丁稚上がりの矢三郎を夫に選び、夫婦として歩んできたこの十余年はいったいなんだったのかと……」

また、お藤の目から涙がはらはらと零《こぼ》れた。

「まっ、なんていう男だえ、おまえの亭主は！」

幾千代も忌々しそうに唇を嚙む。

「けれども、もっと衝撃を受けましたのは、紀久治に形見分けをするにしても、わたくしには居場所が分からない、そう夫に言ったときのことです。矢三郎は既に息も絶《た》え絶《だ》えになっていましたが、声を振り絞るようにして、紀久治は品川宿にいる。島原を出てからも、せびられる度《たび》に金子を送っていたが、あちこち転遷《てんせん》した末、現在《いま》は品川宿にいるようだ。品川宿の……、とそこまで言ってあとが続かず、遂《つい》に息を引き取ってしまったのです。わたくし、身体が顫えました。哀しみより憤《いきどお》りのほうが先に立ち、ガクガクと顫え続けました。裏切《うらぎ》られたというより、煮え湯を飲まされたような想いで、何も考えられずに茫然《ぼうぜん》としていたのです。見世の者はそれを夫を失った哀惜《あいせき》と受け取ったようでした」

「まあ……」

おりきは絶句《ぜつく》した。

お藤の切り裂かれて血の滴《したた》る胸の内を、覗き込んだように思った。

「わたくしね、見世を続けていく気力をなくしましたの。意気阻喪《いきそそう》してしまい、自分がなんのために生きてきたのか、それすら分からなくなりました。山代屋なんてもうどうなってもいい……。そんなふうに思ってしまったのです。そんなとき、番頭が言ったのです。お内儀《かみ》さん、山代屋は細々ながらも健在《けんざい》です。手代《てだい》や丁稚を始め、雇人たちの将来もかかっています。お内儀さんは独りじゃない。皆で力を合わせて、山代屋を護り抜こうじゃありませんか……と、そんなふうに言ったのです。わたくしね、強《したた》かに頬を打たれたように思いました。そうだった。今、ここで投げ出してしまったのでは、今までやって来たことが水泡《すいほう》に帰《き》してしまう。そう思った途端、矢三郎も紀久治も許せる気になったのです。もしかすると、矢三郎にとって、わたくしは高圧的《こうあつてき》な女だったのかもしれません。決して、横柄《おうへい》尽《づ》くにしているつもりはありませんでしたが、無意識のうちに、丁稚上がりのおまえさまを主人《あるじ》にまで引き上げてあげたではないか……と、そんな傲慢《ごうまん》な想いがわたくしの中にあったのかもしれません。矢三郎もそのことに気づいていたからこそ、わたくしの前ではついしか心を解放することが出来ず、常に、構えていたのではなかろうか……。だから、満たされない想いを紀久治の中に求めたとも言えます。考えてみれば、家付きのわたくしには、矢三郎が慈悲《じひ》を施《ほどこ》さなければならないものなど何ひとつありませんもの。矢三郎にしてみれば、寧ろ、わたくしに施されていると感じたのでしょう。あの男《ひと》は自分より弱い立場の者に、手を差し伸べることを、何よりの悦びと思う人です。矢三郎の目には、わたくしと対照的《たいしょうてき》な立場にいる、紀久治がより薄幸に映ったに違いありません。そんなふうに考えると、少しばかり楽になりました。それで、番頭の励《はげ》ましを頼りに、もう一度、山代屋を建《た》て直す気になったのです。けれども、そのためには、自分の中で区切りをつけておきたかった。紀久治を捜し出し、矢三郎が亡くなったことを告げ、心を新《さら》にして、その上で、山代屋の再興《さいこう》に励もうと思ったのです。それを、あの女《ひと》は、あの女は……」

お藤は言葉尻《ことばじり》を顫わせると、うっと嗚咽《おえつ》を上げ、畳《たたみ》に突っ伏《ぷ》した。

「あちしにゃ、あのどち女が何を言ったか見当《けんとう》がつくね。どうせ、矢三郎なんて男は忘れちまった。死のうが生きようが知ったことじゃない。それを馬鹿丁寧《ばかていねい》に、わざわざ知らせに来ることはなかったとでも言ったんだろう？　あんな女は男を金蔓《かねづる》くらいにしか思ってないからね。金の切れ目が縁の切れ目。京から金が届かなくなった時点で、あの女の中では、とっくに矢三郎は死んじまってるのさ！」

幾千代が肝が煎《い》れたように毒づく。

お藤が突っ伏していた顔を上げると、驚いたように幾千代を見上げ、また、激しく肩を顫わせた。

どうやら、図星《ずぼし》のようである。

「あの女《ひと》、形見の印籠を見て、せせら嗤ったのです。こんなしょうもないもの、端金《はしたがね》にもなりゃしないって、ごた箱の中に印籠と煙管をポイッと放ったのです。わたくし、わたくし……、それだけは許せなかった。矢三郎が余りにも可哀相《かわいそう》ではありませんか。矢三郎がこの女《ひと》にかけた想いは一体なんだったのか……。そう思うと、カッと頭に血が昇《のぼ》って、気づくと、万が一に備《そな》えて忍《しの》ばせていた、匕首を振り翳していました」

「既《すん》でのところだったよ。あちしが駆けつけなきゃ、お藤さん、今頃、大番屋《おおばんや》送りになってただろうさ」

幾千代が片目を瞑《つぶ》って見せる。

「本当に助かりましたわ。ねっ、お藤さま、泣くだけ泣いて、胸に溜《た》まったことを全て吐き出してしまったのですもの、これで幾らかすっきりしたのではないかしら？　わたくしね、あなたの話を聞きなら、少し安堵いたしましたのよ。あなたは既に矢三郎さまを許していらっしゃる。そして、現在《いま》もまだ、愛していらっしゃる。それでいいのですよ。人を祈《いの》らば穴二つ。これはわたくしが常に口にする言葉ですが、人を恨《うら》む心からは何ひとつ、新《あら》たなるものは生まれてきません。それに、あなたには山代屋や使用人全ての未来がかかっているのですよ。何より、お藤さま、あなた自身の未来がね。心の疵は少しずつですが時が癒やしてくれましょう。何を隠しましょう。ここにいる幾千代さんもわたくしも、それぞれに、心に深い疵を抱えていて、それでも前を向いて生きているのですよ」

おりきがそう言うと、お藤は顔を上げ、ふっと微笑んだ。

泣き濡《ぬ》れて、少し目蓋《まぶた》が腫《は》れぼったいが、お藤の顔にはほんのりと赤味《あかみ》が差している。

「なんだか小腹《こばら》が空かないかえ？　今、何刻《なんどき》だろう」

「そろそろ九ッ（午前零時《れいじ》）かしら。巳之吉が気を利かせて、夜食にと握り飯を作ってくれていますの。今、お茶を淹れますね」

「おかたじけ！　おや、まっ、あちしはなんて食欲があるんだろ。お座敷が退《ひ》けたあと、巳之さんの用意してくれた夕膳をペロリと平らげちまったんだよ。それなのに、また空腹《からはら》だなんて、嗤っちまう。ねっ、悪いんだけど、おりきさん、あちしを今夜泊めてくれでないかえ？　今から駕籠を呼ぶのもねえ……。帳場でいいからさ。女二人で、新枕《にいまくら》ってのも乙《おつ》じゃないか」

「あら、既に、おうめが気を利かせているでしょうよ」

「あのう……」

お藤が怖《お》ず怖ずと幾千代を見る。

「宜しければ、この部屋で、わたくしと一緒に寝ていただけませんこと？　出来ましたら、女将さんもご一緒に。女三人で枕を並べとうございますわ。何も語らずとも、傍《そば》にいて下さるだけで、お二人に勇気が貰えるような気がしますもの。わたくしの生涯《しょうがい》の思い出となります」

「そう、それがいいわ。ねっ、おりきさん、そうしようよ！」

幾千代も弾んだ声を出す。

女将が客と一緒に客室で眠ることなど、理道《りみち》を外れた、とんでもないことである。

だが、おりきはちょっと小首を傾げ、では、そういたしましょうか、と答えた、

「ああ、美味しい。眠れなくなるといけないと思って、焙じ茶にしてくれたんだね。おや、お藤さん、おまえの湯呑に茶柱《ちゃばしら》が立ってるよ。ほら、だから言ったじゃないか。命あっての物種《ものだね》さ。生きてるだけで、丸儲《まるもう》け！」

幾千代がふふっと首を竦めた。

潮騒《しおさい》が心地《ここち》良く耳に囁きかけてくる。

秋の果て、また一歩、するりと冬に近づいたようである。

名草の芽

「女《おな》ごの腹はよう解《わか》らん」

亀蔵親分《かめぞうおやぶん》は足許の小石をぽんと蹴《け》り上げると、細い目をちらと背後に配《くば》り、てめえら何やってやがる。とっとと歩きゃあがれ！　と下っ引きたちを鳴り立てた。

師走《しわす》に入り、高輪北町《たかなわきたまち》の海岸通りは、どこも人や馬車で賑《にぎ》わっている。

海沿いには古手屋《ふるてや》やお飾《かざ》り売りの仮店《かりだな》が建ち、注連飾《しめかざり》用の羊歯《しだ》や譲葉《ゆずりは》、海老《えび》、勝栗《かちぐり》、干柿《ほしがき》まで商《あきな》っているかと思えば、人溜《ひとだまり》を縫《ぬ》うようにして、飾り松売りや暦《こよみ》売りの売り声も響《ひび》いてくる。

「松やァ、松やァ、飾り松やァ！」

小太《こぶと》りの金太《きんた》がわさわさと身体《からだ》を揺《ゆ》すり、物売りの口真似《くちまね》をしながら、刻《きざ》み足に寄ってくる。

「この、へたり茄子《なす》（のろま）が！」

「おお怖《こわ》や！　親分、一体何《いってえ》をぶりぶりしていなさる。あっ、こうめ坊のことか？　おっと、呑込承知之助《のみこみしょうちのすけ》！　ありゃ、こうめ坊がいけねえや。せっかく、親分がこうめ坊のことを思って持ってきなすった縁談だ。それを、洟《はな》も引っかけねえばかりか、ろくに口も利《き》かねえときたんじゃ、いかに親分が大束《おおたば》だとしてもだよ、業《ごう》を煮《に》やしてもしょうがねえわな」

「おう、そればかりじゃねえぞ。今朝なんか、朝飯も食わしちゃくれねえ。飯がないのならまだしも、うちは八文屋《はちもんや》だぜ。飯も汁《しる》も売るほどあらァ。それを、こうめの奴《やつ》、どうせ義兄《にい》さんの口には合わないでしょときた。それきり、ぷいと横を向いちまって、飯を装《よそ》おうともしやしねえ」

「えっ、じゃ、親分は朝飯抜きでやすか！」

ようやく追いついてきた利助《りすけ》が、早速《さっそく》、尻馬《しりうま》に乗ってくる。

「ふん、てめえで装って食ったさ。だがよ、俺《おり》ャ、死んだおあきと所帯を持ってこの方、今日の今日まで、てめえで飯を装って食ったなんてことねえんだ。そういうことは女ごがするもんだろ？　違うか」

「そうさなあ……。おかみさんが亡くなって、ずっと、こうめ坊が親方の世話をしてたんだものな。あれから七年か……。するてェと、こうめ坊は幾《いく》つになったんだっけ？　おい、おい、二十四かよ。こうめ坊なんて言っちゃいられねえ歳《とし》なんだ！」

金太が狸目《たぬきめ》を瞠《みは》り、しばしばと瞬《しばた》いてみせる。

「だろう？　だから、俺ャ、面打師《めんうちし》の惣助《そうすけ》に嫁《とつ》いじゃどうでェと言ったんだ。惣助の腕は天下一品だ。この頃うちじゃ荒彫《あらぼ》り（こなし）まで任《まか》されてるってんだから、大《てえ》したもんだ。まっ、食うにゃ事欠《ことか》かねえわな。ところがよ、こうめの奴、何が気に食わねえのか、自分が嫁に行ったら、この八文屋はどうなるのか、義兄さんの面倒《めんどう》は誰が見るのか、なんてこと抜かしやがって。だからよ、俺ャ、べらぼうめ！　てめえ一人で八文屋が保《も》っているなんて自惚《うぬぼ》れてるんじゃねえだろうな。他人《ひと》を雇えば済《す》むこった、と言ってやったんだ。すると、あいつ、他人を雇うなんてことをして、勘定《かんじょう》でも猫ばばされたらどうするのかと来やがった。あのへちむくりが！　この高輪《たかなわ》の亀蔵を嘗《な》めるんじゃねえってんだ。俺ャ、なんのためにお上《かみ》から十手《じって》を預《あず》かってると思うんでェ！　頭に来たからよ、俺ャ、一遍《いっぺん》として、おめえに世話をしてくれと頼《たの》んだ覚えはねえ、と言ってやったんだ。そしたら、ぷいと横を向いたきり、この二日、口も利いちゃくんねえ」

　亀蔵親分はねずり言《ごと》を言いながらも、右に左と鋭《するど》い目を飛ばし、一定の速度を保《たも》ちながら、歩行新宿《かちしんじゅく》のほうへと歩いていく。

　庭下駄《にわげた》のように角張《かどば》った顔の亀蔵親分を真ん中に挟《はさ》み、細長いのと丸まっこい下っ引き二人が脇を固めて競《きお》い歩くさまには、それだけで、周囲にぴんと張《は》り詰《つ》めた空気が流れ、掏《す》摸《り》や万引きが雑踏《ざっとう》に紛《まぎ》れていたとしても、暫《しばら》くは、息を潜《ひそ》めていなければならない、そんな雰囲気が漂《ただよ》っていた。

「おいらよ、思うんだけど、もしかして、こうめ坊、親分にほの字なんじゃねえのかな？」

　利助の言葉に、亀蔵親分はぎくりと脚《あし》を止めた。

「このひょうたくれが！　利いたふうな口を利くんじゃねえ！」

「へっ……」

親分の細い目で睨《ね》めつけられ、利助は身の毛が弥立《よだ》つほどに縮《ちぢ》み上がった。

だが、考えてみれば、利助が言うのもまんざら当てはずれでもなかった。

こうめは、亀蔵親分の女房、おあきの妹である。

岡っ引き稼業とは因果《いんが》なもので、年中三界《ねんじゅうさんがい》、働き詰めに働くわりには、実入《みい》りが少ない。お上の務《つと》めを果たしているとはいえ、奉行所から纏《まと》まった手当が出るわけでもなく、たまに同心が身銭《みぜに》を切り、小遣《こづか》い程度の金をくれるだけで、これでは食べていくことも出来なければ、下っ引きに小遣いを渡すこともままならない。

そのためか、大方《おおかた》の岡っ引きは女房に養《やしな》ってもらっているのが、現実だった。

彼女たちは八文屋、十三文屋《じゅうさんもんや》といった安手《やすで》の居酒屋や雑貨屋、髪結《かみゆい》を生業《なりわい》として、亭主が肩身《かたみ》の狭い想《おも》いをしなくて済むように、働いているのである。

おあきも亀蔵と所帯を持つと間なしに、車町《くるまちょう》に恰好《かっこう》ものの八文屋を出した。

おあきの作る煮染《にし》めは味がよいと評判で、見世《みせ》は常に繁盛《はんじょう》した。

そのお陰《かげ》で、亀蔵は下っ引きたちに親分風を吹かすことも出来たし、大店《おおだな》や遊里《ゆうり》に金をせびるような、阿漕《あこぎ》な真似《まね》をしなくて済んだのである。

そればかりか、何かあったときのために常に懐中《かいちゅう》に携帯《けいたい》する、纏まった金子《きんす》にも不自由しなかった。

ところが、稼業の八文屋の仕事を終えてからも、夜っぴて針仕事をしたのが障《さわ》ったのか、おあきが風邪を拗《こじ》らせ、呆気《あっけ》なく、この世を去ってしまったのである。

それが、七年前のことである。

青天の霹靂《へきれき》とは、まさにこのことであった。

途方《とほう》に暮れた亀蔵は、いっそ見世を畳《たた》んでしまおうかと、真剣《しんけん》に考えた。

そのとき、ふっと頭を過《よ》ぎったのが、おあきとはひと回りも年下の妹、こうめであったおあきは二十九歳で亡くなったのだから、するとこうめは十七歳になっているだろう。

……。

元々、おあきは香西《かさい》の百姓の娘である。

口減《くちべ》らしのために、十五歳のとき酒問屋に奉公に出て、その後、料理屋の下働きをしていたところを亀蔵親分が見初《みそ》め、女房にした。決して器量《きりょう》よしとは言えないが、百姓の娘にしては如来肌《にょらいはだ》をした、ふわりと人を包《つつ》み込んでしまうような女で、それに惹《ひ》かれて所帯を持ったのであるが、これが見かけによらずなかなかの我勢者《がせいもの》で、亀蔵はこんな利運《りうん》があってよいものか、と女房運の果報《かほう》を悦《よろこ》んだものだった。

そのおあきが口癖《くちぐせ》のように言っていたのが、幼い妹や弟のことである。

「あたしはおまえさんに拾ってもらって、これほど幸せなことはないと、毎日、神仏に手を合わせているんだ。けどさ、幸せであればあるほど、自分だけ有難《ありがた》い想《おも》いをしちゃ、郷《く》里《に》の妹や弟に済まないような気がしちゃってさ。水呑百姓《みずのみびゃくしょう》でね、弟はともかく、妹のほうはどうせどこかに奉公に出されるだろう。まともなお店《たな》に奉公するのならまだましだけど、なんだか、こうめが案じられてね」

おあきは針仕事の手を止め、ゆらゆらと揺れる行灯《あんどん》の灯《ひ》に目をやると、よくそんなふうに呟《つぶや》いていた。

はっきりと、八文屋に呼んでもいいかと訊《き》けばいいのに、亀蔵に気兼《きが》ねしてか、なかなか口に出せない、そんな女だった。

「よし、解った。春になったら、こうめを呼ぼう。おまえも八文屋にそろそろ人手《ひとで》の欲《ほ》しい頃だろうし、なに、娘のつもりで、ここから嫁に出してやればいいんだ」

亀蔵もその気になり、御殿山《ごてんやま》の桜が咲く頃にはと思っていた矢先《やさき》、おあきが病《やまい》に倒れたのだった。

亀蔵にしてみれば、ただの風邪と思っていたのが、まさか命取りになるとは考えてもいなかった。

亀蔵はおあきの亡骸《なきがら》を抱《かか》え、生まれて初めて、男泣きに泣いた。

見世を出すに際して拵《こしら》えた借金を返すまではと、働き詰めに働いたおあき……。

高輪の親分は金に吝《しわ》いとだけは決して言わせてはならないとばかりに、自分は始末しても、亀蔵にだけは恥《はじ》をかかせなかったおあき……。

女に生まれたからには、子を産《う》みたいと思ったところで、当然であろう。

が、おあきは借金を返し終えるまで、子は持ちたくないと言い張った。

そのおあきが、ようやく借金を返し終えたそのときになり、遂《つい》に、子を持つこともなく、二十九歳の生涯を終えたのである。

「おあき、済まねえ……。俺ャ、おめえに櫛《くし》の一本、半襟《はんえり》の一枚、買ってやらなかった。バッキャアロウ……。これからだってときによ。おあき、おあき、俺ャ、どうしたらいいんだ……」

亀蔵親分がおあきの亡骸に向かってそう呟いたときである。

「こうめがいるではありませんか。おまえさん、こうめのことを頼みましたよ」

はっきりと、おあきの声が聞こえたように思った。

えっと、亀蔵親分は四囲《しい》に目を泳がせた。

おあきのはずがない。おあきは血の色を失い、骸《むくろ》となって横たわっているのだから……。

だが、空耳《そらみみ》にしては余りにも生々《なまなま》しいその声に、亀蔵は改《あらた》めてはらはらと涙を零《こぼ》した。

「こうめのことはおめえと約束したんだ。大丈夫《でえじょうぶ》だ、任しときな。ここから立派に嫁に出してやるからよォ……」

あれから七年になる。

こうめは小柄《こがら》で、くりくりとよく動く瞳《ひとみ》を持った、愛らしい娘であった。

亀蔵にもすぐさま懐《なつ》き、元々賢《さと》い娘であったのか、八文屋の仕事も如才《じょさい》なくこなし、瞬《またた》く間に、看板娘《かんばんむすめ》となった。

しかも、見世の仕事ばかりか、まるでおあきが生き返ってそこにいるかのように、いそいそと亀蔵の世話をやくようになったのである。

いつしか、亀蔵もそれを当たり前のように受け止めるようになり、こうめを我が娘と思うようになっていた。

こうめを女として見たことは一度もない。

事実、父娘《おやこ》ほど歳の離れた義妹《いもうと》である。

こうめの中には、どこを探しても、おあきはいない。

姿形《すがたかたち》も違えば性格までが、これが同じ親から生まれた姉妹かと疑《うたが》いたくなるほど正反対で、寧《むし》ろ、その意味では、ふとした折、おりきの中におあきを見出した。

面立《おもだ》ちや姿はおりきの足許にも及《およ》ばないが、仕種《しぐさ》やそこはかとなく漂ってくる雰囲気《ふんいき》の中に、胸が揺さぶられるように、おあきを感じることがある。

ふと気づくと、亀蔵は立場茶屋《たてばぢゃや》おりきに足繁《あししげ》く通うようになっていた。

日に一度は、さして用があるわけでもないのに、何かと理由をつけては茶屋に出向き、旅籠《はたご》の帳場でおりきの淹《い》れる茶を啜《すす》っているのだった。

ところがである。

一年ほど前から、どういうわけか、こうめの様子が妙に角張《かどば》ってきた。

先《せん》には、夕餉《ゆうげ》の仕《し》度《たく》をして待っているこうめに、済まねえ、食っちまった、と言ったところでどうということもなかったのだが、このところ、ときとして、不満を露《あら》わにするようになったのである。

「また、おりきさんのところですか！　食べないのなら食べないって、朝、出かけるときに言って下さいな」

「どうせ、あたしが作るものなんか、八文屋のお菜《さい》ですよ。料理とも呼べやしない。そりゃね、旅籠の料理のほうが旨《うま》いに決まってる！」

「金太さんが言ってた。義兄さんは立場茶屋おりきの女将《おかみ》さんに岡惚《おかぼ》れだって！　姉ちゃんが生きていたらどう言うだろうか。義兄さん、姉ちゃんのことを忘れちまったのかえ？」

こうめは甲張《かんば》った声を上げ、態《わざ》とらしく、亀蔵のために用意した膳《ぜん》を流しまで運んでいき、皿小鉢の中味を屑箱《くずばこ》の中に捨ててしまうのだった。

「こうめ、てめえ、女房でもねえくせして、利いたふうな口を利くんじゃねえ！　ああ、解ったよ。俺ャ、金輪際《こんりんざい》、おめえの世話にゃならねえ！」

そのときは亀蔵もそう啖呵《たんか》を切ったのであるが、考えてみれば、女房でもないこうめを体《てい》よく扱《こ》き使っていたのは、亀蔵のほうである。

おあき、済まねえ。俺ャ、おめえとの約束をまだ果たしていなかった……。

亀蔵が改まったようにおあきの位牌《いはい》に手を合わせ、こうめの縁談に奔走《ほんそう》するようになったのは、ひと月前のことである。

その気になると、こうめなら是非《ぜひ》にという男が次々に現われた。

我勢者で、愛らしい面立ちをしたこうめである。何より、亀蔵親分の義妹ということが物を言った。

亀蔵は慎重《しんちょう》に相手の人となり、稼《かせ》ぎの額まで調べ上げ、面打師の惣助を措《お》いて、こうめの亭主に見合う男はいないと腹を括《くく》ったのである。

だが、こうめは露骨《ろこつ》に不快感を顔にした。縁談など聞く耳持たずといった、態度を取ったのである。

相手が気に入らないというより、
まさか、それが利助が言うように、こうめが亀蔵に想いを寄せているからとは思わないが、姉ちゃんのことを忘れたのかと、鬼気迫《ききせま》る形相《ぎょうそう》で睨《ね》めつけた、あのときのこうめの目……。

亀蔵の背に、じわりと蛞蝓《なめくじ》でも這《は》ったかのような、寒気《さむけ》がついた。

「えェ〜〜、一年のご調法《ちょうほう》、大小柱《だいしょうはしら》ごよみ、綴《つづり》ごよみ〜〜」

行く手から暦売りの売り声が聞こえてくる。

薬種問屋《やくしゅどんや》の前から簓《ささら》や太鼓《たいこ》の音《ね》が流れてくるのは、節季候《せきそろ》の連中が銭を乞《こ》うているのだろう。

「おんやまっ、ありゃ、如月《きさらぎ》さまじゃねえか！」

金太が素《す》っ頓狂《とんきょう》な声を上げ、海沿いの仮店を指差した。

見ると、成程《なるほど》、お飾り売りの前に出来た人立《ひとだち》を縫うようにして、前を歩いていくのは、如月鬼《き》一郎《いちろう》の後《うし》ろ姿だった。

「如月さま！」

金太と利助が駆《か》け出していく。

気配《けはい》に気づいたのか、鬼一郎がハッと振《ふ》り返った。

亀蔵親分はおっと腹に気合いを入れた。

鬼一郎の顔は蒼白《そうはく》となり、何か思い詰めてでもいるのか、目が虚《うつ》ろに据《す》わっていた。

「まっ、それで鬼一郎さまにお怪我《けが》はございませんでしたの？」

おりきの白い頰《ほお》に、つと憂色《ゆうしょく》が過《よ》ぎった。

「それがよ、俺たちが声をかけても、心ここにあらずって感じでよ。俺も咄嗟《とっさ》に怪我はねえかと案じたんだがよ、大丈夫《でえじょうぶ》だ、かすり傷《きず》ひとつねえ。だがよ、驚いたのなんのって、俺ャ、つい、一年前の節分《せつぶん》の日を思いだしちまってよ。またもや記憶を失ったとなると、今度は本当に何もかも、俺の名前《なめえ》も、おりきさん、あんたの名前も忘れちまったのかと思ってよォ。ところが、声をかけると反応《はんのう》するし、俺の名前も憶《おぼ》えていた。それでよ、道端《みちばた》で込《こ》み入った話をするのも憚《はばか》られてさ。とにかく、茶屋に帰《けえ》ろうってんで、こうして連《つ》れ帰ったわけだ」

亀蔵親分はそこまで言うと、興味津々《きょうみしんしん》と耳を欹《そばだ》てる金太と利助を振り返り、茶屋で何か食ってきな、と鳴り立てた。

「だがよ、銭は払えよ」

そう言うと、小銭入れから細金《こまがね》を摘《つま》み出し、ほらよ、と勿体《もったい》をつけたように二人に手渡す。

「あら、お代《だい》など宜《よろ》しいのよ。番頭の甚助《じんすけ》かおよねに申しつけ、なんでもお好きなものを召し上がって下さいまし」

「おりきさん、そりゃいけねえ。ご馳《ち》になるときは、ご馳になるとき。区切《けじめ》はつけなきゃなんねえからよ。おっ、おめえら、たった今渡した銭で食えるものを食えよ。ほれ、何してやがる。さっさと行きゃあがれ！」

亀蔵親分にどやされ、金太がへっと首を竦《すく》めた。

「ところで、如月さまよ。口忠《くちまめ》たちがいなくなったところで改めて訊くが、一体《いってえ》何があった？　なんでまた、高輪北町なんてところを彷徨《さまよ》っていなすった？」

「おお、済まぬ。そうであったな。いや、二本榎《にほんえのき》に腕の良い研師《とぎし》がいると聞いてな」

どうやら鬼一郎も正気《しょうき》に戻ったようである。口調《くちよう》に、いつもの凜然《りんぜん》としたものが戻っている。

「まっ、研藤《けんふじ》に参《まい》られたのですか？」

「この辺りの研師では研藤がよいとおりきどのから聞いていましたからね。せっかくあたが気を利かせて大小《だいしょう》を買い求めて下さったというのに、ここの暮らしでは刀を使うことなどありません。従《したが》って、全《まった》く手入れを怠《おこた》っていましたが、使わずとも、刀の手入れは武士の心得《こころえ》です。それで、たまには研《と》いでやらねばと思い立ち、出かけたのです。研藤の仕事はおりきどのが申されるとおり、全《すべ》てにおいてそつがなく、満足のいくものでした。改めて、さすがはおりきどのと、その目に狂いがないことに感服《かんぷく》いたしましたぞ」

「いえ、わたくしは近江屋《おうみや》さんから研藤の噂を耳にしていただけで、実際に、仕上がり具《ぐ》合《あい》を確かめたわけではありませんのよ。でも、満足していただけたのなら、わたくしも嬉《うれ》しゅうございます」

「なんでェ、二人して褒《ほ》め合ってたんじゃ世話ねえや。で、それからどうしてェ」

亀蔵親分がムッとしたように、茶を入れてくる。

「それで帰路につこうとしたのですが、わたしはあのあたりの地理に疎《うと》く、やって来た道を引き返すより他に方法を知りません。それで、泉岳寺《せんがくじ》のほうから廻《まわ》って、海岸通りに抜けようと、證誠寺《しょうじょうじ》の前を通りかかったときでした。誰かに跟《つ》けられていると感じたのです。振り返っても、人影を捉《とら》えることは出来ないのですが、再び歩き始めると、背中に貼《は》りつくような鋭い視線を感じました。それも一人や二人ではなく、複数の視線です。ならば、振り切るより手がありません。それで少し急ぎ足に保安寺の角を曲がろうとしたのです。すると、背後からひしひしと人の迫《せま》る気配《けはい》がして、マゴシウコンノスケ、と声がかかりました。明らかに、人違いです。わたしは腹を決めると、きっと振り返りました」

おりきも亀蔵親分も、あっと息を呑《の》んだ。

名前を呼ばれて振り返るということは、自分をマゴシ某《なにがし》と認めたことになるではないか……。

が、鬼一郎はくすりと肩を揺らした。

「相手は三人でした」

「誰でェ、知った奴か？」

「知るわけがありません」

鬼一郎は表情のない顔で答えると、続けた。

二本榎から下高輪台町《しもたかなわだいちょう》へ抜ける道は、片側に細川越中守《ほそかわえっちゅうのかみ》の下屋敷の塀《へい》が蜿蜒《えんえん》と続き、道を挟んだ反対側に、證誠寺、智性寺《ちせいじ》、保安寺と寺院がずらりと軒《のき》を連《つら》ねている。

道の両側に鬱蒼《うっそう》と生《お》い茂る雑木林《ぞうきばやし》に陽が遮《さえぎ》られ、日中でも、あたりは薄暗く、人通りの少ない場所であった。

男たちはどこかの藩士のようで、小袖《こそで》に平袴《ひらばかま》、五つ紋の羽織《はおり》といった平服《へいふく》に、二本差しを差していた。

だが、誰一人として、見覚えのない顔である。

「なんだか解らぬが、どうやら人違いをしておられるようだが、それがしの名は如月……」

そこまで言って、ちらと脳裡《のうり》を躊躇《ためら》いのようなものが過ぎったが、鬼一郎は続けた。

「如月鬼一郎と申す」

男たちの顔に動揺《どうよう》が走った。

「マゴシ、おぬし、この俺の顔に見覚えがないと申すのか！」

上背《うわぜい》のある狐目《きつねめ》の男が、酷薄《こくはく》そうに唇を歪《ゆが》めた。

「知らぬ」

鬼一郎は間髪《かんはつ》を容《い》れずに答えたが、改まったように、もう一度、男に目を据えた。

が、男の顔など、記憶の断片《かけら》にも残っていない。

男たちはたじろいだのか、全身に漲《みなぎ》っていた気を、ふっと抜いた。

が、そう思ったのはほんの一瞬《いっしゅん》のことで、狐目の男は刀に手をかけると、カチッと鯉口《こいぐち》を切った。

続いて、他の二人も、カチッと音を立てる。

「待て、おぬしら、人違いだと申したであろう！」

鬼一郎は上擦《うわず》った声を上げたが、手は無意識のうちに、刀へと伸びていた。

狐目の男の発《はっ》した気が、鬼一郎の総身《そうしん》に絡《から》みつくように迫ってくる。

奴ら、本気でやるつもりだ……。

そう思ったとき、矢庭《やにわ》に、狐目の男が刀を上段に構え、滑《すべ》るように走り込んできた。

素早《すばや》い動きである。男は青眼《せいがん》に構えた鬼一郎の刀を、上から叩《たた》きつけた。

が、鬼一郎は咄嗟に刀を躱《かわ》すと、身体を入れ換《か》え、再び、上段から斬りかかってくる刀を、下からはしと受け止めた。

そのまぎりぎりと力を込めると、一気に相手の身体ごと、突き放す。

狐目の男はふらふらと体勢《たいせい》を崩《くず》し、尻餅《しりもち》をついた。

ところが、気を抜く間もなく、別の男が飛び込んできた。

鬼一郎は身体をくるりと捩《よじ》ると、下から相手の刀を突き上げた。

男の手から刀が離れ、巻き上げられたように空中を飛んでいく。

すると、また別の男が飛び込んできた。

だが、この男は戦う前から既《すで》に鬼一郎の気に呑み込まれ、青眼に構えた刀の先が顫《ふる》えている。

ところが、そのとき、狐目の男が再び走り込んできたのである。

男は青眼に構えた刀を走りながら八双《はっそう》に移し、鬼一郎の前を一旦《いったん》通り過ぎたかに見せて、左上段から振り下ろしてくる。

鬼一郎は男が前を過ぎた刹那《せつな》、腰を落として、左上段から振り下ろされる刀を潜《くぐ》り抜け、下から居合《いあい》の要領《ようりょう》で、男の胴《どう》を斬《き》り裂《さ》いた。

確かな手応《てごた》えがあったが、骨にまで届かないよう、手加減《てかげん》を加えたつもりである。

男は前につんのめるように、崩れ落ちた。

他の男たちが駆け寄り、狐目の男を抱え上げた。

「案ずるな。生命《いのち》に別状《べつじょう》はない。悪く思うな。おぬしらが仕掛《しか》けたことだ」

鬼一郎はそれだけ言うと、くるりと男たちに背を向け、歩き出した。

だが、昂揚《こうよう》した気を鎮《しず》めようにも鎮まらない。泉岳寺まで出た頃には、逆に頭の中が白々《しらじら》としてきて、自分の中で確かに何かが起きたことを知らされた。

それが何なのかは解らない。

が、男が八双のまま前を擦《す》り抜け、身を翻《ひるがえ》そうとしたあの刹那、無意識に腰を落として体勢を整えた、あの構え……。

そして、下から斬り上げた、あの感覚……。

自分はなんだか今までにも、こうして、何度も人を斬ってきたように思えてならないのだった。

研藤から研ぎ上がった刀を見せられたときも、その想いはあった。

妖《あや》しいまでに、美しく波状《はじょう》を描《えが》く刀を目にして、胸が焼きつくほどに懐かしく思った、あの感覚……。

自分は、一体、何者なのだ……。

そんな想いに取り憑《つ》かれ、腑《ふ》抜《ぬ》けたように歩いているところを、亀蔵親分に呼び止められたのである。

「まあ、では、相手は傷ついたのですね」

おりきのその言葉に、鬼一郎は辛《つら》そうに眉根《まゆね》を寄せた。

「あの場合、己《おのれ》を護《まも》るために、致《いた》し方ありませんでした」

「当然だ、三人を束《たば》ねて斬り殺したところで、文句のつけようがねえ。だがよ、奴ら、なんでまた……」

「鬼一郎さま。マゴシという名に、本当に、心当たりがございませんの？」

「マゴシ、マゴシ……。恐らく、馬越《まごし》と書くのであろうが、その名を聞いても、全く、身体が反応しない。寧ろ、現在では、如月鬼一郎がすっかり身に馴染《なじ》んでいてな。この頃では、もしかすると、自分は生まれついての如月鬼一郎なのかもしれないと、そんなふうに思うほどです」

「仮に、鬼一郎さまが馬越ウコンノスケだとしても、そう、ウコンノスケは恐らくこんなふうに書くのでしょうが……」

おりきは長火鉢《ながひばち》の灰の上に、火箸《ひばし》で、右近介《うこんのすけ》と書いた。

「介は、助と書くのかもしれませんが、どちらにしても、何ゆえ、鬼一郎さまを斬ろうとしたのでしょう」

「それよ！　如月さまは人違いだと言ったんだぜ。しかも、相手の男にも見覚えがないとも言った。しらばっくれてるかどうかなんざァ、如月さまの顔を見れば分かるだろうが。本人が本気でそんな男は知らないと言っているんだ。それなのに、尚《なお》かつ、斬りかかってきた……。うむっ、待てよ。こりゃ、もしかするてェと、如月さまが馬越かどうか確《たし》かめるつもりで、態と、斬りかかってきた……。そうよ、それに違《ちげ》ェねえ。試《ため》したんだぜ、きっと！」

「試した？」

「…………」

鬼一郎もおりきも絶句《ぜっく》すると、思わず、顔を見合わせた。

亀蔵親分は、まっ、とにかく焦《あせ》らねえこった、と言い置いて帰っていった。

おりきは帰りがけに親分が溜息《ためいき》混《ま》じりにふと洩《も》らした言葉が、喉《のど》に刺《さ》さった小骨のように、気にかかっていた。

「如月さまのことも心配《しんぺえ》だが、俺んちもそれどころじゃなくってな。まっ、どっちを向いたって、頭の痛《いて》ェことばかりよ」

親分は独《ひと》り言のように、そう呟いたのである。

日頃、内々のことは一切《いっさい》口にしない親分である。

おりきも大番頭の達吉《たつきち》から亀蔵親分の女房おあきが八文屋をやっていたことや、おあきが亡くなってからは、義妹が見世を継《つ》いでいると聞いていたくらいで、親分の家庭のことは、他には何ひとつ知らなかった。

なんだか、聞いてはならないような、雰囲気が漂っているのである。

が、以前、一度だけ、五ツ半（午後九時）近くになっても旅籠の帳場に坐《すわ》ったまま腰を上げようとしない親分に、おりきが早く帰ってあげないと、義妹さんが心配をなさるでしょうに、と苦言《くげん》を呈《てい》したことがある。

ところが、そのときも、親分は木で鼻を括ったように、なに、岡っ引きなんてもんは大《てえ》概《げえ》こんなものよ、と答えただけで、それ以上詮索《せんさく》するなといった雰囲気だったのである。

事実、亀蔵親分には、家庭の匂《にお》いをさせるものが微塵《みじん》もない。

身に着けたものが常にござっぱりとしていて、腰にぶら下げた手拭《てぬぐい》や猿股《さるまた》なども、こまめに水を潜った跡《あと》が窺《うかが》えるとはいうものの、それも他人《ひと》を使ってやらせれば済むことであり、身綺麗《みぎれい》にしていることと、家庭を結びつけて考えることは出来なかった。

そんなこともあり、いつしか、おりきも亀蔵親分に家族のいることを失念《しつねん》していたのである。

だが、俺んちもそれどころではないとは、聞き捨てならない。

ところが、ふっと心を過ぎったそんな懸念《けねん》も、おうめが鬼一郎の姿が見えないと言ってきてから、それどころではなくなった。

「鬼一郎さまは茶室のほうだと思いますが……。疲れたので、少し身体を休めたいと言われましたので、中食まで休んでいただこうと思っていましたのよ。おや、もう八ッ（午後二時）になるのですか？　それでまだ中食も召し上がっていないとは……」

まさか、鬼一郎を襲《おそ》ったあの連中が、意趣返《いしゅがえ》しをしようと血眼《ちまなこ》になり、どこかに誘《おび》き出したのではあるまいか……。

「女将さん、どうかしました？　顔色が真っ青ですよ」

おうめに言われ、おりきはますます焦った。

亀蔵親分はたった今帰ったばかりである。

現在《いま》の段階で、呼び戻してもよいものだろうか……。

おりきは逡巡《しゅんじゅん》した。

それでなくても年の瀬で、岡っ引きの亀蔵には、しなければならないことが山ほどあろう。

しかも、日頃、愚痴《ぐち》めいたことを滅多《めった》に口にしない親分が、俺んちも、と問題を抱えていることを仄《ほの》めかしたばかりである。

おりきは下足番《げそくばん》の善助《ぜんすけ》を呼ぶと、鬼一郎がいないか街道筋を捜《さが》すように命じ、白足袋《しろたび》を脱《ぬ》いで駒下駄《こまげた》に履《は》き替《か》え、浜木綿《はまゆう》の岬へと向かった。

まさか、今の季節に、浜木綿の岬でもないだろう……。

そうは思ったが、やはり、確かめずにはいられなかった。

春先から初夏に向けて、鬼一郎は胸に悶々《もんもん》としたものを抱え、時折、浜木綿の岬に佇《たたず》んでいた。

自分が何者か判《わか》らないことほど、もどかしいことはないだろう。

茶屋や旅籠が猫の手も借りたいほど怱忙《そうぼう》を極《きわ》め、おりきや使用人たちがじりじり舞《ま》いをすればするほど、鬼一郎だけが浮いた存在となり、身の置き所をなくしてしまう。

そんなとき、改めて、自分の居場所は、と自問してみたところで、不思議はなかろう。

岬に続く小径《こみち》は、一面《いちめん》、枯草と冬芒《ふゆすすき》で覆《おお》われていた。

すっかり白くなった芒の穂《ほ》が、風に煽《あお》られ、穂先を激しく揺らしている。

息を吸い込むと、鼻腔《びこう》が痺《しび》れるほどに空気が冷たく、岬から吹き上げる海風が、芯《しん》に棘《とげ》でも秘《ひ》めているかのように、おりきの項《うなじ》や素足を叩《たた》いてきた。

おりきはかじかんだ脚を一歩、また一歩と進めながら、次第に、不安に駆られてきた。

この冬ざれた岬に、鬼一郎が佇んでいると思ったのが、間違いなのかもしれない……。

ところが、鬼一郎はいた。

どんよりと鈍色《にびいろ》に曇《くも》った空と、暗緑色《あんりょくしょく》の海に向けて、鬼一郎は佇んでいたのである。

鬼一郎の背は、蕭条《しょうじょう》とした岬の風情《ふぜい》に余りにも諧和《かいわ》していた。

「鬼一郎さま……」

おりきが声をかけると、鬼一郎は振り返った。

「やはり、ここでしたのね。お休みになっているとばかり思っていましたので、おうめから茶室にいらっしゃらないと聞き、驚きました」

おりきはゆっくりと鬼一郎の傍《そば》に寄っていく。

「少し考え事をしたいと思いましてね。心配をおかけしたとすれば、それは申し訳なかった」

「あんなことがあった後ですからね。それで、何か思い出されました？」

「いや……。だが、馬越右近介という名前のことなのだが、実は、五日ほど前にも、奥女中の形《なり》をした女性に、右近介さま、と声をかけられた。どこの家中かは判らぬが、纏った打掛《うちかけ》から見るに、大名家に仕《つか》えるお女中であろう。その女《ひと》がわたしの顔を見て、幽霊《ゆうれい》でも見るように、驚愕《きょうがく》したのだ」

「お待ち下さいまし。もう少し詳《くわ》しく話して下さいませんか」

「やはり、泉岳寺の前でした。五日前、研藤に刀を預けに参り、その帰り道のことでしたが、山門《さんもん》の前を通ると、丁度《ちょうど》、お駕籠《かご》が出てくるところでしてね。恐らく、奥方か姫君の参詣《さんけい》であったのでしょうが、駕籠に付《つ》き添《そ》うお女中の一人が、わたしの顔を見るや、挙措《きょそ》を失い、右近介さま、と呟いたのです。だが、わたしはそのときお女中が右近介さまと呼んだのは、前を行く、供《とも》の侍に向けてのことと思っていました。だから、なんということもなく聞き流し、今日の今日まで、右近介という名も忘れていました。だが、今日、再び、右近介という名を耳にした。しかも、今度は馬越右近介と、はっきりと姓までつけて呼ばれたのです。さほど時を経《へ》ずして、二度までその名で呼ばれるとは、わたしがその男によほど酷似《こくじ》しているのか、それとも、わたし自身が馬越右近介なのか……」

「お駕籠から、どこの家中か判りませんでしたか？」

「いや、そのつもりで見ていたというのならいざ知らず、その折は、何も考えていませんでした」

「では、そのお女中に見覚えは？」

「先ほどからそれを思いだそうとしているのだが、思い出すのは、お女中の驚愕した様子だけで、現在《いま》では、顔の輪郭《りんかく》すら思い出せない……。ああ、おりきどの、そのことより、己が真剣を手に、人を斬ったあの感触《かんしょく》。ふっと鼻を衝《つ》いた血の匂いが、未《いま》だ、わたしの脳裡を離れないのです。頭では何ひとつ思い出せなくとも、身体はわたしが今までも人を斬ったことを憶えていた……。もしかすると、わたしは数限りなく、殺生《せっしょう》をしてきたのかもしれません。仮に、わたしが人から恨《うら》まれるべき極悪人《ごくあくにん》だったとしたら……。そう思うと、胸が張り裂けるほどに辛く、おりきどのや茶屋の人々、亀蔵親分の好意に甘えていてはいけないのではないかと……。ああ、わたしはどうしたらよいのか!」

鬼一郎は肩を丸めて、全身を顫わせた。

おりきはそっと背後から、鬼一郎の背に手を廻した。

「鬼一郎さま、あなたさまが極悪人であるはずがありません。それだけは、わたくしも親分も確信していますのよ。今日のことは我身《わがみ》を護るためだったのですもの、仕方がないことです。それに、仮に、鬼一郎さまが今までに人を斬ったことがおありになるとしても、それはご自分を護るためであったり、誰か大切な方をお護りするためだったと考えられます。だから、もう、そのことでお悩《なや》みになることはありませんのよ。さあ、顔をお上げ下さいまし。ほら、このように澄《す》んだ目をしたお方に、非道《ひどう》なことが出来るはずもありませんわ」

「おりきどの……」

鬼一郎は黒々とした目を、おりきに向けた。

「えっ」

「わたしの胸には、もう一つ、煩悶《はんもん》するものがあります」

「…………」

「わたしは自分が何者なのか、また、どういう生き方をしてきたのか、懸命《けんめい》に思いだそうと努《つと》めています。それは嘘偽《うそいつわ》りのないことです。けれども、未だ、何ひとつ思い出せないのは、もしかすると、自分の中に、思い出したくないと、そう願う心があるからなのではないか……。それほど現在《いま》の生活の中に、わたしは安らぎを見出しているのです。ああ、正直に申しましょう。おりきどの、私はあなたのことを思うと、胸が切《せつ》なくなるのです。何度、この胸に抱き締《し》めたいと思ったことでしょう。だが、それを圧《お》し留《とど》めるのは、万が一、わたしに妻子がいたとすれば、おりきどのを哀《かな》しませることになる、という想いです。叶《かな》うものなら、過去を全て消し去ってしまいたい。わたしには過去はないのだ。わたしは生涯《しょうがい》如月鬼一郎であり、おりきどのをお慕《した》いし続けたい……。そんなふうに思っています。だが、期《き》せずして、今日、もしかすると自分は馬越右近介という男かもしれない、血にまみれた身の有りつきであったのかもしれない、と思い知らされました。刻々《こっこく》と、おりきどのとの別れが迫っているとさえ思ってしまいます。だからこそ、現在《いま》、わたしのあなたへの想いを伝えておきたい……。ご迷惑《めいわく》でしょうか？」

鬼一郎が澄んだ目でおりきを瞠《みつ》める。

「迷惑だなんて……。嬉しゅうございます。わたくしは、そのお言葉だけで、もう充分にございます」

「充分だなどと！」

鬼一郎がおりきをぐいと引き寄せる。

「言葉なんて、虚《むな》しいものです。ああ、この身で、生涯あなたを慈《いつく》しみ、お護りすることが出来たなら……」

鬼一郎の胸は温《あたた》かかった。

空がまた翳《かげ》ってきたのか、ひやりとした風が襟足《えりあし》を切り刻むように吹き抜けていくが、おりきには、それすら温かく思えた。

この温《ぬく》もりが、殿方《とのがた》の温もりなのだ……。

「ヘェイホォ、ヘェイホォ！」

立場茶屋おりきの裏庭では、年末恒例《ねんまつこうれい》の餅《もち》つきが始まっていた。

何しろ、鏡餅《かがみもち》だけでも、旅籠の客室全てに、玄関口、帳場、茶屋では二箇所。そして、切餅《きりもち》に至《いた》っては、七草《ななくさ》まで客や使用人の口に入るだけの量を搗《つ》くのだから、担当として廻された追廻《おいまわし》たちが朝から掛《か》かりっきりになったとしても、ひと息吐《つ》く間もないほどの忙《いそが》しさであった。

裏庭に七輪《しちりん》が幾つも持ち出され、蒸籠《せいろ》から立ち上る湯気《ゆげ》や、餅を搗く男たちの熱気《ねっき》で、噎《む》せ返るようである。

「ご苦労だね。区切《きり》のよいところで、少し休んで下さいな。ゆっくり中食を摂《と》る暇《ひま》もないと思いましてね。食べやすいように、握《にぎ》り飯を作ってきました」

おりきが諸蓋《もろぶた》に握り飯や沢庵漬《たくあんづ》けを載《の》せ、勝手口のほうからやって来る。

その後を、おきちが薬缶《やかん》を重そうに提《さ》げて、千鳥足《ちどりあし》についてくる。

「どうした、おきち、ふらふらしているではないか。重いのか！」

鬼一郎が笑いながら寄っていき、おきちの手から薬缶を受け取った。

「まあ、鬼一郎さま、その恰好は……」

おりきが目を瞠り、ぷっと噴《ふ》き出した。

「いや、そろそろ、わたしの出番かと思いましてね。嫌《いや》だなァ、おりきどの、そんなにこの恰好が可笑《おか》しいですか？」

鬼一郎は弥蔵《やぞう》を決めると、粋《いき》がって見せた。

鬼一郎は達吉にでも借りたのか、桟留《さんとめ》の青梅縞《おうめじま》を尻からげにし、豆絞《まめしぼ》りの手拭を捻《ねじ》り鉢《はち》巻《まき》に締めていた。

だが、剝《む》き出しにした臑《すね》は生《なま》っ白《ちろ》く、日焼けした追廻たちに比べると、どう見ても、軟《なん》弱《じゃく》である。

「可笑しいよォ、先生！　なんだか、本宿《ほんじゅく》の太鼓持《たいこも》ちみたいだ！」

可笑しさを懸命に堪《こら》えていたおきちが、我慢《がまん》しきれないとばかりに、キャッキャッと笑い声を上げる。

つられて、追廻たちも箍《たが》が弛《ゆる》んだかのように、一斉《いっせい》に噴き出し、裏庭は一時哄笑《いっときこうしょう》の坩堝《るつぼ》と化した。

「おきちには敵《かな》わないな」

鬼一郎は照れたように、鼻の下を擦《こす》った。

子供は正直である。

誰もが嗤《わら》いたいのを必死に我慢して、極力《きょくりょく》、目を合わさないように努めていても、子供にかかると、情《なさ》け容赦《ようしゃ》もなく、びしりと本音で突いてくる。

「だって、そんな恰好、先生には似合わないもん……」

おきちは追廻たちが抱腹絶倒《ほうふくぜっとう》しているさまを恨めしそうに横目で睨《にら》むと、今にも泣き出しそうに、潮垂《しおた》れた。

どうやら、日頃から手習の師匠《ししょう》として慕う鬼一郎が、自分のひと言で、追廻たちの笑い者にされたとでも思ったようである。

「おいおい、おきち、どうしちまった？　気にするな。俺はな、これでも立派に似合っていると思ってるんだぜ」

そう言うと、鬼一郎は潮垂れたおきちの顎《あご》をひょいと摘み、片目を瞑《つぶ》って見せた。

どうやら、姿が変われば、気分まで変わるようである。

鬼一郎はすっかり鯔背《いなせ》な江戸者にでもなったつもりで、ご満悦《まんえつ》であった。

「おう、政太《せいた》、昇平《しょうへい》、握り飯を食っちまいな。あとは俺がやるからよ」

鬼一郎は政太から杵《きね》を譲《ゆず》り受けると、蒸《む》し上がって、石臼《いしうす》に入れられたばかりの餅米《もちごめ》に、高々と振り翳《かざ》す。

おりきはそんな鬼一郎を見て、眩《まぶ》しそうに目を細めた。

市井《しせい》の暮らしや人々に溶《と》け込もうとする、鬼一郎の真摯《しんし》な心が痛いほどに伝わってくる。

この身で、生涯あなたを慈しみ、お護りすることが出来たなら……。

耳許で囁《ささや》いた、鬼一郎のあの言葉……。

現在《いま》も、おりきの耳底《みみぞこ》にしっかと根を下ろしている。

そして、柔《やわ》らかく、温かかったあの唇《くちびる》……。

今後、鬼一郎さまの身に何が起ころうとも、いつの日にか別れる秋《とき》が来たとしても、決して、わたくしは忘れはしない……。

おりきはそんなふうに思っていた。

「おっ、たった今、茶屋の前を通ってきたが、なんと、今年の門松《かどまつ》はやけに豪勢《ごうせい》じゃねえか。おっとォ、こりゃたまげた！　なんと、如月さまじゃねえか。なんでェ、その形は……。おいおいおい、大丈夫かよ。そんな屁《へ》っ放《ぴ》り腰《ごし》をしちゃってよ。おっ、おりきさん、こりゃ一体《いってえ》どうなっちまってるんでェ！」

金太と利助を従《したが》え、亀蔵親分が中庭のほうから廻ってくる。

親分はよほど驚いたのか、鳩が豆鉄砲《まめでっぽう》を食ったような顔をしたが、すぐに、腹を抱えて嗤いだした。

「おい、金太、利助、とっくと見ておけや。見るは法楽《ほうらく》。滅多に見られねえ家鴨《あひる》の素踊《すおど》りとくらァ！　ほれ、どうしてェ、どうしてェ、もっと踊《おど》らねえかよ！」

「親分！　口が過ぎますわよ。鬼一郎さまは政太たちに少し休ませてやろうと、手伝って下さっているのですよ」

おりきはきっと鋭い目を親分に向けた。

「なんでェ、ムキになっちまってよ。おお、怖《こえ》ェ。ちょいとばかしからかっただけじゃねえか」

「それが良くないと言っているのですよ。でも、ほら、政太、昇平。おまえたち、そろそろ如月さまと代わりなさい」

おりきは握り飯を食べ終えた追廻たちに目まじした。

が、鬼一郎は杵を振り上げたまま、平然と亀蔵親分の口を真似てみせる。

「なに、まだ大丈夫《でえじょうぶ》だ！」

「なんでェ、ありゃ……」

親分が啞然《あぜん》とした顔をする。

おりきは鬼一郎にちらと心ありげな視線を送ると、親分に帳場まで戻るよう促《うなが》した。

親分にこれ以上半畳《はんじょう》を入れさせないためにも、一時《いっとき》も早く、鬼一郎から切り離さなければ……。

旅籠まで戻ると、亀蔵親分はいつものように細金を摘み出すと、下っ引きたちに蕎麦《そば》でも食ってきなと言い、帳場に入ってきた。

「たった今、搗き上がったばかりのお餅です。下ろし大根で食べると、美味《おい》しいですことよ」

おりきが搗きたての餅を小皿に入れて差し出すと、親分はにっと相好《そうごう》を崩した。

「そいつァ有難《ありがて》ェ。俺ャ、こいつにャ滅法《めっぽう》目がなくてよ」

「搗きたてのお餅ほど美味しいものはありませんものね。それで、今日は何か……」

おりきが焙《ほう》じ茶を淹れながら、上目遣《うわめづか》いに親分を見る。

何かもなにも、亀蔵親分はほぼ毎日立場茶屋おりきに顔を出しているのだから、今さら、取り立てて用を訊くまでもない。

だが今日のおりきは、敢《あ》えて、皮肉のひとつでも言ってみたい、そんな気分であった。

だが、親分は口の中でいつまでも餅をもぞもぞと転がすだけで、何か腹に含むところでもあるのか、答えようとしなかった。

「なんでェ、用がなきゃ、来ちゃいけねえのかよ」

当然、そんな答えが返ってくると思っていたおりきは、えっと親分を窺った。

「何かあるのですね？　嫌ですわ。はっきり、おっしゃって下さいませ」

親分はゆっくりと焙じ茶で餅を流し込むと、太息《ふといき》を吐いた。

「それがよォ……」

そう言って、またまた溜息を吐く。

「こうめの奴がよ……」

「こうめ？　ああ、親分の義理の妹さんですね。そのこうめさんがどうかしましたか」

「どうもこうもねえのよ。俺ャよ、あいつがここまでふしだらな女《おな》ごとは知らなかった……」

「ふしだらだなんて……。一体、何があったのですか」

亀蔵親分は湯呑をぐびりと空《あ》けると、再び、太息を吐いた。

亀蔵親分の話によると、こうめに面打師の惣助との縁談を持っていったところ、まるで聞く耳を持たないという態度を取ったばかりか、以来、何かにつけて四角《し》張《かくば》り、取りつく島もなかったのだという。

「俺ャよ、うんつくなもんだから、それを、もしかするてェと、あいつが俺に気があるからなんじゃなかろうかと、勘繰《かんぐ》っちまってよ。いや、俺ャ、決して、自惚れてんじゃねえぜ。仮に、それが真実《まこと》だとしてみな？　とんだ恥曝《はじさら》しだ。こうめは死んだ女房の妹だぜ。俺とは父娘《おやこ》ほど歳も違う。我が娘として立派に嫁に出してやるなんて綺麗事《きれいごと》を言ってよ、香西から引き取って、体よく扱き使った挙句《あげく》、四十路《よそじ》を過ぎた爺《じじい》の後添《のちぞ》いになんてことにでもなってみな？　俺ャ、世間の笑い者だ。それだけは出来ねえ。それで、とにかく、根《こん》気《き》よく説《と》き伏せて、なんとか、あいつを嫁に出してやろうと思ってたんだ。ところが、あろうことか、こうめの奴、餓鬼《がき》を孕《はら》んでるっていうじゃねえか。たまげたのなんのって……。切り目に塩たァ、まさにこのことよ」

「赤児《やや》が出来たっていうのですか！　それはまあ、珍重《ちんちょう》ごとではありませんか」

「何が珍重よ！　誰の子だか判らねえ子を孕んでるんだぜ」

「まあ、父親が誰か判らないというのですか！」

「そりゃ、本人は知っているだろうさ。まさか、腹の子の父親《ておや》が誰だか判らないほど、あいつはそこまで自堕落《じだらく》な女ではない。それだけは、はっきり言えるんだ。ところがよ、こうめの奴、問い詰めても、貝のように口を閉《と》じちまって、俺にゃなんにも話しちゃくれねえ。まっ、考えてみれば、俺はあいつの実の父親でもなければ、兄貴でもねえからよ。あいつが腹を割って話そうとしないのも、解らねえわけでもねえ。だがよ、このままじゃ、腹の子は日増《ひま》しに大きくなっちまう。俺ャ、どうしたらいいのか、頭を抱えてよ。腹の子の父親さえ判れば、首根《くびね》っこをひっ摑《つか》んででも、所帯を持たせるんだがよ。なんにも喋《しゃべ》ってくれねえんじゃ、おてちんだ……」

「産婆《さんば》には診《み》せましたか？　現在《いま》、幾月《いくつき》ですか？」

「いや……。まだ産婆に診せるところまでいってねえ。だがよ、八文屋で賄《まかな》いを任せている婆さんが言うにゃ、少なくとも、五ヶ月に入ってるだろうとさ……。中条《ちゅうじょう》流《りゅう》で子堕《こおろ》しさせるにしたって、もう手遅《ておく》れだとよ」

「…………」

「こんな場合、十手なんて、なんの役にも立ちゃしねえ。今まであいつに男がいたことにも気づかないなんて、俺ャ、つくづく駄目《だめ》な男だと思ってさ」

おりきは伏せた目を上げ、亀蔵親分を瞠めた。

「差出《さしで》と受け止められては困りますが、わたくしが一度こうめさんと話してみましょうか」

「えっ……」

親分の細い目の奥が、きらと光った。

「そうしてくれるかい、おりきさん。有難ェ、有難ェ。恩に着るよ、かたじけねえ……」

どうやら、光ったのは、亀蔵親分の涙のようである。


こうめは栗鼠《りす》のようにくりくりとよく動く、丸い目をした愛らしい娘であった。

何より、顔が小さい。

仮に、亀蔵親分と二人並べてみたとしたら、将棋《しょうぎ》の王将《おうしょう》と歩《ふ》ほどの違いであろうか。

「いつも義兄さんがお世話になっています」

こうめは馬鹿《ばか》丁寧《ていねい》に深々《ふかぶか》と頭を下げた。

八文屋の二階である。

階下が見世と板場に、三畳ほどの小部屋が一つ。恐らく、使用人やこうめが休息や食事を摂るのに使っているのだろう。

板場脇の狭《せま》い階段を上っていくと、六畳と四畳半の部屋が二つ並んでいた。

こうめは四畳半のほうにおりきを通すと、慌《あわ》てて手焙《てあぶ》りの埋《うず》み火を掘《ほ》り起こし、炭を足《た》した。

そうして、もう一度、階下に戻ると、盆に菓子鉢《かしばち》と湯呑《ゆのみ》を載せて、上がってきた。

「狭いでしょう？　隣が義兄さんの部屋なんだけど、散らかっていて……。たぶん、蒲団《ふとん》も敷きっぱなしだと思います。たまに空気を入れ換えて掃除をするんだけど、いつも、後で叱《しか》られちまう。散らかっているほうが落着くから放っておけって。今日は、義兄さんと一緒《いっしょ》じゃないんですか？」

こうめは菓子鉢の蓋《ふた》を開けると、お茶請《ちゃうけ》にこんなものしかなくって、と言いながら、べったら漬《づけ》を小皿に取り分けた。

「親分は御用《ごよう》がおありになるそうです。まあ、美味しそうなべったら漬だこと。これはこうめさんがお漬《つ》けになったの？」

おりきがそう言うと、こうめは、いいえ、と恥ずかしそうに首を振った。

「あたしは煮染めを作るのが精一杯《せいいっぱい》で、糠漬《ぬかづけ》とか白菜漬《はくさいづけ》は賄いのおきんさんが漬けます。けど、べったらまで手が回らなくって……。そう言えば、女将さんのお作りになる料理は、なんでも美味しいのですってね。義兄さんが褒《ほ》めてました」

「あら、わたくしは何も作りませんのよ。殆《ほとん》ど、板さんの作ったものばかりで、本当は、殿方にはこちらのような家庭の味のほうが口に合うのでしょうがね」

「でも、だったら、なんで義兄さんはあたしの作ったものを食べてくれないのでしょう。食事の仕度をして待っていても、いつも、もう食ったと言って、家に帰るとすぐ蒲団に潜《もぐ》り込んでしまいます。ろくに話もしてくれないんですよ。やっぱり、あたしじゃ姉ちゃんの代わりにならないのかと、あたし、僻《ひが》んじゃって……。きっと、義兄さんはあたしのことが嫌《きら》いなんだ。本当は、引き取りたくなかったんだった、そんなふうに思っていました」

「あら、それは違いますよ。親分はね、こうめさんのことを案じていなさるのよ。だから、身の回りの世話までさせてはならないと気を遣《つか》っていらっしゃるのではないかしら?」

「違います!」

こうめがきっとおりきを睨みつけた。

「義兄さんには好きな女《ひと》がいるんです。あたし、それが誰だかも知っています。義兄さんはその女に義理を立てるつもりで、あたしを寄せつけないんです!」

おりきは絶句《ぜつく》した。

この娘は一体何を言おうとしているのだろう……。

「でも、もういいんです。あたしにも好きな男《ひと》が出来たんだから!」

「こうめさん、ちょっと待って! ねっ、あなた、もしかして親分のことが好きなのではありませんか?」

こうめはウッと息を呑み、途端に、挙措を失った。

「好きなわけがない！　あんな庭下駄みたいな男。第一、義兄さんは姉ちゃんの亭主ではないですか。あたし、一体、幾つだと思います？　二十四歳ですよ。それに、あたしにだって好きな男はいますよ。莫迦《ばか》にしないでもらいたい」

「莫迦になんてしていませんよ。いえね、ふっと、そんな気がしたものだから……。ご免《めん》なさいね。そう、好きな男《ひと》が出来たのね。では、なぜ、その方を親分に引き合わせて、一緒にさせてくれと頼めないのかしら？　こうめさん、正直に話しましょうね。あなたのお腹には赤ちゃんがいるのではないかしら？」

　こうめの顔からすっと血の気が引いた。

「やっぱり……、そのことでおいでになったのですね。義兄さんが言ったんだ。ふふっ、とんだ藤四郎《とうしろう》だ。何もかも、女将さんに筒抜《つつぬ》けだなんて……」

「こうめさん、親分はね、あなたのことを心配して、男の自分には言えないこともあるだろうと、わたくしの前で頭をお下げになったのですよ。その気持を察《さっ》して上げて下さいな。そんなに肩肘《かたひじ》を張って、自分一人で何が出来るというのでしょう。立場茶屋おりきには、旅籠や茶屋を含め、使用人が三十名以上もいます。けれども、わたくしは彼らを使用人と思っていません。皆、家族なのです。茶屋で働く者はそれぞれに心に悩みや疵《きず》を抱えています。ときとして、挫《くじ》けそうになることもあります。だからこそ支《ささ》え合い、励まし合い、生きていかなければならないのですよ。独《ひと》りでは寂《さみ》しくて、苦しくて、耐《た》えきれないことも、支え合えば、なんとか切り抜けていけるものなのですよ。ねっ、こうめさんも独りではないでしょ？　親分もいれば、八文屋の仲間もいるではありませんか。それに、及ばずながら、わたくしも何かお役に立ちたいと思っていますのよ」

「女将さんも……」

「そう、わたくしをあなたのお姉さま、おあきさんだと思って、なんでも相談して下さいな」

こうめの目に、涙が盛り上がった。

「姉ちゃんだと思って……。本当に、本当に、いいんですね」

こうめの頬《ほお》を大粒の涙がつっと伝い落ちた。

そのひと筋の涙が、胸に溜《た》まった煩悶《はんもん》を揺り起こしたのか、現在《いま》、こうめはおりきの膝《ひざ》に顔を埋め、肩を顫わせている。

泣きたいだけ泣けばいい……。

声を上げて泣き、胸に支《つか》えた澱《おり》を流してしまえば、人間、どんな状況にあったとしても、それで幾らか楽になる……。

おりきはいつもそんなふうに思っていた。

「お腹の子の父親は、漬物屋《つけものや》の伸介《しんすけ》さんです」

ひとしきり泣いたあと、こうめは泣き腫《は》らした目を上げ、ぽつりと洩《も》らした。

伸介は通新町《とおりしんまち》の青菜屋《あおなや》という漬物屋の入り婿《むこ》だそうである。

以前から、時たま客として八文屋に顔を見せていたが、深いつき合いをするようになったのは、一年ほど前のことだという。

「あの人ね、青菜屋に婿に入った翌年、産後の肥立《ひだ》ちが悪くて、女房に死なれたと言ったんですよ。子供はおかみさんのおっかさんが面倒を見てくれているけど、そのおっかさんも最近は歳を取って、腰痛《ようつう》だの偏頭痛《へんずつう》だのと寝込むことが多く、自分は見世の仕事から子供の世話まで、ひと息入れる間もないほどだ。家で真面《まとも》に飯を食ったこともねえって、八文屋に来る度に繰《く》り言を言っていました。あたし、なんだか、聞いているうちに、仲さんが無性《むしょう》に不憫《ふびん》に思えてきたんです。だから、八文屋の食べ物でいいなら、うちはいつだって大歓迎だと言ってあげたんですよ。あたし、仲さんが帰るときには、坊《ぼう》やおっかさんに土産《みやげ》だよ、持っていきなって、いつも見世のお菜を持たせました。丁度、義兄さんのことで苛《いら》ついていたときだったんです。だって、そうでしょう？　義兄さんはあたしの作るものなんて滅多に食べてくれないし、食べたところで、美味しいんだか不味《まず》いんだか、いつも蕗味噌《ふきみそ》を嘗めたような顔をしてます。だから、ああ、こんなに悦んでくれる人がいるんだと思ったら、あたし嬉しくって……。でもね、最初は同情だけだったんですよ。それが、いつしか、この人の支えになってあげたい、もっともっと世話をしてあげたいと思うようになっちゃって……。そんなあたしの気持が仲さんにも伝わったみたいで、ある時、皿を下げに寄っていったら、どこか外で逢わないかって囁いたんです。あたし、舞い上がるほど嬉しかった。とうとう、あたしの気持が通じたんだって……。それで、時々、裏茶屋《うらぢゃや》で待ち合わせするようになったのです。あの人、あたしと所帯を持ちたい。けれども、もう暫く待ってくれないか。何しろ自分は入り婿だし、義理の母親への体面《たいめん》もあり、言い出すにしても時宜《じぎ》というものがある。必ず、女房として迎えるからって言ってくれました。けれども……」

こうめは再び辛そうに顔を歪めた。

「お腹に子が出来たのね？」

「あたしね、嬉しかったの。順序は逆になっちゃったけど、これでようやく伸さんと所帯が持てるって……。義兄さんにも伸さんのことを打ち明けなくてはと思っていました。それが……」

こうめの頬を、また新《あら》たな涙が伝い落ちた。

懐妊《かいにん》していると知ったこうめは、一時も早く伸介の顔が見たいと、逸《はや》る気持が抑《おさ》えきれず、通新町へと脚を向けた。

驚かしてやろうと思ったのである。

子が出来たと報告したら、あの人どんな顔をするだろうか……。そう思うだけで、胸が沸《わ》き立つようであった。

青菜屋は辻《つじ》の札《ふだ》から三田に向けて少し北に入ったところにあると聞いていたので、すぐに見つかった。

想像していたより随分《ずいぶん》とこぢんまりとした見世だったが、絶《た》えず客が出入りしているところを見ると、商いはまずまず繁盛しているようだった。

店先で四十路を過ぎたかと思える女と、小僧が忙しそうに接客している。が、伸さんは……、と見世の奥を探《さぐ》るようにしてみるのだが、伸介の姿はどこにも見当たらなかった。

こうめは意を決して、見世に入った。

女が、らっしゃい、と愛想《あいそ》の良い声をかけてきた。

「あのう……、あたし……。伸介さんはいらっしゃいますか」

思い切って、そう言うと、女の顔から途端に笑《え》みが消えた。

「伸介に何か用かい？　生憎《あいにく》、配達に出ていてね。用があるのなら伝えてやるから、言いなよ」

女は木で鼻を括ったようにぞん気に言うと、また、せかせかと糠味噌《ぬかみそ》の壺《つぼ》を掻《か》き回した。

「いつ帰って見えますか？」

「さあてね、鉄砲玉《てっぽうだま》なんだから！　師走のこの糞忙《くそいそが》しい最中《さなか》、どこを彷徨《うろつ》いてんだか！

お客さん、済んませんねえ、お待たせしちゃって」

女は客に世辞《せじ》笑《わら》いをしてみせると、また、じろりとこうめを睨めつけた。

「あんたも解っただろ？　今、忙しいんだ。用があるのなら、さっさと済ましとくれ！」

「伸介さんのおっかさんですか？　あの、あたし、八文屋の……」

こうめがそこまで言ったとき、女は鍋《なべ》でもひっくり返したかのように甲張った声で、呵々《かか》と嗤い飛ばした。

「おっかさんだって！　アッハッハッハ！　どうやら、おまえさんもあの男の洒落《しゃれ》ころばしに引っかかった口だね。どうせ、嚊《かかあ》に死なれて、乳飲み子と姑《しゅうとめ》を抱えて大変だとかなんとか、泣きついたんだろ？　それがあのびりつき男の手だってのにさ！　生憎だったね。あたしゃ、まだ三途《さんず》の川の渡り賃が惜《お》しいもんでね、こうしてぴんぴんしてますよ。おや、おまえ、もういいのかえ？　へっ、まだ名前も訊いちゃいないというのに……」

こうめは居たたまれない想いで、青菜屋を飛び出した。

「あたし、騙《だま》されてたんです。伸さんにはおかみさんがいたんです。女房に死なれて、義理のおっかさんと一緒に暮らしているのじゃなくて、年上のおかみさんの紐《ひも》のような暮らしをしていたのです。あれから一度だけ伸さんに逢いました。けど、あの人、女房にばれちまった。おめえにはもう逢えねえ、八文屋にも二度と顔を出さねえって言うばかりで、話にならなかった。あの人、子供の頃からおかみさんの世話になっていて、現在《いま》も、伸さんの実家《さと》に仕送りをしてもらってるんだって。だから、陰で女と遊ぶことは出来ても、女房とは別れることは出来ないと言い張るばかりで……」

「それで、赤ちゃんのことは？　赤ちゃんが出来たことを話したの？」

こうめは哀しそうに首を振った。

「言い出せなかった。言ったところで、この人じゃ何もできないと解ったから……。だって、このうえ、困り果てた顔を見せられたのでは、あたし、耐えられないと思ったの」

「そう……。それでも、こうめさんは伸介さんの子供を産みたいと思ったのね」

「子供に罪はありませんもの。それに、この子は伸さんの子でもあるけど、あたしの子供なんです。それに、やっぱり、あたし……」

こうめは項垂《うなだ》れたまま、洟を啜り上げた。

「伸介さんが本当に好きだったのね」

こうめは上目遣いにおりきを見上げ、こくりと頷いた。


「おまえさんには、旧年中、一方《ひとかた》ならぬ世話になっちまったな。済まねえ。俺ャ、腹ん中じゃ、いっつも、おりきさんに手を合わせてるんだぜ。まっ、そんなわけだ。今年はこうめのこともあり、これまでより一層《いっそう》の世話になるかもしれねえが、高輪の亀蔵、このとおりだ。助《す》けてくれよな」

亀蔵親分は膳に盃を戻すと、改まったように姿勢を正し、深々と頭を下げた。

「まっ、嫌ですわ。親分、頭をお上げ下さいまし」

「いや、そういうわけにゃいかねえ。親しき仲にも礼儀ありだ。日頃は、腹ん中で感謝していてもよ、照れ臭《くさ》くって、なかなか言葉にゃ出せねえ。だが、せめて、正月くれェ、素直な気持で礼を言いたくってよ」

「なんですか、親分らしくもありやせんぜ。もう、お酔《よ》いになったんでやすか」

大番頭の達吉がへへッと笑いながらおちゃらかす。

「テヤンデェ！　このくれェの酒で誰が酔うかってんだ」

「あらあら、今日は元旦ですことよ。せめて今日一日、波風を立てずに、穏《おだ》やかに過ごしませんこと？」

「よいてや！　全く、おりきさんの言うとおりだ。俺ャよ、伸介のことを聞いたときにゃ、カッと怒髪天《どはってん》を衝いてよ。あの大つけ野郎！　ただじゃおかねえと猛《たけ》り狂ったがよ。ことを荒立《あらだ》てて、辛い想いをするのはこうめだ、これ以上傷つけないでやってほしいとおりきさんに諭《さと》されてよ。俺ャ、頬を強《したた》かに打たれたような気がしてさ。まっ、考えてみりゃ、あいつをそこまで追い込んだのは、俺にも責任の一端《いったん》があるかもしれねえしな。俺がもうちっと構ってやれば、あいつも寂しい想いをしなくて済んだのだ。そう思うと、堪《たま》んなくてよ。しかも、乱を入れたところで、伸介が相手じゃ、分《わか》ちをつけるにしても、闇《くら》がりに牛を繋《つな》ぐようなもんだ。それより何より、おりきさんのひと言が効《き》いてよ。子は天からの授《さず》かりものだ。こうめの腹には新しい生命《いのち》の芽が宿《やど》っている。名草《なぐさ》の芽を育《はぐく》むように、大切に見守ってやらないでどうするのか……。なっ、おめえさん、確か、そう言ったよな？　俺ャ、目から鱗《うろこ》が落ちたような気になったぜ。そうなんだ。父親《てておや》なんて誰だっていい。なんなら、俺が父親になったっていいんだ。なっ、そうだろ？　こうめは俺の娘。こうめの産む子は俺の孫だと思えばいいんだものな。そう思うと、なんだか、盆と正月が一遍に来たみてェな気がしてよ」

「そら、ようござんしたね。これで親分も生きる張り合いが出来たってもんだ。もう歳だなんて焼廻《やきまわ》ってる場合じゃねえですぜ。そうさなあ、あっしも五十路《いそじ》を越えて振り返ってみるに、先代の女将さんに拾われ、概《おおむ》ね、利運のある人生だったと思ってきやしたが、唯一《ゆいいつ》、悔いを残すとすれば、子を持たなかったことでやすかね」

達吉もしみじみとしたように言う。

「それを言うのなら、わたくしも同様ですわ」

「何をおっしゃいます。女将さんはまだこれからではないですか」

「まさか。殿方もいませんのに……」

おりきはそう言い、ちらと鬼一郎を流し見た。

今日の鬼一郎はなんだか生気《せいき》がないように思えてならない。

年始の挨拶《あいさつ》を交わしたあと、おきちを連れて品川寺《ほんせんじ》にお詣《まい》りしたところまでは良かったのだが、帰ってきてから様子が少し変である。口数も少なく、どことなく心ここにあらずといった、雰囲気なのである。

品川寺は鬼一郎が記憶をなくして彷徨《ほうこう》していた場所である。

何か思い出したのであろうか……。

おりきはそそ髪《がみ》が立つような想いにやきもきしていたのだが、今日は元旦でもあるし、立場茶屋おりきの女将として、やらなければならないことが山積みであった。

ようやく、旅籠の泊まり客にひと段落《だんらく》がついたのは、四ツ（午前十時）過ぎであった。

そこに、亀蔵親分が顔を出したので、やれと、やっと形だけの祝い膳を囲むことにしたのである。

だが、その席でも、鬼一郎は屠蘇《とそ》を少し口にしただけで、小皿のうえで黒豆を箸《はし》で弄《もてあそ》んでみたり、親分やおりきの会話も聞いているのかいないのか、どう見ても、上《うわ》の空のようなのである。

「だがよ、おりきさんがおさわのことを思いついてくれただろ？　助かったぜ」

亀蔵親分が盃をぐびりと空ける。

「おさわさんなら安心です。働き者だし、何より、子を産んで育てたことがあるのですもの。わたくしなんか、手助けをすると言ったところで、母親になった経験がありませんでしょ？　その点、おさわさんは陸郎《りくろう》さまという、立派なお子を育てられたのですもの。このめさんの母親代わりとして最適ですわ」

「八文屋も手伝ってくれるというしな。なんせ、おさわは毎日猟師町《りようしまち》から沙浜《すなはま》まで天秤棒《てんびんぼう》を担《かつ》いで干物を売りに行っていたんだからよ。車町まで通うなんざァ朝飯前《あさめしめえ》だ」

「成程。そりゃようござんした。おさわにしても、渡りに舟でやしたでしょ。陸郎が、あっ、陸郎なんて言っちゃいけなかったですかね？　何しろ、現在《いま》じゃ、お武家さまだ。が、まっ、言い慣れた呼び方をさせてもらいやしょ。その陸郎が小石川《こいしかわ》に行っちまってから、おさわは口ではせいせいしたなんて鼻っ張《ぱ》りを言ってやしたが、あっしの見るところ、相当にがっくりきてやしたからね。これでまた、張りも出るというもんだ」

達吉がささっ、もう一杯、と親分の盃に酒を注《そそ》ぐ。

海とんぼ（漁師）の女房おさわは、糟喰《かすくらい》（酒飲み）の亭主を抱えて苦労をしていたが、一人息子の陸郎をなんとか学問の道に進ませようと、雀村塾《じゃくそんじゅく》に書生として預け、その後、息子を侍にまで仕立てた女である。

おさわは陸郎のために骨身《ほねみ》を惜しまず働いた。

決して前面には出ようとせず、土の中から、植物にじわじわと養分《ようぶん》を与えるかのように肥料の役目を全《まっと》うしたのである。

「あたしは息子さえ幸せになってくれれば、それでいい。陸郎の幸せはあたしの幸せなんだから……」

そう言って、おさわは陸郎が立身《りっしん》を成し遂《と》げた暁《あかつき》にも、決して甘えようとはせず、雨の日も風の日も、海に潜り、天秤棒を担ぎ続けたのだった。

これほどの、究極《きゅうきょく》の母の愛があるだろうか……。

おりきは頭の下がる想いで、おさわを見た。

おさわはおりきにはない母の強さを秘めている。

だからこそ、亀蔵親分にこうめの決意を伝え、解ってやってほしいと説得したときも、まず、おさわのことが頭を過ぎった。

こうめの母親代わりとして、これほど適《てき》した者がいるだろうか……。

問題は、おさわが承諾《しょうだく》してくれるかどうかだったが、おさわは目を輝かせた。

「まっ、この歳で、再び赤ん坊の世話が出来るなんて……。どうやら、小石川にも子が出来たようですが、陸郎は川口屋さんに差し上げた息子です。しかも、現在《いま》では黒田陸郎というお武家なのですもの。あたしにゃ縁のない孫と思っています。ああ、嬉しい。あたしはなんて果報者だろう。ええ、ええ、承知も何も、こうめちゃんの世話から赤ん坊の世話、八文屋の仕事まで、なんでもやらせてもらいますよ！」

おさわの弾《はず》むような声に、おりきの胸はじんと熱くなった。

天道《てんとう》、人を殺さず。

我勢して、支え合って生きていけば、この世に渡れない橋はない。

「それで、親分はいつ頃祖父《じい》さまに？」

達吉が空惚《そらとぼ》けたように訊く。

「置《お》きゃあがれ！　誰が祖父さまかよ」

「あれっ、たった今、自分でこうめの子は俺の孫って言ったばかりじゃないですか。つまり、自分が祖父さまだと認めたことになりやせんか？」

「ま、まあな。へっ、祖父さまか。おいおい、俺ャ、祖父ちゃんと呼ばれるのかよ！」

「いいではないですか。お祖父ちゃん。なんて優《やさ》しくて響《ひび》きのよい言葉でしょう。親分がお祖父ちゃんならば、おさわさんもわたくしもお祖母ちゃんですわ。だって、生まれてくる子供は皆の子供、孫ですものね。そうだわ、達吉、おまえもお祖父ちゃんのお仲間に入れてもらいなさい」

おりきがそう言うと、達吉の頬がぽっと染《そ》まった。

「へへっ、そうさせてもらいやしょうかね。なんと、野暮《やぼ》に暮らすのもまんざら捨てたもんじゃござんせんね。こいつァ、春から縁起《えんぎ》がいい！」

旅籠の玄関戸が音を立てて開かれた。

笛や太鼓の音色《ねいろ》に合わせ、奇妙《きみよう》な節回《ふしまわ》しが聞こえてくる。

「しゃちかたばち小桶《こおけ》でもこい、すってんてんつく、庄助《しようすけ》さん、何杯食っても辛《から》くもねえ〜〜」

どうやら、角兵衛獅子《かくべえじし》が廻ってきたようである。

おりきは懐紙《かいし》に南鐐《なんりよう》を包むと、立ち上がった。

その背を鬼一郎の目が追った。

瞑《くら》い海の底を想わせる、目であった。

別れ霜

「えェ〜〜、桜草《さくらそう》や、桜草〜〜」

桜草売りの売り声が、次第《しだい》に遠ざかっていく。

おきちは穴明銭《あなあきせん》（四文銭）を握《にぎ》り締《し》めて、中庭から茶屋の通路へと駆《か》け込んだ。

旅籠《はたご》の使用人が街道に出るには、本来ならば、裏木戸を潜《くぐ》って、路地とも呼べない隣家の狭《せま》い軒下《のきした》を通らなければならなかったが、今はそんな悠長《ゆうちょう》なことは言っていられなかった。

相手は大の大人《おとな》である。

ぼやぼやしていると、いかに売り声を頼《たよ》りにしたところで、おきちの脚《あし》では追いつけないばかりか、見失ってしまう。

おきちは通路に駆け込むと、板場から出てきた追廻《おいまわし》の脇《わき》を擦《す》り抜け、膳《ぜん》を下《さ》げに来た茶《ちゃ》立女《たておんな》にぶつかりそうになりながらも、帳場の前を駆け抜《ぬ》けた。

「なんでェ、今のは……」

「おおっ、怖《こわ》っ！　一体《いったい》、なんだってのさ！　えっ、今のはおきちじゃないかえ？」

背後《はいご》からそんな声が聞こえてきたが、構《かま》ってはいられない。

おきちは通りに出ると、声のするほうに伸《の》び上がってみた。

群れを成《な》したお遍路《へんろ》の一行《いっこう》や旅四手《たびよつで》に遮《さえぎ》られ、はっきりと桜草売りの姿は捉《とら》えられない。が、売り声は確かにその先から聞こえてくる。

おきちはお遍路の一行を縫《ぬ》うようにして、旅四手の脇を擦り抜けた。

桜草売りの姿が目に入った。

一町（約一〇九メートル）ほど前方で、茶屋の客に呼び止められたのか、折良《おりよ》く、桜草売りが天秤棒《てんびんぼう》を肩から外《はず》そうとしているではないか。

良かった……。

おきちはほっと息を吐《つ》くと、下さいなァ、と声を張《は》り上げた。

天秤棒の荷台《にだい》には、土焼《どやき》の鉢に植えられた薄紅色《うすべにいろ》の桜草が所狭《ところせま》しと並べられ、まるで金平糖《こんぺいとう》のように、愛らしさを競《きそ》っていた。

三十絡《さんじゅうがら》みの男と女が腰を屈《かが》め、どれがよいかと品定《しなさだ》めしている。

「どれがいいだろうね。濃《こ》い色がいいかね、それとも、薄《うす》いほうが楚々《そそ》として上品《じょうひん》だろうか」

「へっ、何が上品かよ！　花の色が濃かろうと薄かろうと、桜草は桜草でェ。なんでもいいからよ、とっとと決めろ！」

「何言ってるんだい。年に一遍《いっぺん》の桜草じゃないか。あたしゃね、桜草を見ると、春が来たんだなって、胸がわくわくするのさ。だからさ、じっくり選ばせておくんな」

女はどうやら其者《それしゃ》上がり（水商売上がり）のようである。

弁慶縞《べんけいじま》の着物に黒繻子《くろしゅす》の襟《えり》をつけ、肩に手拭《てぬぐい》を小粋《こいき》に流して、連《つ》れの男に仕為振《しなせぶり》をしてみせる。

「この置《お》いて来坊《きぼう》が！　俺がせきん坊だってこたァ知ってるだろうが。先を急ぐんだよ。八ッ半（午後三時）までにゃ、帰《けえ》らなきゃなんねえ。おっ、とっつァんよ、一鉢幾《ひとはちいく》らでェ」

長羽織《ながばおり》をぞろりと着込んだ商家の若旦那ふうの男が、いっぱしの鯔背《いなせ》を気取って、桜草売りをじろりと睨《にら》んだ。

「へっ、一鉢、四文でやすが……」

「四文？　こりゃたまげた。四文だとよ！　だったら、迷《まよ》うことはねえ。濃いのと薄いのを一鉢ずつ。なんなら、全部買い占《し》めたっていいんだ。なっ、とっつァんもそのほうが助かるだろ？」

男の言葉に、おきちはあっと息を呑《の》んだ。

この男に買い占められたのでは、おきちが困る。

あたしは濃いのでも薄いのでも構わない。一鉢でいいんだ。姉《ねえ》ちゃんのために……。

「莫迦《ばか》をお言いでないよ。ほら、このお嬢《じょう》ちゃんが困ってるじゃないか」

おきちは余程狼狽《よほどうろた》えたようである。

女はおきちの顔を覗《のぞ》き込《こ》むと、

「ご免《めん》よ。悪かったねえ。じゃ、おまえが先にお選びよ」

と微笑《ほほえ》んだ。

だが、そんなふうに言われると、おきちのほうも困ってしまう。

荷台のうえでひしめき合う桜草の鉢を前にして、濃いほうがいいと思えば薄いのも捨てがたく、では薄いほうをと思えば、濃い色がやたら輝《かがや》いて見えた。

「何やってやがる！　ほら、だから言ったろうが！　おこん、てめえが選べないのなら、俺が選んでやる。おっ、とっつァんよ、これとこれとこれをくんな。なっ、これなら文句のつけようがねえだろ？　濃いのと薄いのと中くらいのと……。へっ、三鉢買っても、十二文か。蕎麦《そば》の一杯《いっぺえ》も食えねえとくらァ！　こんなしょうもないもんに手間《てま》をかけやがってよ！」

男はそう言うと、穴明銭を三枚摘《つま》み出し、さっ、帰《けえ》ろうぜ、と女を促《うなが》した。

「あいよ」

女がちょんと肩を竦《すく》め、おきちに目まじすると、両手に鉢を抱《かか》えて男のあとを追う。

「てやんでェ！　偉《えら》そうに。何が蕎麦の一杯も食えねえかよ！　なっ、嬢ちゃん、おめえの好きな鉢を選びな。煩《うる》せェのがいなくなったんだ。ゆっくり選べばいいからよ」

桜草売りの男は人の好《よ》さそうな顔に、にっと笑《え》みを作って見せたが、すぐに、おやっと首を傾《かし》げた。

「おめえ、どこかで見たような……」

おきちも驚《おどろ》いたように顔を上げたが、男の顔に見覚《みおぼ》えはなかった。

それで再び鉢へと目を戻し、中でも一番薄紅色の際立《きわだ》つ鉢を手に取った。

姉ちゃんの墓に供《そな》えるんだもの。薄い色はなんだか寂《さみ》しそうだ。

それに、蕾《つぼみ》が沢山《たくさん》ついているほうが、まだ暫《しばら》く花を咲かせてくれる……。

「これ下さい」

おきちは握り締めた掌《てのひら》を、男の前で開いて見せた。

「ほい、四文。おや、穴明銭が汗をかいちまってらァ。おめえ、よっぽど固《かた》く握り締めてたな？」

おきちの頬《ほお》が桜草も顔負けしそうなほどに、ぽっと染《そ》まった。

「へへっ……」

「そら、おめえにとっちゃ大切《てえせつ》な穴明銭だもんな。大方《おおかた》、駄賃《だちん》をしこしこ貯《た》めてたんだろうしな。ほら、鉢だ。落っことさずに持って帰《けえ》んな。おっ、そう言ャ、思い出したぜ。おめえ、三月《みつき》ほど前、深川にいなかったかえ？　富岡八幡宮《とみおかはちまんぐう》の、ほれ、なんてったっけな、名前《なめえ》は忘れちまったが、三十三間堂《さんじゅうさんげんどう》の脇を入《へえ》ったところの子供屋《こどもや》だ。確か、そこで見たような気がするんだが……」

男がおきちを矯《ため》めつ眇《すが》めつ、窺《うかが》い見る。

「あたし、深川なんか……」

おきちは男の舐《な》めるような視線に気後《きおく》れしてしまい、怖《お》じ気《け》づいたように、首を振《ふ》る。

「そうけえ。じゃ、俺の勘違《かんちげ》ェか……。だがよ、顔立ちというか、雰囲気《ふんいき》がまるで瓜割四《うりわりし》郎《ろう》だ。他人の空似《そらに》にしちゃ、似すぎてるってもんだぜ。おっ、待てよ。そうけえ、済《す》まねえ、やっぱり、俺の見間違《みまちげ》ェだ。深川にいた子は、ありゃ、男の子だった。陰間《かげま》専門の子供屋だったが、可哀相《かえいそう》に、耳が聞こえなくってよ。それで憶《おぼ》えてたんだが、おめえはちゃんと耳も聞こえる。なんだってんだろうね、おいらも焼廻《やきまわ》っちまったぜ。男と女の区別もつかねえとはよォ。済まなかったな、嬢ちゃんよォ」

男は桜草の鉢をおきちに手渡すと、にっと笑った。

おきちは桜草の鉢を抱え、とろとろと街道を引き返した。

来るときは、桜草売りを掴《つか》まえようと軽かった足取りが、現在《いま》は、まるで鉛《なまり》でも引きずっているかのように、重くて堪《たま》らない。

あたしにそっくりの男の子って……。

子供屋ってなんだろう……。陰間って……。

でも、違《ちが》う！

あんちゃんは耳が聞こえる。あんちゃんのはずがない！

そうは思うが、桜草売りの言葉が気にかかってならなかった。

おきちと兄の三吉《さんきち》は双子《ふたご》である。

男と女と性別こそ違え、おきちの髪型が切り禿《かむろ》となる四、五歳の頃までは、どちらがどちらか判別《はんべつ》つかないほど似ていた。

「三吉に女の着物《べべ》を着せれば女《おな》ごの子に見えるし、おきちに男の着物を着せれば男の子に見える。神さまも罪なことをしたもんだよ。双子なら、どちらか一方《いっぽう》に決めてくれりゃよかったのにさ！」

死んだ姉のおたかは、よくそんなふうに言っていた。

さすがに五歳を過ぎ、おきちと三吉の髪型が違ってからは、見間違えられることはなく
なったが、それほど面立《おもだ》ちが似ていたのである。

おきちの胸がドクドクと音を立てた。

引き返して、桜草売りの男からもっと詳《くわ》しく深川の男の子の話を聞きたいと気が逸《はや》るの
だが、訊《き》くと、なんだか怖《おそ》ろしい答えが返ってきそうな気もするのだった。

第一、訊いたところで、あたしは深川も知らなければ、三十三間堂も知らない。

そうだ、女将《おかみ》さんから訊いてもらえば、もっと詳しいことが判《わか》るかもしれない。

商《あきな》いの帰りにでも、立場茶屋《たてばぢゃや》おりきに寄ってもらおう……。

そうだ、それがいい！

おきちはくるりと背を返すと、再び、桜草売りのあとを追った。

が、その脚が、品川寺《ほんせんじ》の手前でぴたりと止まった。

鶴屋《つるや》と書かれた立場茶屋の看板《かんばん》の陰から、鬼一郎《きいちろう》が現われたのである。

鬼一郎は紫色のお高祖頭巾《こそずきん》を被《かぶ》った女を伴《ともな》っていた。

女の顔は見えないが、身につけた着物は縮緬裾模様《ちりめんすそもよう》の上質なもので、襟の合わせや一糸《いっし》
乱《みだ》れぬ着こなしから見るに、どうやら堅気《かたぎ》で、その筋《すじ》の女性ではないようである。

鬼一郎は着流《きなが》し二本差《にほんざ》し姿で、懐手《ふところで》に何やら深刻《しんこく》げに女の話に耳を傾《かたむ》けていた。

おきちは咄嗟《とっさ》に茶屋の路地に身を隠《かく》した。


その頃、旅籠の帳場では、下足番《げそくばん》の善助《ぜんすけ》が素庵《そあん》に傷の手当てを受けていた。

「痛《いて》ェ！　痛ェてて……」

「善助、情《なさ》けねえ声を出すんじゃねえ！　医者に診《み》せる必要はない。この程度の傷は気力《きりよく》で治《なお》してみせると息巻《いきま》いてたのは、どこのどいつでェ。それが素庵さまの顔を見た途端《とたん》、ヒィヒィ泣き言《ごと》を言いやがって！　だが、素庵さま、さすがでござんすね。本道《ほんどう》（内科）の医師だってェのに、傷の手当てもお手のもんだ」

大番頭の達吉《たつきち》が仕《し》こなし顔《がお》に言う。

「本当ですこと。素庵さまに診ていただいて助かりましたわ。善助は放っておいてくれと頑固《がんこ》に言い張りましたが、深手《ふかで》なものですから、なんとしても外科的処置《げかてきしょち》をしなければと思いましてね」

おりきが善助の左腕に晒《さら》し木綿《もめん》を巻いていく。

「善助の奴《やっ》、女将さんが素庵さまに診せないのなら、わたくしが傷を縫いましょうと言いなすったら、真っ青《さお》になりやしてね。それだけは勘弁《かんべん》してくれ、素庵さまに診せるからって……。女将さん、あれ、本気で言いなすったんで？」

「勿論《もちろん》、本気でしたよ」

おりきは達吉に平然《へいぜん》と答えると、但《ただ》し、巧《うま》くいくかどうかは自信がありませんでしたがね、と目まじした。

「なに、おりきどの。あなたなら出来たかもしれませんぞ。だが、善助、おまえともあろう者が、何ゆえ、このような失態《しったい》を……。薪《まき》を割《わ》らずに、我《わ》が腕を割って、いかがいたす」

素庵がおうめの持ってきた手桶《ておけ》に手を浸《ひた》し、ちらと善助を見る。

「へっ、ざまァねえわ。お恥《は》ずかしいこって……。あっしは長《なげ》ェこと立場茶屋おりきで下足番をやらせてもらってやすが、こんなこたァ初めてで……。どうも、昨夜《ゆんべ》の夢見《ゆめみ》が悪かった。なんか気色悪《きしょくわる》くてよ。朝になっても、頭にこびりついて離れやしねえ。そんで、薪を割りながら、なんだって、あんな夢を見ちまったんだろうと、またまたそのことに気を取られちまってよ。勢いよく斧《おの》を振り下ろした拍子《ひょうし》に、割れた薪がおいらに向かって飛んできた。避《さ》けようとした弾《はず》みに、尻餅《しりもち》をついちまって……。気がついたときにゃ、右手に持っていたはずの斧が左腕に突《つ》き刺《さ》さってるじゃねえか。おいら、飛び散る血を見ただけで、気を失っちまって……」

「待ちな、善助。おめえをそんなふうにしちまった気色悪い夢たァ、どんな夢でェ」

達吉に言われ、善助は、へえ、それが……、項垂《うなだ》れる。

「三吉が……、三吉がおいらの枕許《まくらもと》に坐《すわ》ってやしてね。哀《かな》しそうな顔をして、じっとおいらを瞠《みつ》めてるんだ。三吉、おめえ帰《けえ》ったのか？　どこに行ってた？　あっしは何度も尋《たず》ねやした。けど、あいつ、ひと言も喋《しゃべ》りゃしねえ。哀しげな目をして、おいらを睨《ね》めつけてよ。そんで、慌《あわ》てて起き上がろうとしたら、三吉の首が胴《どう》からポンと外《はず》れて……。ああ、怖《おそ》ろしや。三吉が首なし人間になって坐ってるじゃねえか！　俺《おり》ゃ、顫《ふる》えがついちまって、三吉って叫ぼうとしたら、そこでハッと目が醒《さ》めちまった。それからはもうおっかなくてよ。朝までつらともしなかった」

まあ、とおりきが眉根《まゆね》を寄せる。

「確かに、そりゃ気色悪いわな。しかも、その夢に囚《とら》われたばかりに、今度は、善助、おめえの腕に斧が飛んできたっていうんだろ？」

「おいおい、大番頭さんよ。怪談《かいだん》でもあるまいし、そのように莫迦《ばか》げたことを言うものではない。高々《たかだか》、夢の話だ。善助の怪我《けが》と結《むす》びつけてどうする。わたしなんか、夢の中で何度も殺されかけたことがあるぞ。だが、夢は夢だ。何か不吉《ふきっ》なことが起きるのではと案じてみても、ほれ、こうして現在《いま》も、でも医者だの藪《やぶ》だのと言われながらも、なんとか医者を続けておる」

「だが、人に斬《き》られた夢を見ると、金が入るっていいやすが」

「おっ、そうか？　それにしては余《あま》り入ってこぬがの。だが、そんな夢を何度も見るわたしは、さしずめ、人徳《じんとく》があるということか！」

素庵が味噌《みそ》気《け》に言ったときである。

障子《しょうじ》の外で、人の動く気配《けはい》がした。

「誰でェ！」

達吉が障子に向かって、どす声を上げる。

おりきも素庵も善助までが、訝《いぶか》しげな視線を障子に向けた。

が、障子の外は、こそりとも音がしない。

おりきが達吉に、障子を開けるように、目で促した。

「一体《いってえ》、なんだっていうんだよ！　用があるなら、声をかけちゃどうでェ」

達吉がぶつくさ言いながら、さっと障子を開く。

おきちが桜草の鉢を抱え、潮垂《しおた》れたように佇《たたず》んでいた。

「まっ、おきっちゃんではありませんか！　どうしました？　さっ、中に入っておいで」

おりきがそう言うと、おきちは上目遣《うわめづか》いに見上げ、こくんと頷《うなず》いた。

「まあ、可愛《かわい》い桜草だこと。これを買いに行ってたのね。あら、どうしましょう。わたくしとしたことが、すっかり忘れていましたわ。そう、おきちはちゃんと憶えていたのね。去年《きょねん》、桜草売りが廻《まわ》ってきたとき、一緒《いっしょ》におたかの墓にお供えして、これからも毎年、お供えしましょうねと、約束したのだったわね。ご免なさいね。すっかり忘れてしまっていたわ。でも、おきっちゃん、お金はどうしたの？」

「貯めていたお駄賃の中から、穴明銭を一枚だけ……」

「まあ、そうだったの。言ってくれればよかったのに。では、あとでわたくしが茶筒《ちゃづつ》の中に戻しておきましょうね。でも、おきっちゃん、今日はわたくし、おたかの墓に詣《まい》れないのよ。悪いけど、独《ひと》りで行ってくれないかしら?」

おりきの視線が善助に移る。

傷の手当ては済《す》んだが、創傷《そうしょう》の場合、往々《おうおう》にして、高熱が出るという。高齢《こうれい》の善助には、命取りにもなりかねなかった。

おきちの視線も、怖《お》ず怖ずと、善助に移った。

今にも泣き出しそうな顔をしている。

「どしてェ、おきち。大丈夫《でえじょうぶ》だ。爺っちゃん、まだくたばりゃしねえからよ」

善助がそう言うと、おきちは稲妻《いなずま》にでも打たれたかのように、肩を顫わせた。

それで振りがついたのか、現在《いま》、おきちは声を上げ、全身を顫わせ、咳《せ》き上げている。

善助の腕の晒し木綿を見たからにしては、余りにも唐突《とうとつ》であり、仰々《ぎょうぎょう》しくもあった。

誰もが啞然《あぜん》としたように、おきちを見る。

「おきっちゃん、どうしちゃったの? 傷の手当ても済んだことだし、素庵さまも大丈夫だとおっしゃって下さったのよ。だから、もう泣くのはお止《よ》し」

おりきはおきちの肩を抱え込むと、背中をさすってやった。

「爺っちゃんが……、三吉が……。あんちゃんが……、アアン、アアン……、爺っちゃんが……」

「そう、善助が三吉の夢を見たってことを聞いてしまったのね。けれどもね、善助が怪我をしたのは、三吉のせいではないのよ。だから、おきっちゃんが気にすることはないのよ」

「ううん。三吉が……。桜草売りのおっちゃんが言ったの」

「桜草売りが何を言ったの？　おきっちゃん、いいこと？　気を鎮《しず》めて、ゆっくり、何があったのか話して下さいな」

おきちはまた激しく咳き上げたが、お茶を飲ませると、幾らか気が鎮まったようで、ぽつりぽつりと話し始めた。

「深川の子供屋だって！」

おきちの話を聞いて、善助は血相《けっそう》を変えた。

おりきも達吉と顔を見合わせる。

「達吉、どうだろう。言われてみれば、おきちと三吉は髪型や着ているものこそ違え、双子だけあって、面立ちはよく似ています。仮に、その桜草売りが見たという子供屋が、その……」

「陰間専門の子供屋。そうおっしゃりたいのですね。あっしもそれを考えていたところです。三吉が切り禿にされて、女物の着物を着せられていたとしたら、おきちと見間違えられたって不思議はありませんからね。糞《くそ》！　おきち、その桜草売りはどっちに向かって行った？　おめえ、なんでその男をひっ摑まえて来なかったんだよ！」

「追いかけたけど……」

おきちは言い淀《よど》んだ。

まさか、鬼一郎が知らない女と親《した》しげに話をしていたからとは、口が裂《さ》けても言えないではないか……。

言うと、なんだかよく解《わか》らないけど、女将さん、きっと哀しそうな顔をするだろう。

あたし、それだけは、絶対、嫌だ……。

おきちは項垂れたまま、きっと唇《くちびる》を嚙《か》み締めた。

「見失ってしまったのね。番頭さん、おきちを責《せ》めてはなりませんよ。恐《おそ》らく、おきちは恐慌《きょうこう》を来《きた》していたに違いありませんわ。それに、大人の脚ですもの。追いつこうとしたところで、無理な話です」

「相《あい》済みやせん。だが、こいつァ、深川を洗ってみる必要がありそうですね。まっ、桜草売りの錯覚《さっかく》と思えねえこともないが。一つ引っかかるのは、その男の子は耳が聞こえないというではありませんか。となると、三吉のはずがありません」

「まさか……。三吉の身に何か起きて、ああ、それで耳が聞こえなくなったんじゃ……。

そうと判っちゃ、こうしちゃいられねえ！」

善助が左腕を抱え込み、よいしょ、と立ち上がる。

「お待ち。おまえ、一体どこに行こうと……」

おりきも慌てて立ち上がった。

「止めねえで下せえ。三吉が深川にいるかもしれねえと判って、俺ャ、のんびりここで構えているわけにゃいかねえ！」

「莫迦なことをお言いでないよ！　おまえ、その身体《からだ》で。しかも、深川といっても広いのですよ。三十三間堂あたりに子供屋が何軒あると思うのですか。それに、三月《みつき》も前のことだというし、まだそこにいるのかさえ判らないのですよ。闇雲《やみくも》に捜《さが》すより、ここはひとつ、亀蔵親分《かめぞうおやぶん》の力をお借りしようではありませんか」

「女将さんのおっしゃる通りだ。善助、落ち着け。今ここで、おめえにぶっ倒《たお》れられたんじゃ、これから皆《みな》して三吉を捜そうってときに、足手纏《あしでまと》いになるだけだ」

「大番頭さん、頼む！　俺ャ、決して、足手纏いにゃなんねえ。女将さん、後生一生《ごしょういっしょう》のお願《ねげ》ェだ。あっしを行かせ……」

そこまで言うと、善助は腰が砕《くだ》けたように、ふらふらと蹲《うずくま》った。

「ほれ、言わぬこっちゃねえ。素庵さま、善助の奴、伸びちまいやしたぜ」

達吉に言われ、素庵がどれどれと寄っていく。

「こりゃいかん。熱が出てきたようだ。わたしはひと足先に帰って、解熱薬《げねつやく》を調剤《ちょうざい》しておくので、誰か取りに寄越《よこ》しなさい。暫《しばら》くは安静が第一。おりきどの、善助を縛《しば》り上げてでも、動かすのではありませんよ」

素庵はそう言い、苦笑《くしょう》しながら帰っていった。

ところが、御殿山《ごてんやま》の桜が咲き乱れ、葉桜《はざくら》となっても、三吉の消息《しょうそく》は杳《よう》として摑めなかった。

亀蔵親分も何度も深川まで出向き、冬木町《ふゆきちょう》の増吉親分《ますきちおやぶん》の手を借り、三十三間堂界隈《かいわい》の子供屋を隈《くま》なく捜したのであるが、三吉らしき男の子は見つからなかった。

が、確かに、三月前《みつきまえ》まで、のり本という子供屋に、十一、二歳の耳の不自由な男の子がいたというのである。

のり本の御亭《ごてい》は、その子はぽん太という名で、元の名前までは知らないと言い張った。

「顔立ちがいいからよ。磨《みが》けばものになるかと大枚《たいまい》を叩《はた》いたが、ありゃ、とんだかませ者だったぜ！　耳が聞こえねえのは、寧《むし》ろ、座敷で余計なことを聞かれる心配がねえしよ、寝屋《ねや》で愛想《あいそ》よくびたついてくれりゃ、却《かえ》って、客が悦《よろこ》ぶってもんだ。ところがよ、ありゃ、かたきしの鉄砲玉《てっぽうだま》の座禅豆《ざぜんまめ》（堅物《かたぶつ》）でェ。不人相《ふにんそう》なうえに情を張ることにかけちゃ、天下一品《いっぴん》だ。座敷に出せば出したで、御座《おざ》が冷めると客から苦情が出るし、すかたんもいいところ！　まあね、あいつの耳が聞こえなくなったのも、うちに来る前の子供屋で、折檻《せっかん》されたのが原因《もと》だというから、根っからの一徹者《いってつもの》なんだろうよ。そりゃ確かに、節分の頃まで、うちにいやしたがね。銭《ぜに》も稼《かせ》がねえのに、ただ飯を食わせるほどうちも楽じゃねえもんで、その頃廻ってきた女衒《ぜげん》に売っ払《ぱら》っちまいましたよ。随分《ずいぶん》と損《そん》な商いになっちまったが、ぞん気な顔をして、目の前をうろちょろされるより、まだましかと思ってさ。厄介払い出来たと、せいせいしてまっさ」

亀蔵親分は御亭に摑みかからんばかりの剣幕《けんまく》で目を剝《む》いたが、増吉親分に押し留《とど》められ、後に退《ひ》いた。

深川は亀蔵親分の縄張《なわば》りではない。

深川は深川で、勤暫休《けいどう》（手入れ）をかけるとか、罰金を科《か》すとかの方法があるというが、それも、高輪《たかなわ》、品川宿を縄張りとする、亀蔵親分の差出《さしで》することではなかったのである。

「済まねえ。俺の力不足だ。だからよ、ぽん太という子が三吉かどうか、それもまだ判らねえ。元の名も判らず、新《あら》たに売られていった先も判らねえときたんじゃ、おてちんだ。だがよ、俺ャ、のり本の御亭から話を聞きながら、ぽん太って子がますます三吉に思えてきてよ。耳が聞こえなくなるほどぶん殴《なぐ》られてみな？　大概《てえげえ》の子なら、言いなり三宝《さんぽう》だ。打算《ださん》に動いたところで当然だろ？　生きていかなきゃなんねえもんな。ところがよ、ぽん太って子はぶん殴られようと、飯を抜かれようと、梃子《てこ》でも動かねえとばかりに、意地を張ったというじゃねえか。三吉も一本気《いっぽんぎ》なことにかけちゃ、負けちゃねえ。俺ャよ、五歳か六歳になるやならない頃から、三吉がおたかと一緒に、極寒《ごっかん》の海に歯を食いしばって潜《もぐ》っていたことを思い出してよ。糟喰《かすくらい》（酒飲み）の父親を持ったばかりに、あいつの反骨精《はんこつせい》神《しん》は幼い頃から培《つちか》われていたんだ。だからよ、親父《おやじ》のためにと一旦《いったん》は売られていったが、男の三吉にゃ、女ごのように春を鬻《ひさ》ぐことが出来なかったんだろうよ。俺ャ、三吉なら、ぽん太と同じことをすると思ってよ……だが、済まねえ、おりきさんよ。そこまで判ったはいいが、現在《いま》の段階じゃ、手も足も出ねえ。この通りだ。許してくれ」

亀蔵親分はおりきの前で頭を下げた。

おりきの頬を、涙が止め処《ど》もなく、伝い落ちた。

こんなことがあってよいものだろうか……。

三吉が、あの小さな三吉が、身を挺《てい》して、意地を通そうとする姿が、目に見えるようであった。

一刻《いっこく》も早く助け出してやりたい想《おも》いで、胸がはち切れそうになる。

「だがよ、三吉はそう遠くには売られていってねえ。俺ャ、そう読んでいる。陰間で通用しねえとなると、次は香具師《こうぐし》か権助《ごんすけ》（下男）と相場《そうば》が決《ど》まっている。だが、耳が聞こえねえんじゃ、客に道具を売ったり、踊りを見せる香具師は土台《どだい》無理な話だ。となると、どこか遊里《ゆうり》の下働きか、もしくは、木場《きば》で木屑拾《きくずひろ》いか……。だからよ、引き続き、増吉親分と手下《てか》には、あの界隈を探《さぐ》ってもらっているし、俺もちょくちょく脚を伸ばしてみるつもりだ。そんな理由《わけ》だ。もう暫く待ってくれねえか」

「三吉を捜すために金子《きんす》が必要となれば、いつでも言って下さいね。わたくしに出来ることはこんなことくらいで、慙愧《ざんき》の念《ねん》に堪《た》えませんが、冬木町の親分や下っ引きたちを無償《むしょう》で働かせるわけにはいきません」

おりきは懐紙《かいし》に十両を包むと、更《さら》に要《い》りようならば、いつでも言って下さい、と差し出した。

「そうさなあ、そうしてもらえると有難《ありがて》ェ。なに、俺が動いて済むことなら、金など必要ないんだがな。冬木町に動いてもらうとなっちゃ、そうもいかねえ。じゃ、預《あず》かるぜ」

「わたくしも一度冬木町まで出かけ、ご挨拶《あいさつ》をしたいと思っていますが、親分はこの次いつ行かれます？　ご一緒しても宜《よろ》しゅうございますか」

「すぐにでも行きてェところなんだがよ、奈良屋《ならや》にこのところ枕探《まくらさが》しが頻繁《ひんぱん》に入るってんで、捜査《そうさ》に手を取られちまってな。まっ、内部犯行《ないぶはんこう》と見て、まず間違《まちげ》ェねえ。犯人《ほし》が挙《あ》がるのは時間の問題だ」

「まあ、枕探しとは……」

「立場茶屋おりきではそんなこたァねえだろうが、用心するに越《こ》したこたァねえ。信頼していてもよ、いつ、酒買って尻を切られるかもしれねえんだ、怖《こえ》ェ世の中だぜ」

「けれども、信頼のうえに信頼が成り立つとも言いますからね。わたくしは使用人全《すべ》てを我が子と思い、信頼していますす」

「そら、女将はそれでいいさ。ところで、善助の腕はどうでェ」

「お陰さまで、化膿《かのう》もせず傷口がついたようです。昨日、包帯《ほうたい》を取ったばかりですのよ。けれども、親分。ぽん太という子が三吉かもしれないという話は、まだ、善助には伏せておいて下さいな。善助の耳にでも入りましたら、すぐにでも深川に駆けつけると、また大《おお》騒《さわ》ぎになりますので……」

「相、承知《しょうち》！」

「それと、おきちにもね。可哀相《かわいそう》に、あれ以来、おきちが塞《ふさ》ぎ込んでしまって、この頃は、手習《てならい》にも身が入らないようなのですよ。自分一人が温々《ぬくぬく》としていて、文字を習ったり、美味《お》しいものを食べるのは済まないとでも思うのでしょうか、食事の量も減ってしまい、案じています」

「可哀相《かえいそう》に……。皆、それぞれに立場が違っても、三吉のことを心配してるんだ。おっ、塞ぎ込んだと言ャ、如月《きさらぎ》さまだがよ、一体《いってえ》、どうなっちまったんでェ。先日も、随分と暝《くれ》ェ顔をして歩いてたぞ。なんか、物思《ものおも》いに耽《ふけ》った様子でさ。俺ャ、声をかけるのを憚《はばか》ったほどだ」

「それはいつのことですか？」

「さあて、三日ほど前だったかな。品川寺から出てきてよ。俺ャ、奈良屋に行く途中《とちゅう》だったもんで、先を急いでたからよ」

「鬼一郎さま、お一人でした？」

「確か、一人だったが……。何か、気になることでもあるのかえ？」

「いいえ、先《せん》に、おきちも見かけたとか言っていましたが、あの子、それ以上、話してくれませんの。でも、何か気にかかって……」

「そりゃ、おりきさん、おめえさんの思い過ごしよ。何かあるのなら、子供のこった。女将に訊かれりゃ、ぺらぺら洗いざらい話すさ」

「そうでしょうか。それならばよいのですが……」

胸に何かひとつ心配事《しんぱいごと》を抱えると、ほんの些細《ささい》なことまでが危疑《きぎ》となって襲《おそ》いかかってくる。

ふっと、おりきの頬に憂色《ゆうしょく》が漂《ただよ》った。


鬼一郎が姿を消したのは、その夜のことだった。

おうめが暮六ツ（午後六時）になり、中庭を歩く鬼一郎に、もう間なしに夕餉《ゆうげ》ですよ、と声をかけたのが最後で、それ以降は、誰一人として、鬼一郎の姿を見ていない。

鬼一郎はおうめが声をかけると、

「少し片づけものがあるので、あとから帳場に顔を出す」

と答え、現在《いま》では鬼一郎の寝屋に使っている、茶室へと入っていった。

旅籠は六ツから五ツ（午後八時）までが、最《もっと》も忙《いそが》しいときである。

客室の夕膳を上げたり下げたり、板場は怱忙《そうぼう》の渦《うず》に呑み込まれ、じりじり舞《ま》いをするほどであるが、女中たちも猫足膳《ねこあしぜん》を手に、下《くだ》りいす、と声をかけ合いながら、空《あ》いた膳や銚子《ちょうし》を下げ、客の給仕《きゅうじ》までしなければならない。

女将のおりきも各部屋の挨拶に廻ると、気づいた点を板前《いたまえ》や女中たちに指示しなければならず、そんな旅籠にほっと一服《いっぷく》の安らぎが戻るのは、五ツ半（午後九時）過ぎのことだった。

女中たちが膳を下げ、寝床《ねどこ》の仕度《したく》を済ませて下りてきて、ようやく、使用人たちの夜食となるのである。

おりきと大番頭の達吉が帳場で夜食を摂《と》るのも、ほぼその時刻で、常なら、六ツ頃夕餉を済ませた鬼一郎が、おきちに手習を教えている頃であった。

ところが、おりきが帳場に入ると、おきち一人が文机《ふづくえ》に向かって、筆《ふで》を動かしていた。

長火鉢《ながひばち》の横には、手のつけられていない鬼一郎の膳が、そっくりそのまま残っている。

「おや、鬼一郎さまは？」

おりきが尋ねると、おきちは首を振った。

見ると、おきちの膳にも手がつけられていない。

「おきっちゃん、夕餉を食べなかったの？」

「だって、先生が食べないのだもの、おきちが先に食べては悪いと思って……」

「けれども、もうこんな時間ですよ。鬼一郎さまはどこに行かれたのですか？」

「さっき、一度、茶室を見に行ったけど、灯《あか》りも点《つ》いていなかったし、姿が見えなかった」

おりきはさっと達吉を見た。

「大番頭さん、何か聞いていますか？」

「いえ、何も……。そうだ、おうめに訊いてみやしょ」

達吉が板場に向かって、おうめ、おうめ、と胴間声《どうまごえ》を上げる。

おうめは何事かといった顔をして、飛んできた。

「鬼一郎さまの姿が見えないようですが、おまえ、何か聞いていませんか？」

おうめは余程驚いたのか、目を丸くして、手のつけられていない膳と、おりきの顔を見《み》比《くら》べた。

「あたしはてっきり召《め》し上がったとばかり……。あら、嫌だ。片づけものがあるとおっしゃったのだけど、じゃ、まだ、終わっていないのかしら……」

「茶室にはいらっしゃらないそうですよ」

「………」

では、あっしがもう一度確かめてきやしょ、と達吉が慌てたように出ていく。

が、暫くして戻ってきた達吉は、魂《たましい》を抜き取られたかのように、茫然《ぼうぜん》としていた。

「これが、水屋《みずや》の上に置いてありやした」

達吉が封書《ふうしょ》をぬっと突き出した。

封書の宛名《あてな》は、おりきである。

おりきは封書を解《ほど》くのももどかしく、行灯《あんどん》へと寄っていく。

ああ……。

おりきは読み終えると、目を閉じた。

鬼一郎が去っていった……。

文には、長い間世話になった。おりきを始め、立場茶屋おりきの人々、亀蔵親分にはどんなに感謝してもしつくせない。この恩は決して忘れることがないだろう。だが、自分にはやらなければならないことがある。今、皆に黙《だま》って去ることは心苦《こころぐる》しくてならないが、どうか許してほしい。だが、いつの日にか、必《かなら》ずや、戻ってくるつもりでいるので、敢《あ》えて、別れを告げずに去っていくことにした。せめて、最後に、おりきどのにお逢《あ》いしてとも思ったが、逢えば、決意が揺《ゆ》らいでしまうように思い、逢わないまま去っていくことにした。どうか、許してほしい……、とあった。

僅《わず》か数行の文を残しただけで、鬼一郎は姿を消してしまったのである。

「如月さまはなんて？」

「去っていかれました」

「………………」

おりきは達吉に文を渡すと、

「悪いが、独りにしておくれでないか」

と言った。

だが、考えてみれば、達吉もおきちもまだ夜食を食べていないのである。

「そうね、鬼一郎さまが出て行かれたのですもの、茶室が空いているのですよね。おまえたちは夜食を済ませてしまいなさい。わたくしは今宵は茶室で休みます」

そう言うと、おりきは立ち上がった。

「ですが、女将さん、夜食はどうなさいます？　せめて、食事を召し上がって、それから茶室に行かれてはどうですか？」

達吉が心配そうに声をかけてくる。

だが、おりきは片頬《かたほお》でふっと笑った。

「心配しなくていいのですよ。お腹は空《す》いていませんし、少し考え事をしたいだけで、おまえたちが案じることではないのですよ」

「じゃ、あとであたしがお握りを作って持っていく！　女将さん、独りで寂しかったら、あたしが一緒に眠ってあげる！」

おりきの背に、おきちの愛らしい声が飛んでくる。

おりきは振り返ると、

「有難う！　おきっちゃん」

そう言って、微笑んだ。

おりきは手燭《てしょく》を手に茶室に入ると、行灯に灯《ひ》を入れた。

四畳半ほどの空間が、仄《ほの》かな橙色《だいだいいろ》に染まった。

部屋の隅《すみ》に、昨夜まで鬼一郎が使っていた蒲団《ふとん》が、きちりと畳《たた》んで積《つ》まれていた。

二刻《ふたとき》（四時間）ほど前まで、鬼一郎がここにいたのである。

蒲団ばかりか、部屋の隅々《すみずみ》にまで、鬼一郎の匂《にお》いが染《し》みついているように思えた。

鬼一郎は何か思い出したのだ。

やらねばならないこととは、甦《よみがえ》った記憶の中にあるものだろう。

恐らく、男として、武士として、やらなければならない、何か……。

それは解る。解るが、それならば、なぜひと言、おりきだけにでも、それが何なのか、
また本当に戻ってくるつもりなのか、腹を割って話してくれなかったのであろうか……。

浜木綿《はまゆう》の岬《みさき》に佇み、おりきを抱き締め、この身で生涯《しょうがい》あなたを慈《いつく》しみ、護《まも》ることが出来
たなら……。

そう呟《つぶや》いた、あの言葉は嘘《うそ》だったのであろうか……。

過去を全て消し去ってしまいたい。わたしには過去はないのだ……。

ああ……、とおりきは行灯に目をやる。

過去はあったのだ。消し去ろうにも、消し去れない過去が……。

それが鬼一郎にとって、どんなに重いものなのか、おりきには解らない。

けれども、これではあんまり酷《ひど》いではないか……。

せめて、本当のことを打ち明けてくれたならば、共に過去を背負《せお》うことも出来ようし、
潔《いさぎよ》く、諦《あきら》めることだって出来るのに……。

風もないのに、行灯の灯が激しく揺れた。

そして、まるで、おりきの胸の炎《ほのお》を煽《あお》るかのように、パチパチっと灯芯《とうしん》が灯を弾いた。

おりきは目を凝《こ》らして、橙色の灯を瞠めた。

次第に、熱く燃《も》え滾《たぎ》った胸の炎が、鎮まってくる。

待っていておくれ。いつの日にか、必ずや、戻ってくる……。

鬼一郎が耳許《みみもと》で囁《ささや》いたように思った。

「鬼一郎さま、おりきはお待ち致《いた》します。いつまでも、いつまでも……」

そう、声に出して呟くと、鬼一郎の蒲団に、そっと頰を押しつけた。

日向臭《ひなたくさ》い、男の匂いがした。

浜木綿の岬に佇み、鬼一郎の胸に顔を埋《うず》めた、あのときと同じ匂いである。

おりきの胸がドクドクと波打った。

いいさ、今宵ひと晩、おりきを捨てても……。

わたしは立木雪乃《たちきゆきの》。女なのだ……。

おりきの頰を涙がひと筋伝ったそのとき、躙《にじ》り口の外から、声がかかった。

「おきちです。女将さん、お握りを作って持ってきました」

おりきはハッと身を起こすと、

「お入り」

と答えた。

信楽《しがらき》の大壺《おおつぼ》から、雪柳《ゆきやなぎ》が白く小さな花を穂状《すいじょう》につけて、見事《みごと》な曲線を描《えが》きながら、枝垂《しだ》れ落ちている。

おりきは豆桜《まめざくら》の枝を手に、ちょっと迷った。

根付《ねづ》けにと思っていたが、薄紅色の豆桜はいかにも儚《はかな》げで、雪柳の赫々《かくかく》とした白さに紛《まぎ》れ込めば、存在そのものまで否定されてしまいそうである。

「まっ、滝乃白糸《たきのしらいと》みたい！」

いつの間に傍《そば》に寄ってきたのか、おまきが大壺を一巡《いちじゅん》すると、感嘆《かんたん》の声を上げた。

「雪柳の白さには、どんな花も負けてしまうわね。やはり、おまきが言うように、今日は、春の滝を想起《そうき》して、雪柳だけにしましょうか」

「ええ、それがいいですわ。こんなに沢山、枝垂れているのですもの、これだけで圧巻《あっかん》ですよ」

「ホントだ。色とりどりなのもいいけどさ、白もこんだけ纏《まと》まると、どんなに華《はな》やかな色より、目立ってしまう」

およねまで寄ってきて、三人で角度を変えながら、雪柳にしげしげと見入っていたときであった。

茶屋の入り口から、下っ引きの金太が飛び込んできた。

「女将さん、大変《てえへん》だ！　三吉が見っかった。すぐに深川までお越し下せえ。親分はひと足先に駆けつけやした」

「まっ、三吉が！　解りました。で、深川のどちらに参《まい》ればよいのでしょう」

心の臓が激しく音を立てた。

「富岡八幡宮はご存知でやすか？　仲見世《なかみせ》から一本南に入ったところに、二十間川《にじっけんがわ》が流れてやす。川を渡ると佃町《つくだちょう》で、親分はその川に架《か》かる蓬萊橋《ほうらいばし》で待っているそうです。いいですか？　あの川にゃ、橋は何本も架かってやすからね、間違《まちげ》ェねえで下せえよ。大門《おおもん》に一番近い橋でやすから。ああ、もう、まどろかしくって堪んねえや！　あっしが案内しやす。すぐに仕度《したく》をして下せえ」

金太が狸目《たぬきめ》を瞬《しばたた》きながら、じれったそうに地団駄《じだんだ》を踏《ふ》む。

「解りました。およね、あとをお願いしますよ」

おりきは金太に少し待っているように伝えると、茶屋番頭に四手駕籠《よつでかご》を三挺《さんちょう》呼ぶように言いつけ、旅籠へと急いだ。

四手駕籠を三挺と言ったのは、おりきと金太、それに善助のためである。

三吉のことは、誰よりも案じている善助である。

こんな場合、一番に逢いたいと思うであろうし、三吉の気持を考えても、それが一番妥当《だとう》と思った。

その意味では、おきちも同様であったが、おきちはなんと言っても、まだ十一歳の娘である。

詳しいことまで聞いたわけではないが、金太の口から佃町という名が出たとき、それとなく、三吉の置かれている状況が解ったような気がするのだった。

おりきは帳場に戻ると、達吉とおうめを呼び、手短《てみじか》に三吉が見つかったことを伝え、善助を連れて行くと言った。

「それがようござんすね。へっ、解りやした。茶屋や旅籠のことは、あっしらに任《まか》せて下せえ。女将さんは思い残すことのねえよう、三吉のために、尽力《じんりょく》なすって下せえ」

「おうめ、おまえの口からおきちに三吉を必ず連れ帰るからと伝えて下さい。いいですね。おきちが動揺《どうよう》しないように、頼みましたよ」

そう言うと、金箱《かねばこ》の中を改《あらた》め、百両を取り出した。

まさか、子供のことである。

大層《たいそう》な金がかかるとは思わないが、万が一を考えたのである。

「女将さん、三吉が、三吉が見っかったんですか!」

善助が帳場に駆け込んでくる。

老《お》いて、元々雲雀骨《ひばりぼね》の善助であるが、このところの心労《しんろう》に、ひと月ほど前の怪我が重《かさ》なり、今では、目が落ち窪《くぼ》み、髑髏《しゃれこうべ》のようになっている。

が、その目には、嘗《かつ》て見たこともないほどの生気《せいき》が漲《みなぎ》っていた。

「ああ、よかった……。神さま仏さま、有難《ありがて》ェ、有難ェ、かたじけねえ……」

善助は目に光るものを湛《たた》え、天に向かって、何度も擦り手をしては、頭を下げた。

「善助、行ってみないことには、まだ詳細《しょうさい》は判らないのですよ。でもね、これだけは言っておきます。三吉がどんな姿になっていても、私たちはあの子を温かく迎えてやりたいと思います。おまえも決して動揺することなく、優《やさ》しい気持で迎えてやって下さいね」

その言葉に、善助はギョッと身を硬《かた》くした。

「当た坊よ！　俺ャ、あいつが帰《けえ》って来るなら、両手両足がなかろうと、首がなかろうと、構わねえ。まっ、首がねえとちょいと困るがな……。とにかく、三吉が帰って来ればそれでいい」

「そう。では、参りましょうか」

おりきが立ち上がる。

その背に、おうめがパァンパァンと切り火を切った。

茶屋の外には、四手駕籠が三挺待機《たいき》していた。

先頭《せんとう》の駕籠に金太が、続いておりきが、殿《しんがり》に善助がと乗り込むと、いつの間に三吉が見つかったことが伝わったのか、旅籠からも茶屋からも、手隙《てす》きとなった板前や追廻、茶立女たちが出てきて、ずらりと棹《さお》に並んで、一斉《いっせい》に辞儀《じぎ》をした。

おりきの胸につっと熱いものが衝《つ》き上げてくる。

恰《あたか》も、敵地に赴《おもむ》く戦士を見送るかのような、彼らの仕種《しぐさ》……。

それは、皆の心が一つになり、三吉を救い出してくれという、心の叫《さけ》びのように思えた。

「酒手《さかで》を弾みます。一刻も早く、深川の蓬萊橋まで行って下さいな！」

おりきは正六《しょうろく》（駕籠《かご》舁《かき》）に声をかけた。

途中、永代橋《えいたいばし》の手前、広小路《ひろこうじ》で駕籠を乗り継《つ》いだが、蓬萊橋に着いたときには、八ッ半（午後三時）を廻っていた。

亀蔵親分と利助が橋の欄干《らんかん》に身体を預けるようにして、立っているのが目に入った。傍《かたわ》らに、見知らぬ顔が二つ見えるのは、恐らく、冬木町の増吉親分と下っ引きであろう。

「お待たせしました」

おりきが腰を屈め、増吉親分に世話になった礼を言おうとすると、親分は苦《にが》み走った顔に無理して世辞《せじ》笑《わら》いを作ると、礼などいいさ。それより、さっ、早く、と無愛想《ぶあいそう》な声で言い、先に立って橋を渡っていった。

「なに、気にするこたァねえ。先に渡した十両な？　これじゃ貰《もれ》ェ過ぎだと、あれで冬木町は気を兼《か》ねてるんだ。ところが根っからの口重《くちおも》とくる。殊《こと》に、小股《こまた》の切れ上がった品者《しなもん》（美人）の前に出るとたじたじでな。違《ちげ》ェねえ、ありゃ、冬木町がおりきさんを気に入ったってことだぜ」

亀蔵親分が肩越《かたご》しに、囁きかけてくる。

「先方《せんぽう》たァ、大方の話がついてるからよ。安心しな」

「三吉は無事なのでしょうね」

「ああ、無事だ。だがよ、やっぴし、耳は聞こえなかった。のり本にいたぽん太って子は、三吉だったんだ。耳が聞こえねえばかりじゃねえ。骨と皮になっちまってよ。海とんぼ（漁師《りょうし》）の息子で、日焼けしてた三吉がよ、豆腐《とうふ》のような身体になっちまってる。これから行くところは、海鬼灯《うみほおずき》っていう家鴨《あひる》専門の切見世《きりみせ》だけどよ。三吉はそこで下働きをさせられてた」

「家鴨？」

「ああ、二百文で遊ばせる私娼《ししょう》さ。皆、最初はいっぱしの遊里《ゆうり》にいたんだろうが、流れ流れて、どん詰《づ》まり。まっ、掃《は》き溜《だ》めみてェなところさ。三吉は陰間じゃ使い物にならねえ。だからといって、耳が聞こえねえんじゃ、真面《まとも》に小僧《こぞう》としても使えねえわな？　それでよ、家鴨の飯を作ったり、湯文字《ゆもじ》を洗わされてたのさ。ところがよ、足許《あしもと》を見やがった。海鬼灯の御亭ってのが性悪《しょうわる》でよ。女郎《じょろう》や陰間というわけでもねえのに、身の代《しろ》に三十両払えと抜かしやがった。かざっぴいたことを言うんじゃねえってんだ！　のり本の御亭はただ同然で女衒に売ったと言ってたんだぜ？　ふん、何が三十両かよ！　ところが、海鬼灯じゃ、女衒から三十両で買ったと言い張るばかりで……。証文《しょうもん》まで出されたんじゃ、どこに尻を向けていいんだか分からねえ。それで、冬木町が言うんだがよ、この世界じゃ、ままあることなんだとよ。三吉はまだ若《わけ》ェ。現在《いま》は業を張っていても、いつ、その気になるか分からねえとな。何しろ、ご面相《めんそう》がいいとくる。金蔓《かねづる》にゃ違《ちげ》ェねえんだとよ。そう言われちゃ、身も蓋《ふた》もねえわな？　それで、おりきさんの腹を聞きてェと思ってよ」

　亀蔵親分は歩きながら倦《あぐ》ねたように、太息《ふといき》を吐いた。

「三十両払えば、三吉を返してもらえるのですね。払いましょう」

「えっ、おりきさん、いいのかえ？」

「良いも悪いもありません。わたくしは三吉が父親に連れ去られたときから、どんなことがあっても、取り戻すと決めていたのです。そのために来たのですよ。三十両が高いのか安いのか分かりませんが、今さら、しおしおと引き下がるわけには参りません」

おりきの言葉が聞こえたのか、あとをついてくる善助が、ヒェッと、辰巳上《たつみあ》がりの声でしゃくり上げた。

どうやら、感極《かんきわ》まって、泣き出したようである。

佃町に入ると、裏店《うらだな》にでも紛れ込んだかと思えるほど、狭い路地が続いた。

その両側に、間口《まぐちに》二間《けん》ほどの二階屋《にかいや》が並んでいる。

むっと鼻を衝く溝《どぶ》の臭《にお》いに混じり、饐《す》えたような悪臭がするのは、づぶ六(酔《よ》っ払い)たちが所構《ところかま》わず放尿《ほうにょう》するせいであろうか。

張見世の出格子《でごうし》から、白首《しろくび》の女たちが通りを窺っている。

既に水気《みずけ》を失い、黄昏《たそが》れた女郎たちが、そうして、客に筒一杯《つついっぱい》の汐《しお》の目を送っているのであろう。

増吉親分はくねくねと路地を何本も曲がり、佃町の最南端、大名屋敷の築地塀《ついじべい》が見えるところまで入っていった。

海鬼灯は、今まで通ってきた張見世と比べれば、比較的《ひかくてき》大きな構えをしていた。既に話が通っていたとみえ、増吉親分の顔を見ると、緋色《ひいろ》の長襦袢《ながじゅばん》をぞろりとしどけなく着込《きこ》んだ女が、御亭を呼びに奥へと入っていった。

「さてもさても……」

暫くすると、存外《ぞんがい》にも人の好さそうな御亭が、丸い顔にとろけそうな笑みを浮かべ、擦り手をしながら出てきた。

「品川宿からお越しになったとか。それは遠路遥々《えんろはるばる》ご苦労さまにございます。ささっ、むさ苦しいところにございますが、お上がり下さいませ」

御亭はそう言うと、先ほどの女に、おっ、お茶をお出ししなさい、と顎《あご》をしゃくってみせた。

女がすげない顔で、じろりと御亭を流し見ると、ふん、なんのためにぽん太がいるんだい、とねずり言を言いながら、奥に入っていく。

「あの通りで……。しょうのねえ奴ですが、あれで、うちの稼ぎ頭《がしら》ですからね。多少じゃ張《ば》っても、文句は言えません。それで、今日はぽん太のことでお越しになったとか……」

御亭が目を糸のように細めた。

丸顔のうえに垂《た》れ目なので、笑うと、この男のどこが爪長《つめなが》かと思わせるほど、好々爺《こうこうや》に見せた。

「冬木町の親分からお聞きしましたが、三吉の身の代は三十両だとか……」

おりきは単刀直入《たんとうちょくにゅう》に切り出した。

この期《ご》に及《およ》んで、あれこれと回りくどい話は、極力避《きょくりょくさ》けたいと思った。

「おや、三吉というのですか？ ぽん太は。へっ、お疑《うたが》いなら、ここに証文がございます。うちは確かに孫助《まごすけ》という女衒に三十両を払いました。どうぞ、お確かめ下さいませ。そりゃね、ぽん太に三十両も払うなんざァ、確かに、あたしゃ、削者《そげもの》（変人）でござんすよ。ですがね、あの子は実によい面立ちをしています。しかも、まだ十一歳ですからね。焦《あせ》ることたァありませんよ。あたしの経験から言わせてもらいますとね、女《おな》ごの場合、端《はな》から素《す》直《なお》に転《ころ》ぶ女より、少々高腰《たかごし》で、情を張った女ごのほうが、先々《さきざき》、粋方《すいほう》好みの女郎になりますからね。そりゃね、あァた、陰間だって同じことですよ。だから、あたしゃ、三十両を惜《お》しいとは思いませんでした。寧ろ、安いくらいで、よい買い物をしたと思っていましたよ。聞けば、女将さんも品川宿に見世を構えていなさるとか……。だったら、あたしの言うことにも理道《りみち》があるとお思いでしょうが」

「おう、海鬼灯、大概《てえげえ》にしな！ てめえ、なんのかんのって、身の代を吹っかけようってんじゃねえだろうな！ それによ、言っとくが、立場茶屋おりきは歴《れっき》とした白旅籠《しらはたご》だ！ てめえの見世たァ、格《かく》が違わァ！」

亀蔵親分がどす声を上げる。

「滅相《めっそう》もございません。へっ、そりゃ失礼いたしやした。ぽん太は初めっから立《たち》のまま

（着の身着のまま）でした。うちは払った三十両さえ払っていただければ、そっくりそのままの姿でお返し致します」

「解りました。では、三十両、確かに、お払い致しましょう。ですが、その前に、ひと目、

三吉に逢わせていただけないでしょうか」

おりきは膝前《ひざまえ》で袱紗《ふくさ》包《づつ》みを開いて見せた。

ここに来るまでの道中《どうちゅう》、亀蔵親分から三吉の身の代は三十両と聞いていたので、佃町に入る前に、切餅《きりもち》（二十五両）を解き、袱紗にきっちり包み直していたのである。

御亭の目が小判《こばん》に釘付《くぎづ》けとなった。

まるで、舌なめずりしそうな顔である。

「ごもっともなことにございます。金を渡したあとで、肝心《かんじん》の子供が人違いだったなんてことがあっては堪りませんからな。おい、鶴吉《つるきち》、ぽん太を連れてきなさい！」

御亭が廊下に向かって大声を上げる。

鶴吉とは、どうやら先ほどの女のようである。

鶴吉と呼ばれた女は、お茶を出せと言われて引っ込んだままであったが、この分なら、茶を出す手間が省《はぶ》けたとでも思ったのか、いそいそと三吉の手を引いて、帳場に入ってきた。

「三吉……。まあ、やはり、三吉ですわ」

おりきがそう言うと、善助が洟《はな》を啜《すす》り上げながら、三吉の傍にいざり寄っていく。

そして、そのまま腕の中に三吉を抱え込むと、背中をさすり続けた。

「三吉、三吉、爺《じ》っちゃんだ。下足番の善助だぜ。どうした、おめえ、こんなに痩《や》せちまってよ……。さあ、顔を見せとくれ。おう、三吉、どうしてェ、どうしてェ……」

項垂れていた三吉が、ようやく目を上げる。

それは、寒々《さむざむ》として、感情を一切排除《いっさいはいじょ》してしまった、瞑《くら》く、虚無的《きよむてき》な目であった。

「三吉、どうしちまった。爺っちゃんだ。ほれ、見なよ。女将さんも亀蔵親分もいる。辛《つら》かったな。だが、安心しな。これから皆して、品川に戻るんだ。立場茶屋おりきに戻るんだぜ。おきちがよ、おめえがいなくなって、どんなに寂しがったか。なっ、おきちも待ってる。おう、おめえ、笑ってくれや。何か喋ってくれや！」

善助が堪らないように、三吉の身体を揺すった。

「爺さん、無駄《むだ》だよ。この子、なんにも聞こえちゃいないんだ」

ふんと、鶴吉が鼻で嗤《わら》う。

「置きゃあがれ！　このどち女郎《めろう》が！　てめえのようなスベタの声は聞こえなくったってな、三吉にゃ、爺っちゃんの声は聞こえるんでェ！」

善助が額に青筋《あおすじ》を立てて、鶴吉をどやしつけた。

おりきも三吉の傍に寄っていく。

そのまま黙って、三吉の肩を引き寄せ、抱き締めた。

「よく頑張《がんば》りましたね。偉いわ、三吉。女将さんね、これからは決して三吉を離しませんよ。大丈夫、大丈夫ですからね」

おりきは三吉の背中をさすり続けた。

「へっ、なんてこった！　とんだ三文芝居《さんもんしばい》を見せられちまった。おたまりがないよ。そろそろ夜の客が来る頃だ。さっ、用が済んだのなら、餓鬼《がき》を連れてとっとと帰っとくれ！」

鶴吉が甲張《かんば》った声を上げる。

「そのようにございますね。こちらも三吉を返していただけば、もうここに用はございません。では、失礼いたしましょう」

おりきは毅然《きぜん》と言うと、立ち上がった。

御亭が慌てたように、さっと袱紗から小判を抜き取った。

おりきはちらと御亭に目をやると、

「では、証文を返していただきましょうか」

と言った。


善助が小脇《こわき》に菖蒲太刀《しょうぶだち》を抱えて、裏木戸から入ってくる。

木太刀《きだち》に金銀紙《きんぎんし》や漆《うるし》、絵具《えのぐ》で彩色《さいしき》した玩具《おもちゃ》の刀で、善助はどこかそわそわと浮き足立っていた。

勝手口から出てきた達吉が、そんな善助に気づき、声をかける。

「なんでェ、菖蒲太刀じゃねえか。どれ、見せてみろ。おっ、こいつァ、値《ね》が張っただろう？　細工《さいく》が見事だ。百文は下らねえな」

「へへっ、餓鬼の玩具だがよ。俺ャ、三吉のために、担《にな》い売りが持ってた中でも、一等上《いっとうじょう》物《もん》を買ってやったんだ」

「おう、なんのかんのと言ってりゃ、もう四月も末だ。節句《せっく》がもう目の前に迫《せま》ってやがる」

「俺ャよ、本当は、鎧《よろい》や兜《かぶと》まで買ってやりたかったんだがよ、そこまでは手が廻らねえ」

「だからよ、女将さんが裏庭に鯉幟《こいのぼり》を立てようかと言いなすったとき、おめえ、四の五の言わずに立ててもらえばよかったんだ」

「いや、そうはいかねえ。この度《たび》のこたァ、女将さんを始め、皆に心配をかけちまったが、三吉は今後も立場茶屋おりきの使用人として生きていかなきゃなんねえ。特別扱《あつか》いは却《かえ》って三吉のためにゃならねえもんな。けどよ、そうは言っても、三吉が再び男に生まれ変わって、初めての節句だ。せめて、菖蒲太刀だけでもと思ってよ。まっ、あっしに出来るのは、せいぜいこれくれェのことだがよ」

善助はそう言うと、鞘《さや》の部分をそっと指先でなぞった。

菖蒲太刀は初節句《はつぜっく》の祝いとして、親族の男子に贈《おく》るものである。

十一歳にもなる三吉に、今さらと思わなくもないが、陰間に売られた三吉である。善助が祝いたい気持が、手に取るように伝わってくる。

「それで、三吉の様子はどうでェ」

達吉の問いに、善助の窪んだ目がつと翳《かげ》った。

「まんだ、なァんも喋っちゃくれねえ」

「そうけえ。だが、まだ、あれからひと回り（一週間）も経《た》っちゃいねえ。耳は聞こえなくても、言葉を知らねえわけじゃねえもんな。今にきっと、心を開いてくれるさ。焦らねえこった」

「耳が聞こえないだけじゃなく、心に深《ふけ》ェ疵《きず》がついたんだろうな。可哀相《かえいそう》に。耳のこたァよ、俺があいつの耳となってやる。おら、これから先、どのくれェ生きられるか分からねえがよ。生きているうちに、あいつが独りでも立派に生きていけるよう、仕事を教え込んでおくつもりなんだ。それでなきゃ、俺ャ、死んでも死にきれねえ。おきちもよ、三吉に文字を教えるんだと張り切っていてよ。いずれ、口の動きや仕種で、相手が何を言っているのか解るようになるとしてもだぜ、込み入った話までは伝えられねえ。そんで、三吉に文字を教えようってことになってよ。おきちが言うんだ。あたしはもしかすると、三吉に文字を教えるために、今まで如月さまに手習を教わっていたのかもしんねえって……。そう言われりゃ、そうよな？　そんで、この際だ。いっそのやけ、おいらも文字を習おうと思ってよ。俺に文字が書けて、三吉が読むことが出来てみな？　耳なんて、あったってなくったって、構やしねえ。まっ、なきゃ困るんだがよ。だがよ、心の疵ばかりはそうもいかねえ……」

「だから、それは時が薬よ。だがよ、女将さんが言いなすってた。佃町じゃ、涙ひとつ見せず、虚無の世界を彷徨《さまよ》ってるようだった三吉が、あれから、おとっつァんが亡《な》くなったことを伝え、おたかやおっかさんの眠る墓に連れてったとき、あの能面《のうめん》みてェに無表情だった三吉の頬に、ひと筋の涙がつっと伝ったんだとよ。女将さん、その涙を見て、ああ、三吉の心は完全に涸《か》れてはいないと感じたそうだ。だからよ、皆して、温けェ気持で接してやれば、必ず、三吉は心を開いてくれるさ」

「墓の前でねえ……。三吉が涙をねえ……。いじらしいもんじゃねえか。安酒《やすざけ》が飲みてェばかりに、たった三両で三吉を売り飛ばした嘉六《かろく》だぜ？　そんな親父《おやじ》のために、涙を流したのかよォ」

「そりゃまっ、嘉六のためだけじゃなかったろうさ。おっかさんのためでもあり、おたかのためだったかもしんねえ。が、どっちにしても、三吉の心は家族を想う優しさで溢《あふ》れてるんだろうさ」

「グググッ……。へっ、いけねえや。歳《とし》食っちまったせいか、やたら、涙もろくなっちまってよ。俺ャ、三吉のそういう優しさが不憫《ふびん》でよ。あいつ、俺が死んでも、涙を流してくれるだろうか……」

善助が目頭《めがしら》を押さえ、クックと肩を顫わせる。

「決まってらァ。この藤四郎《とうしろう》が！　おめえが今くたばってどうするよ。善助、おめえ、三吉が独り立ちをするまでは、死んでも死にきれねえと言ったばかりじゃねえか」

「へへっ、そりゃそうだがよ」

善助は照《て》れ笑いをすると、腰の手拭を抜き取り、チーンと洟をかんだ。

達吉と善助が勝手口の外でそんな会話をしているとき、旅籠の帳場では、おりきが亀蔵親分を相手に茶を点《た》てていた。

「この度は、親分には本当にお世話になりました。どんなに感謝してもしきれないほどです。有難うございます」

おりきは姿勢を正すと、深々と頭を下げた。

「止しとくれよ。大《てえ》したことをしたわけじゃねえ。それより、俺が今日来たのは、冬木町からこれを預かってよ。おめえさんに返《けえ》してくれと言うんだよ」

亀蔵親分は懐《ふところ》から袱紗包みを取り出した。

「これは？」

「先に、増吉親分に三吉の探索費用《たんさくひよう》と謝礼《しやれい》と言って、十両渡したろ？　冬木町が大《てえ》したことをしたつもりもねえのに、これでは貰《もれ》ェすぎだと、言いなすってよ。実際に下っ引きたちにかかった費用として、一両だけ貰《もら》っておくと、ほれ、九両は返してきなすった」

「まあ……。それはいけませんわ。これはわたくしの気持ですから」

「だからよ、その気持の分まで入っての一両だ。大《てえ》したことをしていないと言われりゃ、そりゃそうなんだよ。深川界隈を聞き込みしたといっても、何も三吉の件にかかりっきりになってたわけじゃねえ。たまに聞き込みに歩いた際、せいぜい、下っ引きたちに蕎麦《そば》でも食わした程度だ。まっ、要《よう》するに、冬木町はおりきさんに阿漕《あこぎ》な真似《まね》をしたくねえってことなのよ。だから、これは気持ち良く受け取ってくんな」

「そうですか……。解りました。では、これは親分に。金太さんや利助さんにも世話をかけましたし、親分には何度も深川まで脚を伸ばしていただきました。せめて、親分、わたくしの気持として、お受け取り下さいませ」

おりきがそっと袱紗を押し返すと、亀蔵親分は小さな目をムッと剝いた。

「莫迦を言っちゃいけねえ！　俺とおりきさんの間で、世話も礼もあったもんじゃねえだろ？　俺ャ、おめえさんにどんなにか世話になっていることか。現《げん》に、これからだって、こうめのことでは以前にも増して世話になるんだ。それを、いちいち世話だの礼だのと言ってみな？　哀しいぜ、おりきさん。俺ャ、おめえさんとは、そんな付き合いじゃねえと思ってた」

「…………」

おりきが絶句《ぜっく》する。

そんな付き合いではないと言われれば、弁明《べんめい》の余地《よち》もない。

おりきは感謝の心を金に換《か》えようとしたことに忸怩《じくじ》とし、面伏《おもぶ》した。

三吉の身を案じていたのは、何も、おりき一人ではなかったのである。

善助も達吉もおきちもおうめも、立場茶屋おりきで働く全ての者が、一日でも早く、三吉を助け出したいと願っていたのである。

それに、亀蔵親分には一方《ひとかた》ならぬ心配をかけていた。

だからこそ仲間であり、互いに支《ささ》え合って、生きていっていた……。

「済まねえ、言いすぎちまったな。だがよ、俺ャ、いっつも、そういう気持でいるんだ。

解ってくれよな」

「親分のお気持はよく解りました。わたくし、穴があったら入りたいような気持で、忸怩
としておりました」

「いいってことよ。ところで、三吉は幾らか元気が出たかよ」

おりきはふっと頬を曇《くも》らせた。

「そうけえ。まっ、無理もねえわな」

「でも、なんとか三吉の心を開こうと、善助もおきちも懸命《けんめい》になってくれていますのよ。

おきちなんか、三吉に文字を教えるのだと張り切っています。鬼一郎さまに手習を教えて
いただいたのが、まさか、こんなことで役に立つとは思っていなかったのでしょうね」

「如月さまか……。どうしていなさるだろう」

「…………」

「俺ャ、如月さまが皆に黙って出ていったと聞いたときにゃ、カッと頭に血が昇《のぼ》ってよ。

そりゃねえだろうが、と思った。けどよ、記憶が戻ったとなると、人にゃ、それぞれ立場
ってものがあるさ。やらなきゃなんねえこともあるわな？　黙って去っていったのも、逢

えば未練《みれん》が残るってことだったのかもしれねえし、まっ、考えようによっちゃ、挨拶を告げるだけの余裕《ゆとり》もなかった……。それほど切羽《せっぱ》詰まった何かが起きたのかもしんねえ。だがよ、おりきさんよ、俺ゃ、如月さまはきっと戻ってくると信じてるぜ。なんかこう、どうしても、今生《こんじょう》の別れとは思えねえんだ」

「親分もそうですか？　実は、わたくしも鬼一郎さまに再び逢えるような気がしてなりませんの。ですから、余り期待しすぎないように、いえ、やはり、どうかその日が来ますようにと、期待して待っていますのよ」

「考えてみれば、妙な男よのっ。節分の日に、どこからともなく現われて、また、節分の日に、いや、実際には少しばかり過ぎていたがよ、どっちにしたって、ものの見事に消えていった……。あいつはおうめが言うように、もしかするてェと、鬼の化身《けしん》だったのかもしれねえぞ」

「まっ、鬼だなんて……。そうだとしたら、なんて男っぷりのよい鬼でしょう」

「おいおい、おりきさん、言ってくれるじゃねえか。なんでェ、皆して、如月さまのことになると、脂下《やにさ》がっちまってよォ！　色男ってェのは、これだから好かねえんだ。悪かったぜ、俺が庭下駄《にわげた》みてェな顔をしていてよ」

「まあ、庭下駄だなんて。誰がそんなことを言いまして？」

「こうめの奴が、毎日のように言ってるさ。だがよ、俺も如月さまが現われたときにゃ、なんでェ、この男は、なんて思ったがよ、次第に憎《にく》めなくなってきてよ。案外《あんがい》、可愛い男だったのかもしれねえな」

「いい人でしたわ」

「全くだ……」

おりきと亀蔵親分は顔を見合わせ、くすりと笑った。

そのときである。

障子がガラリと開いて、善助が帳場に飛び込んできた。

「女将さん、笑った！　三吉が笑った。あっしに向かって、爺っちゃん、有難うって！　あいつ、菖蒲太刀をやったら、そう言ったんだ。やっと喋ってくれたんだ。あっしは嬉しくってよ……。ウッウウッウッウ……。あいつが爺っちゃん、有難うって……」

善助の顔は涙と鼻水でぐずぐずになっていた。

背後から、小さな顔がちらりと覗いた。

三吉が含羞《はにか》んだような顔をして、立っていた。


翌朝は、冬に舞い戻ったかのように、底冷《そこび》えがした。

おりきは明六ツ（午前六時）の鐘を聞くと、身仕度《みじたく》をした。

昨夜、三吉と浜木綿の岬まで菖蒲を採《と》りに行こうと約束したのである。

おりきは菖蒲の描かれた錦絵《にしきえ》を指差し、ショウブ、ショウブ。アシタ、ミンナデトリニイコウネ、と口を大きく開けて言った。

何度か繰《く》り返すうちに、三吉も意味が解ったようで、こくんと頷いたのである。

浜木綿の岬に上り詰める手前の沼地《ぬまち》に、毎年、菖蒲が群生《ぐんせい》する。

この季節、菖蒲は旅籠に欠かせないものだった。

部屋飾りに使うだけでなく、風呂に入れたり、客用の枕の下に敷《し》くのである。

これは菖蒲枕《しょうぶまくら》といって、葉を刻《きざ》んで酒に浸《ひた》した菖蒲酒《しょうぶざけ》と共に、邪《じゃ》を払うという言い伝えがあった。

だから、四月末から節句を迎えるまで、立場茶屋おりきでは、毎朝、誰かが菖蒲を採りに出かけるのであるが、今朝はなんとしても、三吉を連れて行きたいと思ったのである。

「女将さァん！」

旅籠の外からおきちの呼ぶ声が聞こえてくる。

表戸を開けると、冷たい朝の風がさっと項《うなじ》を突いてきた。

「まあ……」

おりきは目を瞠《みは》った。

中庭の木々や敷石《しきいし》にまで、朝霜《あさじも》がびっしりと白く積もっているのである。

「道理《どうり》で冷えると思いやした」

善助が三吉の手を引いて立っている。

その傍らに、おきちが寒さに頬を紅《あか》くして、寄り添《そ》っていた。
「春の霜とは珍《めずら》しゅうござんすね」
善助が三吉に、さっ行こう、と促し、おりきを振り返った。
「別れ霜というそうですよ」
おりきはそう言うと、霜に覆《おお》われた道に、一歩踏み出した。
ジャリ、ジャリ、ジャリッと音がした。
三吉とおきち、善助のたてる音。
おりきの踏み締める下駄音が、重なり合うように転がっていく。
ジャリッ、ジャリッ、ジャリッ……。
ああ、これは別れの音なのだ……。
おりきの脳裡《のうり》を、ふっと、鬼一郎の姿が過《よ》ぎっていった。

本書は時代小説文庫（ハルキ文庫）の書き下ろし作品です。

時代小説文庫
い6-5

行合橋《ゆきあいばし》 立場茶屋《たてばぢゃや》おりき

著者 今井絵美子《いまいえみこ》

2007年9月18日第一刷発行
2011年8月18日第四刷発行

発行者 角川春樹

発行所 株式会社 角川春樹事務所
〒102-0074 東京都千代田区九段南2-1-30 イタリア文化会館

電話 03(3263)5247[編集] 03(3263)5881[営業]

印刷・製本 中央精版印刷株式会社

フォーマット・デザイン&シンボルマーク 芦澤泰偉

ISBN978-4-7584-3307-5 C0193
http://www.kadokawaharuki.co.jp/[営業]
fanmail@kadokawaharuki.co.jp[編集] ご意見・ご感想をお寄せください。